若子书最新校园言情小说强势来

遇见你，是在深秋

爱，盛开在那个只有你我的深秋

我遇见你是在深秋

◎ 若子书 著

陕西新华出版传媒集团

太白文艺出版社·西安

图书在版编目（CIP）数据

我遇见你是在深秋 / 若子书著. -- 西安：太白文艺出版社, 2020.1（2023.1重印）
ISBN 978-7-5513-1711-5

Ⅰ. ①我… Ⅱ. ①若… Ⅲ. ①长篇小说－中国－当代 Ⅳ. ①I247.5

中国版本图书馆CIP数据核字(2019)第170830号

我遇见你是在深秋
WO YUJIAN NI SHI ZAI SHENQIU

作　　者	若子书
责任编辑	刘　琪
封面设计	刘雪飞　吴　丹
版式设计	刘雪飞
出版发行	陕西新华出版传媒集团 太 白 文 艺 出 版 社
经　　销	新华书店
印　　刷	三河市嵩川印刷有限公司
开　　本	787mm×1092mm　1/16
字　　数	280千字
印　　张	16.5
版　　次	2020年1月第1版
印　　次	2023年1月第2次印刷
书　　号	ISBN 978-7-5513-1711-5
定　　价	52.00元

版权所有　翻印必究
如有印装质量问题，可寄出版社印制部调换
联系电话：029-81206800
出版社地址：西安市曲江新区登高路1388号（邮编：710061）
营销中心电话：029-87277748　029-87217872

序

青春是一首吟唱不完的诗，
爱情是一生不能割舍的甜品。
在青春遇见最美好的爱情，
是回忆不尽的宝藏。

从古至今，小说永远离不开爱情的烘托。人与人之间最重要的情感之一就是两性之间的感情。

现当代文学在时下的发展阶段，青春文学成为非常重要的一部分。以《致青春》《山楂树之恋》《小时代》《何以笙箫默》《那些年，我们一起追过的女孩》等为代表。阳光、时尚、奋斗、反思、美丽与哀愁等元素成为其标签。受众人群在12—36岁，符合大众审美。

本书以西安美术学院真实的大学生活为背景，讲述女大学生董依嫒完成大四毕业作品的经历。

在这个大背景下，有一群和她一样即将毕业的大四学生，有毕业生导师，还有没有毕业的学弟学妹们。

不管是醉酒的尴尬巧遇，还是学校门口的相遇，男主角尚夕瑀都将成为女主角必选的服装模特。没有尚夕瑀，董依嫒无法完成学业，那么他们之间必将有故事发生。

　　在大学生活中，关系最好的当然是宿舍舍友，四年的朝夕相处，为她们之间的友谊奠定了基础。女主角的经历，把室友们的生活方式、性格特点，自然而然地展现在读者面前。

　　大学时期老师与学生之间的关系，与高中、初中是不同的，这是因为大学是开放式的，是张扬个性、展现个人魅力的舞台。导师不再是强加灌输知识，而是在你的思维上提出建议，并引导发展方向。所以，董依媛毕业设计的前期与老师产生了很大的矛盾，主要是她的思维还停留在以往的学习思维中，没有将被动转化为主动，这就导致了她毕业设计前期的痛苦。

　　董依媛的改变是因为压力，也是因为她不甘心如此平庸下去，尤其是在遇到尚夕瑀之后，更加让她斗志勃发，想要努力做到最好。爱情是一切行为最好的动力，这一点是至关重要的。

　　与董依媛同一宿舍的其他四个女生，一个是比她还要怯懦没有主见的辛子琪。她们之间相互依赖，相互激励。辛子琪遇到陈修赫之后，虽然心动，但也害怕受伤，一直是被动接受。但是她也有自己的底线，感情受到伤害之后，会将自己蜷缩起来。她的经历和性格跟董依媛是相似的，胆小、畏缩、慌乱，同样的遭遇，同样的导师，同样的不如意，让她们之间惺惺相惜。

　　一个是性格开朗，为人豪爽大气的陆思涵。在很多关键时刻她常常是董依媛的智囊，为其出谋划策。而她的毕业设计是同宿舍中最顺利的，所以有更多的时间和精力做别的事情，如谈恋爱、学开车、找工作等。由于特别有主见，自己的事情不想别人多加干涉，在董依媛质问她与孙天华关系的时候，她不惜与好友决裂也要捍卫自己的尊严。但是情绪过后，她也勇于承认自己的错误，当断则断，果敢无畏，什么后果都承受得起。

　　一个是从小懂事成熟，自力更生的魏纯儿。她心直口快，经常得罪别人，但事后也敢于承认自己的错误。魏纯儿羡慕自小衣食无忧，身材气质颜值均佳的女神南荣沐阳，对比自身形成了一个极大的反差。虽然看不惯董依媛和辛子琪的性格和处事方式，但是在她们需要帮助的时候，会挺身而出，给予帮助。她的感情路线平稳而自然：咖啡店的店长默默地喜欢着她，在董依嫒的撮合下，两个人最终走到了一起。

另一个是堪称班花的女神南荣沐阳。她的人生是开挂式的，有高大帅气的男朋友，学习成绩优异，两个人又得到了双方家长的支持，是众人羡慕的对象。所以对于同宿舍的女生，她持一种置身事外的淡然态度，不会与她们过分接触，但是由于情商很高，也和她们相处融洽。正是这样一种状态，让她多了一丝不食人间烟火的气息。但她也有自己的烦恼，与班上同学的感情纠葛让同宿舍的女生不可置信。

男主角尚夕瑀就像是虚幻世界的人，身高一米八九，堪称绝色，身材、气质、家庭，这些任何一样放在一个人身上都是闪光点，他全部占有了。而且他才华横溢，私生活不糜烂。他的绘画天赋更让他有骄傲的资本，所以他霸道，蔑视一切。面对平平无奇、毫不起眼的董依嫒，更显现出不屑。可是看到她毫不退缩，完全不计后果的精神后，被深深震撼了。随之看到的是她的潜力、她的优点、她的脆弱、她的倔强、她的眼泪。这个女生带给他前所未有的体验，是鲜活的、有生命力的。不知不觉中，他融入她的世界，接触了她身边的很多人，也喜欢上了这种生活，并且喜欢上了这个女孩。

相比于尚夕瑀，陈修赫就接地气很多。他可以与尚夕瑀等人成为至交，也可以和赵驰、陈淼等人海阔天空地畅聊。对于董依嫒和辛子琪这样的女生，也是用一种欣赏的眼光看待。他有一颗平等的心，可以包容万物。因为他，董依嫒跟尚夕瑀才有接触的可能。也正是因为这种性格，他被误认为是花花公子，爱玩弄感情，事实上他才是最真实的人。喜欢摄影，他就开了工作室，影棚、化妆室、摄影器材等应有尽有。喜欢辛子琪，他的工作室全是她的照片，因为喜欢她，她的朋友他统统都可以接受，可以和她们打成一片。

学校有鲜明的特征，不仅是因为它是一所真实的学校，而且是因为学校中真实的场景，真实的故事。最具特色的明湖，以八卦为原型，一半是水，一半是陆地，形成阴阳调和之状。这里是学生老师最喜欢去、外来人员必去的地方。还有全校散布着的数量庞大、形态各异的拴马桩，成为一道亮丽的风景线。

服装系的学习非常真实，每一年举办的服装展示秀场是服装系最具特色的毕业作品呈现方式。董依媛在这里实现了人生跨越，不仅得到了保研名额，而且获得了众多国际大牌的青睐，也让辛苦一年的导师看到了她的努力，更是不负尚夕瑀的支持和辛苦。

本书最大的特色是背景真实，人物有血有肉，有笑点又有泪点。绽放青春，致敬生命。大学毕业是学生时代的结束，也是新生活的起点。

是为序。

中华全国青年联合会委员、作家　贾飞

2018年7月30日于成都

目 录

第一章　　　咆哮 / 1
第二章　　　生日聚会 / 4
第三章　　　醉酒 / 9
第四章　　　提点 / 13
第五章　　　遇见尚夕玛 / 18
第六章　　　死缠烂打 / 23
第七章　　　大作战 / 27
第八章　　　约法三章 / 32
第九章　　　人渣 / 36
第十章　　　植物园写真 / 40
第十一章　　妹子们的生活 / 44
第十二章　　你的眼神 / 49
第十三章　　烦恼 / 54
第十四章　　摆脱 / 58

第十五章　　寻找灵感 / 63
第十六章　　亲密接触 / 67
第十七章　　解决生计 / 72
第十八章　　通稿 / 77
第十九章　　华山之行 / 81
第二十章　　爬山后遗症 / 85
第二十一章　羞辱 / 89
第二十二章　服装市场 / 94
第二十三章　服装系汇报展 / 98
第二十四章　感情危机 / 102
第二十五章　再次醉酒 / 106
第二十六章　嘴快的陈修赫 / 111
第二十七章　报复 / 116
第二十八章　孔明灯 / 121

第二十九章 写论文 / 126	第四十三章 分手 / 192
第三十章 不一样的尚夕瑀 / 130	第四十四章 孙天华落水 / 197
第三十一章 挑战极限 / 135	第四十五章 毕业论文 / 201
第三十二章 争吵 / 140	第四十六章 风波 / 206
第三十三章 新年快乐 / 145	第四十七章 伤心欲绝 / 210
第三十四章 庆祝 / 150	第四十八章 拍摄 / 215
第三十五章 成衣 / 155	第四十九章 论文答辩 / 220
第三十六章 再次伤害 / 160	第五十章 跳蚤市场 / 224
第三十七章 调侃陈小漠 / 165	第五十一章 秀场 / 228
第三十八章 惊恐 / 169	第五十二章 毕业典礼 / 232
第三十九章 意外 / 174	第五十三章 决定 / 237
第四十章 试衣 / 178	第五十四章 分离 / 241
第四十一章 原谅 / 183	第五十五章 辛子琪的婚礼 / 247
第四十二章 服装展示 / 188	**后 记** / 252

第一章　咆哮

　　午后的校园进入紧张时刻。西安美术学院是没有上课铃声的，学生和老师都是根据时间去上课，时间可能早一点也可能迟一点。绝大多数情况下老师比学生要早到一会，一是准备要上的课程，二是为人师表要起到模范作用。当然，也有一些老师是踏着点进教室的。学校的各条小路上，学生和老师步伐匆匆地向教室赶去，嘈杂声一片。还有的学生才从宿舍楼向教学楼方向跑去。

　　302女生宿舍里，拥挤的小房间里摆放着几张床，书桌上电脑、书籍、日用品摆了一桌，设计手稿更是飘了一屋子。宿舍里只有董依媛手忙脚乱地收拾着自己的设计图稿，辛子琪拿着自己的东西站在宿舍门口焦急地等待着。

　　辛子琪已经收拾好了自己的东西，站在宿舍门口焦急地喊着："依媛，快点，要迟到了！"董依媛一边拿着上课要用的手稿、铅笔、签字笔等东西，一边应着："唉，来了，来了。"她拿好了所有东西，迅速走出去，顺手带上门。

　　辛子琪见她已经跟上来，立即开始小跑起来："快跑吧！不然'女魔头'要发飙了！"此时的宿舍楼里已经看不见什么人影，只有零零星星几个没有课程的大二或者大三的学生步伐悠闲地向下走着。

　　董依媛跟在辛子琪后面边跑边说："天哪，大四最后悔的事就是选了她的课！"

　　两个人一边狂奔，一边吐槽着。跑下宿舍楼，经过一座座教学楼，周围还有和她们一样狂奔的同学。虽然阳光明媚，鸟语花香，她们却无心欣赏。

　　喘着气一路跑到服装系工作室，两个人累得小腿肚直打战。

　　董依媛大呼一声："呼——真是累死了！"辛子琪喘着气也附和着："对呀，上个课跟打仗似的。"

　　董依媛率先走进教室："我们快点进去吧。"

辛子琪点点头跟在她后面："嗯嗯。"

抱着视死如归的心情，两个人硬着头皮进了教室。老师张甜坐在创意组学生中间，一见她们两个进来立刻瞪大了眼睛，看得她俩心里直发毛。

张甜看着她俩，开口道："怎么才来，稿子画得怎么样了？"

董依媛和辛子琪找了个离老师最远的位置坐下来，放好东西。

董依媛小声回道："画好了。"

张甜点点头，声音洪亮地说："拿过来我看看。"

董依媛与辛子琪互看了一眼，拿上自己的设计手稿慢吞吞地走向张甜。董依媛先把自己的设计手稿放到导师张甜手中，张甜面无表情地翻看着稿子，突然抬起头瞪大眼睛厉声道："能不能拿出点创意来？我们的主题是什么？你就拿这些来给我看吗？"

董依媛小声道："中国水墨画。"张甜一把将稿子摔到她脸上："那你的水墨呢？主题呢？让我在哪里看？"这一声吓得身后的辛子琪一哆嗦，全班同学一瞬间都安静下来，看向她们。董依媛看着设计图稿从眼前纷纷飘落，只觉得生不如死，她面无表情地蹲下去捡自己的稿子。

张甜看着默默捡稿子的董依媛，声音提高了八度："看看，这就是搞艺术的，你的个性呢？"董依媛在心里呐喊："我他妈没个性！没个性也是个性！"张甜训斥完董依媛，扶着额头看向另一边，过了一会儿说道："下次上课，我要看到一百套设计图稿。"

董依媛捡完自己的图纸站起来，点点头："嗯！"她其实很想质问为什么要画那么多，画那么多有什么用，设计并不是画得多就能做好的！

董依媛脚步沉重地走向自己的座位，眼睛也不知道该看向哪里，一个创意组十几个学生，就她天天被骂得狗血淋头，同样是一个班的，为什么她就没有好的作品？坐回自己的位置上，看着手中的稿子，无比失落，这已经是第几次被老师批评了？难道她真的不适合做设计师吗？真的没有这方面的天赋吗？当初选择这个专业也是因为对服装设计有着浓厚的兴趣，甚至还想以后能够成为国内数一数二的服装设计师。现在想想是不是觉得很可笑呢？

赵驰拿着自己的东西坐到她身边，小心翼翼道："你没事吧？"

董依媛抬起头来看着赵驰，一脸的沮丧："你说我是不是真的不适合做服装设计师？"

赵驰连忙安慰道："她的话，你别在意，幸好我没在这个组，不然也要被折磨死了！"董依媛趴在桌子上，有气无力地说："唉，万恶的毕设啊，什么时候是个头啊！"赵驰笑呵呵地说："那你要坚持住啊，还有一年的时间。"

正说着呢，辛子琪一脸生无可恋地慢慢走过来，坐在董依媛的另一边。

刚刚他们两个光顾着说话，也没看张甜是怎么"对付"辛子琪的，不过不看也知道，肯定是惨不忍睹，谁让她们两个每次都是张甜轰炸的对象。辛子琪抱着董依媛的一只胳膊痛哭道："媛媛呀，你说咱俩的命运怎么那么相像呢？"董依媛挑挑眉道："作为我的头号死党兼密友，你能不受'张魔头'的'照顾'？"辛子琪欲哭无泪地说："真倒霉，我是五十套。"董依媛撇撇嘴："我可是比你多一倍呢！真不知道我是怎么得罪'魔头'的！"

辛子琪突然不说话了，撞了撞董依媛的胳膊，董依媛小心地看了看右后方，余光瞥见张甜向这边走过来。她立刻装作翻着服装杂志找灵感，直到张甜走过去，她才呼了一口气。

赵驰突然兴奋地对她们两个说："走，晚上带你们去个好玩的地方。"

辛子琪闷闷不乐地说："现在哪有什么心情啊！"

赵驰笑着说："走吧！正是因为这样，所以咱们现在需要解压。"赵驰又看向董依媛，询问她的意思。董依媛看向他："晚上，有没有酒喝？""有啊，当然有，你想喝多少？"赵驰立即问道。

"我就想大醉一次，长这么大从来没喝醉过。"董依媛淡淡地说。她真的不知道自己这是怎么了，这一个月压抑在心中的东西太多了，感觉自己快撑不住了，这样的大四生活跟她想象的完全不一样。不是说大四没有课程，只有毕业设计，大多数时间可以去校外实习吗？但是现在呢？看她的情况，真的是"压力山大"，能不能过得了毕设这一关都难说，还想什么轻松，什么实习！

"好啊，今天可以让你醉一次。明天，继续战斗！"赵驰不由得扬高了声音，相邻的几个同学都看了过来，他也不觉得尴尬。

董依媛手一拍道："好，我去！"

辛子琪见董依媛都同意了，也点点头。赵驰见说动了她们两个，非常开心，下课后立即出去安排了。

第二章 生日聚会

辛子琪和董依媛还没打开宿舍门就听到里面有说有笑。

南荣沐阳闭着眼睛躺在床上敷着面膜，一张精致的小脸，一米六五的身高，身材凹凸有致，穿着浅色牛仔热裤的美腿笔直修长。

陆思涵抱着一个龙猫抱枕坐在电脑桌前，看着时下最火的电视剧，看到高兴处哈哈大笑，或者停下来跟宿舍其他人讨论一番。

魏纯儿坐在自己的床上练习织毛衣，对着陆思涵说："你们老师还是蛮不错的啊，设计图稿这么快就过了。"陆思涵笑着道："当初都说黎盼盼很凶，现在进了这个组才知道她是格外宽容。"董依媛放下自己的东西，呈"大"字倒在床上，尽量让自己躺得舒服点。

魏纯儿停下织毛衣的手，看着董依媛道："怎么了，今天又被虐了？"辛子琪坐在自己电脑桌前，打开电脑，登录到QQ飞车界面，这才说："可不是嘛！你们今天是没看到她那个样子，眼睛瞪得跟铜铃一样大，恨不得吃了我们两个。"

敷着面膜的南荣沐阳忍不住大笑着说："哈哈！对了，我不能笑的，看起来我们这一组还相对安宁啊！"陆思涵暂停了热播剧转过头来："我今天也听到了，'张魔头'果然是凶得不行不行的。媛呀、琪呀，你们两个受苦啦！"辛子琪一脸憋屈地说："听你这话，难道你的设计图稿过了？"陆思涵点点头莞尔一笑，万分得意。

辛子琪惊讶地说："太没天理了，你可是从头到尾才画了不到十张稿子啊！"

董依媛一听彻底疯狂了："啊，啊，啊，大四最后悔的事就是选了'张魔头'的课，上大学最后悔的是选了服装设计专业，最最后悔的是明明能上重点学校，怎么就来这儿了。"魏纯儿撇撇嘴："再后悔，你还能从娘胎重生一回？"南荣沐阳走到水池边准备用清水洗脸,一边拿掉面膜一边说:"其实张甜最看重的是质量,如果你画出令她满意的稿子,那么一百张,你也可以只画一张。"辛子琪哭丧着脸:"可问题是,谁知道她想要的是什么?"南荣沐阳清洗完,露出一张清纯无比的脸,继续分析道:"当然是独具创意的东西,切合你们的主题,你们可是创意组啊!"董依媛说:"以前觉得只要不选张艳的课就万事大吉,世事难料啊!"陆思涵看着南荣沐阳,话锋一转问道:"话说沐阳,你大白天的就敷面膜,不吸收多浪费啊!"

南荣沐阳正往脸上拍着各种保养品:"那些女明星一年能用几千张面膜,只要一有时间就敷面膜,这是用实例证明,女人无时无刻不需要水的滋润。再说,我一会儿要见我们家男神呢!"

众人齐齐开口道:"切!"

南荣沐阳对她们的反应充耳不闻:"懒得理你们,我要去化个美美的妆了!"

董依媛正对着镜子用眉笔给自己描眉。她的五官非常立体,身材纤细,不过平常不注重化妆,再加上身高一米六,所以不太惹人关注,在美院一波波的美女中显得非常不起眼。

辛子琪看见她还在磨磨蹭蹭的,开口催促着说:"快点走啦,赵驰他们都在等着呢!"董依媛依旧慢条斯理地涂上口红:"不急不急,你也好好打扮打扮!"转过头看着陆思涵:"思涵、纯姐,你们不跟我们一起去?"陆思涵摇摇头:"我一会儿要跟纯姐逛街买东西去,就不陪你们了。"魏纯儿一边织着毛衣一边说:"你们可悠着点啊,大晚上的不要让别人占便宜啊。"董依媛点点头,将气垫BB霜均匀地抹在自己脸上,这才开口说:"嗯,知道了。"辛子琪担忧地看着董依媛:"你真的要喝酒吗?"

董依媛带上包包、手机,拉着辛子琪道:"走吧,你今天这身真漂亮!"说完两个人就走出了宿舍。

辛子琪和董依媛推开KTV的包间门,就看到整个包间坐满了同学,一个男生和一个女生正在对唱着一首周杰伦的《珊瑚海》,桌子上放着各种酒、水果、小吃,还有一个大大的蛋糕。

赵驰开心地向她们招手,她们两个对着其他人笑了笑,便坐在了赵驰的身旁。

董依媛小声道:"这怎么还有人过生日?你怎么没说啊?我们好准备礼

物啊！"赵驰贴在她耳边小声道："没事，这是我发小今天过生日，大家出来玩玩。"

赵驰立刻给她们两个人各倒了杯啤酒，介绍道："这是我发小陈淼，那边都是他同学。"董依媛站起来道："寿星生日快乐！"

辛子琪也连忙附和道："生日快乐！"

说完两个人将一杯酒喝了下去。

陈淼笑着道："你就是董依媛啊，经常听'炸鸡'提起你啊！"董依媛听了大笑："哈哈，炸鸡？"陈淼也笑道："对呀，因为他喜欢吃炸鸡。那是你朋友啊，叫什么名字？长得可真漂亮！"

董依媛拍拍辛子琪："你自己介绍自己啊！"辛子琪有点腼腆："我叫辛子琪，是赵驰和依媛的同班同学。"

陈淼笑着伸出手来："你好，你好，我叫陈淼，他们都叫我'三水'。"

辛子琪尴尬地伸出手握住他的手。

另一个男生过来道："哎呀，这是哪儿来的两位美女呀？淼，你也不介绍介绍啊！"辛子琪立刻放开自己的手，站在董依媛旁边。

陈淼笑着："这是炸鸡的两个同学，董依媛、辛子琪！这是我哥们儿陈修赫。"

陈修赫调笑道："果然，服装系的女生个个都是美女呀！美女好，我是大三摄影系的陈修赫！"

董依媛点点头："你好！美女可不敢当，晚上出来不吓人，凑合能看！"陈修赫瞟了辛子琪一眼道："嗯，也凑合着能用！"

众人跟着哈哈大笑起来。

赵驰见旁边的女生都将生日蜡烛点燃了，站起来说："让我们一起先敬今晚的大寿星三水一杯，祝他长命百岁，心想事成啊！"众人听完赵驰的说辞，哈哈大笑，端起杯子站起来碰在一起道："三水，生日快乐，长命百岁！"

说完，一个女生道："快点许愿！"

陈淼微笑着闭上眼睛，众人屏息凝神看着他，他睁开眼睛道："好了！"

另一女生道："快吹蜡烛呀！"

陈淼突然建议道："大家一起吹！"

众人齐喊："三，二，一，呼！生日快乐！"

吹完了蜡烛，陈淼开始切蛋糕，给大家分蛋糕吃，分给董依媛那块有颗草莓，是她最喜欢吃的水果。每个人都分了之后，陈淼郑重其事道："说好了，这个蛋糕只能吃！"这句话刚说完，陈修赫就一巴掌将蛋糕连盘子拍在他的脸上。

陈淼扔下刀叉，大喝一声："陈修赫，老子今天非废了你不可！"

他说完就端着一块蛋糕冲了上去，陈修赫立刻大叫："大家还不一块儿上，不拍寿星不吉利！"

另外两个男生也冲了上去，场面乱作一团，董依媛他们三人吃着蛋糕，看着他们打闹。

陈修赫身上、脸上、头发上，沾满了奶油和蛋糕渣，被拍倒在沙发上。他看了一眼独善其身的三人，坏点子上来了，突然向辛子琪扑过来，毫无防备的辛子琪被扑倒在沙发上，董依媛吓得赶紧躲开，撞在了赵驰身上。陈修赫将辛子琪压在身下，脸贴在她的脸上，蛋糕什么的全都蹭到她身上。那边的人看到这个情景更加乐了，鼓掌叫好："好！好！好！"

辛子琪赶紧推开陈修赫，坐了起来，脸像苹果一样红得可爱。陈修赫看到辛子琪的样子，忍不住挖了她脸上的蛋糕吃进嘴里。辛子琪更加窘迫了，推开门跑了出去。

董依媛站起来准备跟上去，被赵驰扯住，赵驰示意她看向包间门口，陈修赫已经追了出去。董依媛秒懂，坐了下去，道："来，我们喝酒！"

赵驰笑道："哟，真的吗？那我舍命陪女子！先喝哪个？"

董依媛拿起一瓶啤酒，豪爽地说："先来一瓶啤的。"说完她就打开了盖，咕嘟咕嘟，像喝水一样往里倒。赵驰也不甘落后，开启一瓶一仰头就倒了下去。众人看这个样子，没想到一开始就这么激情澎湃，都连连叫好。

昏暗的卫生间里，辛子琪用纸巾不断地擦着身上的蛋糕，她的脸已经洗得干净透亮了，额前的湿发紧贴在脸上，看起来分外好看。

辛子琪清洗完，刚走出卫生间，就被赶来的陈修赫一把拉住，按住头亲吻起来。辛子琪挣扎着说："放开我！"

陈修赫抓住她的手，辛子琪用力咬了一下他的舌头，一把将他推开，愤怒地说："神经病啊！"

陈修赫立刻又换上嬉皮笑脸的样子道:"美女就是美女,生起气来都这么好看!"辛子琪气得无语:"你!"

陈修赫哈哈大笑,转而道:"刚才的滋味怎么样?"

辛子琪瞪了他一眼,转身向包间走去,却又被陈修赫一把拉住跌进他坚实的胸膛。两个人四目相对,陈修赫看着她的眼睛一眨不眨道:"你真的很美!"

辛子琪挣脱他,愤怒道:"无耻!流氓!花花公子!禽兽不如!"

辛子琪说完踩了他一脚,瞪了他一眼,大步向包间走去。陈修赫吐掉舌头上的血,看着她的背影邪笑,一脸意犹未尽。

第三章　醉酒

晚上九点多，到处灯红酒绿，一辆红色保时捷在大街上横冲直撞，不断地超车，争分夺秒地过红绿灯。车内驾驶的男子叫尚夕瑀，他有着无可比拟的逆天俊颜，银灰色的头发微微上翘，露出光洁饱满的额头，眉毛微微上扬，一双眼睛熠熠生辉，睫毛微卷，比一般女生的还要好看，高挺的鼻梁，嘴唇不染自红，非常性感，右耳戴着一颗闪闪发光的钻石耳钉。这时候，手机铃声响了起来，尚夕瑀将耳机塞进耳朵。

电话那头传来刘伊琳柔美的声音："亲爱的，你到哪儿了？"尚夕瑀清冷地说："马上到。"刘伊琳开心地笑起来："那太好了，我们等着你呢！"

尚夕瑀面无表情地嗯了一声，随即挂断电话，眼神中透露着孤高，再一次超车疾驰。

另一间KTV包间里，赵蒂趴在穿着性感火辣的刘伊琳肩上："你们家男神什么时候来？"刘伊琳刚刚打完电话，笑着环视了一周各有千秋的美女："马上就来了！"赵蒂一脸兴奋："那太好了，男神来了我们就可以吹蜡烛了！"

刘伊琳一脸幸福地点点头："来，大家先干一杯！""干杯！""干杯！""干杯！"

另一边的KTV包间里，董依嫒喝完高脚杯里面的红酒，脸颊立即浮现出红晕，此刻她笑若桃花："我以前竟没发现，这酒真好喝！"

赵驰将最后一口红酒喝完，赶紧说："行了，差不多了，我已经喝了很多了！"转过头看董依嫒，她正拿着杯子跟陈淼碰杯："大寿星，我敬你一杯！"说完就仰头喝光了。"哈哈，你这同学可真能喝！来，美女，再干一杯！"陈淼也喝完并为自己和董依嫒又倒了一杯酒。

"来，我陪你喝！"赵驰一把拉过她，将她手中的酒杯夺过来，扬手将一杯啤酒喝完了。董依媛眼睛一眨不眨地盯着赵驰的喉结："你把我的酒喝完了？"

"你……"赵驰刚准备说话，就看到董依媛已经倒了下去，赵驰赶紧将她扶起来，只听她嘴里含糊不清："醉了，真好！"

赵驰摇着她："依媛，依媛！"此时的董依媛已经不省人事了，赵驰只好扶着她，慢慢将她放在沙发上躺下来，看着她安静的睡颜，赵驰忍不住伸出手轻抚她的头发。

辛子琪突然推开门走进来，脸上的水珠还未干，赵驰赶紧收回手。辛子琪扫视了一圈，这才在角落里看到躺在沙发上的董依媛，她立刻坐到她身边，拍拍她的肩膀道："媛媛，媛媛，你怎么了？"赵驰解释道："她喝醉了！"

辛子琪吃惊地说："怎么这么一会儿工夫就喝醉了，她喝了多少了？"

赵驰看了看一片狼藉的桌子："也没多少，四瓶啤的，一瓶红的。"

辛子琪扶额说："糟糕！她以前都不喝酒的，两瓶啤酒就是她的极限了！"

赵驰担忧地看着董依媛："那今天这算是超负荷了，应该没事吧？"

"唉，最近我们压力太大了！"说完，辛子琪端起啤酒杯喝了一口。正说着，董依媛突然站了起来，跌跌撞撞地向外走去。

辛子琪立刻站起来，追着她喊："都成这样了，你这是要去哪儿啊！"见董依媛丝毫没有停下来的意思，辛子琪立刻追了出去。

董依媛头重脚轻地推开门刚走两步，就嘭的一声撞到了什么"东西"上，头一痛立刻就忍不住哇哇吐了出来。这个"东西"还没反应过来，各种污秽就已经弄脏了他的衣服。

尚夕瑀大叫道："该死的！你是谁呀？"一把就将她推开，董依媛立刻摔倒在地上。董依媛迷迷糊糊中看了一眼，在她面前的身影异常高大，他有着银灰色的头发，一张俊美的脸，居高临下，生气地盯着她。她还没来得及多想就失去了意识。

辛子琪一出来就看到倒在地上的董依媛，身旁还站着一个身材高大挺拔，但一身污秽、满脸怒气的帅哥，她一猜就知道肯定是董依媛闯的祸事。

辛子琪连忙跑上来，蹲下身子扶起董依媛，立刻向对方道歉："啊，对不起，对不起，真的对不起，我这朋友喝醉了，真是不小心的！"尚夕瑀厉声道："什么不小心？什么喝醉了？喝醉了就有理了？喝醉了就往别人身上撞？"辛子琪一边试图将董依媛抱起来，一边道歉："太对不起了，我代她向你道歉。"

这时，KTV的清洁工也赶忙拿着清扫工具过来了。包间里的人听到了声音，都走了出来，众人一看这场面面面相觑。随后走出来的陈修赫一看到尚夕瑀立刻上前问："夕瑀，这是怎么了？"正在发怒的尚夕瑀听到人群中熟悉的声音，一抬头看到了陈修赫，便指着董依媛道："这该死的女人吐了我一身！"

这时，刘伊琳也带着几个朋友闻声赶过来，一眼就看见耀眼的尚夕瑀："阿瑀，怎么了？"走近一看尚夕瑀满身的污秽，她立刻皱紧眉头看向扶着董依媛的辛子琪："是你们吧？说吧，要怎么赔？"

"对不起，我们真的不是有意的！"对着咄咄逼人的刘伊琳，辛子琪只得赶忙道歉，此刻恨不得把董依媛扔出去，这锅她不想背。

陈修赫立刻感到头大，尚夕瑀是有严重洁癖的人，刘伊琳也不是个善茬，赶忙道："没事，没事，都是自己人，我一个朋友今天过生日！"

听到陈修赫这么说，尚夕瑀面无表情地瞪了一眼深度醉酒的董依媛，脱掉身上的裸色外套直接扔进清洁阿姨的垃圾袋中，头也不回地向前走去。

"阿瑀，就这样算了？"

尚夕瑀头也不回："我先回去了！"

"今天可是我过生日呀，阿瑀！"说完，刘伊琳什么也不顾地追了上去。

陈修赫松了一口气对众人道："好了，好了，没事了！"众人都散了，赵驰跟着辛子琪扶着董依媛向卫生间走去，陈修赫也追着尚夕瑀走了。

宿舍的灯一下子亮了，几个女生躺在被窝里都还没睡，抱着手机聊天或者看视频。辛子琪艰难地将董依媛扔在床上，大口喘着气。

陆思涵掀开被子揉着眼睛问道："你们回来了？"

"嗯，真是要累死了！也气死了！"辛子琪答道。要不是赵驰，她都不知道怎么回来。

"怎么了？她喝醉了？"陆思涵看着一动不动浑身酒气的董依媛。

辛子琪喘了口气道："她非要逞能喝那么多酒，现在跟死鱼一样躺在这儿。"魏纯儿也转过头来："没有被人占便宜吧？"

辛子琪吐槽道："她能被人占什么便宜，她那个护花使者赵驰是吃干饭的？"陆思涵点点头道："那倒也是！"

第三章 醉酒

11

魏纯儿来了精神，趴在床上继续道："其实他们俩还挺合适的！"陆思涵也附和道："可不是嘛，也不知道依媛是真傻还是装傻！"辛子琪缓了一会儿坐起来说："饿死了，还有没有什么吃的呀？"

陆思涵回道："其他吃的没有，泡面倒是要多少有多少！"

辛子琪站起来："好吧，不管了，去那儿啥也没吃到，还要不停地照顾媛媛这不省心的！"

魏纯儿八卦道："怎么了？还有什么大事啊？"辛子琪一边动手泡面一边说："她啊，喝不了酒还喝那么多，不知道怎么了居然还吐到一个男生身上。你们可没见那男生的样子，恨不得将董依媛生吞活剥了去，还有他那个女朋友更是不依不饶的。"

陆思涵惊叫道："啊，这么恐怖啊！那后来呢？"辛子琪一边吃一边道："后来啊，还是我们这边一个男生，嗯……朋友，刚好认识那个被吐了一身的帅哥。"

魏纯儿道："哦，哦，这也活该算他倒霉了。那个男生谁呀？"辛子琪想到陈修赫吻她的样子，脸不由得红了，连忙岔开话题："不知道。对了，怎么没见到沐阳啊？"

陆思涵酸酸地道："这还用说啊！"辛子琪点点头，低下头继续吃面。

"你怎么脸红了？"陆思涵像发现新大陆一样凑过来看，辛子琪赶紧转向一边摸着发烫的脸："谁，谁脸红了？你才红了呢！我那是喝酒上脸！"

"哦，是这样啊。"魏纯儿点点头。

"不然是哪样啊！"说完，辛子琪快速地扒拉了几口，就赶紧去洗漱，准备睡觉。

第四章　提点

第二天，正午的阳光从窗户洒进来，轻轻落在董依嫒的脸上，她还穿着昨晚的衣服安静地躺在床上。整个宿舍只剩下她一个人。

午饭时间，陆思涵提着外卖和辛子琪回来，一眼瞥见董依嫒还在沉睡，陆思涵放下外卖，走到董依嫒床边摇了摇她："喂，起来了，还睡呢？"董依嫒迷迷糊糊翻了个身："别吵，别吵，再睡会儿啊！"辛子琪想了想道："张甜说，让你现在立刻去工作室一趟。"董依嫒睁开眼睛，立刻坐起来准备穿衣下床："死了死了，稿子一张都没画呢！"

陆思涵惊得睁大双眼，捂着嘴大笑："哈哈，看把她急的！"

董依嫒此刻还头脑发涨神志不清，慌乱地找鞋子："怎么办？鞋子呢？现在什么时候？"抬头看两个人都目不转睛地盯着她，问道："你们俩跟两根柱子一样站在这里看着我干吗？"辛子琪道："终于醒了？醒了就吃饭吧！"

董依嫒站在原地，无数个画面闪过她的脑子，她好像看到了一个男生，很帅的男生。董依嫒茫然道："什么？这什么情况啊？"

陆思涵将盒饭递给她道："先吃饭吧，吃完了说！"

董依嫒拍打着自己的脑袋，站起来说："我还是先洗脸吧！"说完就快步走进了洗手间。辛子琪和陆思涵看着她摇摇头，坐下来开始吃饭。

董依嫒现在需要好好清醒清醒，她感觉自己的大脑像断片儿了一样。洗脸盆中接满了水，董依嫒将整个头都伸了进去，在冰爽的清水包围下，瞬间感觉清醒了很多，过了大约半分钟她才伸出头，大口喘气。昨晚的妆都花了，她慢慢将自己的脸清洗干净，不一会儿，一张干净清纯的脸就显现了出来。

董依嫒从洗手间探出头，嘴里都是牙膏泡沫，含糊不清地问道："对了，昨天我是怎么回来的？"

辛子琪一张小嘴满是红油，撇撇嘴："你还好意思说，当然是我啊！"

董依媛笑道："还是我家琪宝最好了！"

辛子琪立刻板着脸警告道："没有下一次啊！还有，你知道不知道你昨天吐到一个男生身上了？"董依媛又将脑袋探出来："什么？我还吐了别人一身？"辛子琪不满道："你真的一点都不记得啊？害得我跟别人道歉半天！"董依媛洗完脸刷完牙走出来，坐在辛子琪她们对面，打开盒饭道："还有这样的事？我是一点都记不起来了！""你还有脸说，你不知道昨天有多恐怖，我差点要被那个女人揍一顿！"辛子琪想起刘伊琳张牙舞爪的样子还心有余悸。

"什么？什么女人？她打你干什么？"刚吃了两口饭的董依媛立刻停下筷子问。"还不是你撞了人家的男朋友。人家一身名牌，被你吐脏了直接将衣服扔进垃圾桶，你说人家有多气愤？"辛子琪忍不住惋惜着。

"啊，这么严重啊？"董依媛没想到自己喝醉酒居然发生了这样的事情，辛子琪肯定成了为她挡枪的人，立刻觉得过意不去："谢谢我家亲爱的琪宝，要不是你我肯定死定了！你放心，以后我一定会为你上刀山下火海，只要你一句话，我在所不辞！"

"行了，行了。大中午的说什么肉麻的话，虚情假意，我可受不起！"辛子琪又想笑又生气地说。

"哎呀，你还别不相信啊！"董依媛赶紧握住辛子琪的手，"你说怎样你才能相信我呢？"

陆思涵道："好了，好了。你俩先吃饭，再说下去我就要吐了！"董依媛疑惑地看着陆思涵："吐了？你不会是肚子里有个小生命吧？"

"去你的！"陆思涵立刻将盒饭盖子扔过去，董依媛立刻挡住："好啊，我吃饭，吃饭。感谢两位大美女照顾醉酒的我！"

……

休息了一下午的董依媛，晚上终于缓过了劲儿，开始画张甜布置的一百张设计手稿，否则明天下午她就别想好过。

董依媛一边翻着杂志，一边画稿子，铅笔在她手中"飞舞"，不一会儿，一张设计手稿便完成了。一张画完了，董依媛翻看着杂志思考着，又一张稿子画好了。

第四章 提点

夜晚，宿舍的几个人都睡了，董依媛和辛子琪书桌上的台灯还亮着，电脑也开着，董依媛聚精会神地看着时装秀做着记录。辛子琪趴在桌子上绞尽脑汁地修改着设计图稿，电脑显示屏淡蓝色的光照在她专注的脸上。

天空中的一轮明月洒下清清浅浅的月光来。这两个人埋头苦干，别的宿舍传来欢声笑语，还有的宿舍传来围着桌子打麻将的声音。大学的生活就是这样，千千万万个学生，千千万万种活法，如此灿烂多彩。

第二天上课，张甜坐在自己的位子上认真地看着董依媛画的设计图稿，不时地皱眉、沉思，用笔做着记号。看完所有的稿子，挑出了几张，张甜这才看着站在旁边的董依媛说道："目前来看这几张还可以接受，继续往这个方向画，统一你的风格和主题。"董依媛点点头道："好的！"

张甜继续看其他同学的手稿，董依媛带着自己的东西坐回位子上，总算松了一口气。她四处看了看，辛子琪却不见踪影。

她拍了拍旁边正在讨论的女同学舒舒和小文的肩膀问："你们有没有看到子琪啊？"

舒舒四处看了看，只看到工作室里其他组的同学在忙忙碌碌地做东西，摇了摇头："不知道啊，刚刚还在这里的！"

董依媛也没在意，好奇地问："你们在讨论什么啊？"

小文摊开她的设计手稿说："我设计的男装，缺少点东西。"

董依媛拿过小文的设计手稿："男装啊，我看看。"

小文设计的男装非常大气干练简洁，寥寥几笔就勾勒出服装的外在结构。男装，男性体香，一张精致俊美的脸突然浮现在董依媛脑海中，她很惊讶自己居然会联想到一张脸。他是谁？

舒舒在她眼前晃了晃手，道："依媛，你怎么了？"董依媛这才回过神来："哦，没事，只是在考虑我的稿子。"

小文建议道："如果你实在对女装没什么灵感的话，不如也做男装吧，就把模特想象成你最喜欢的人！"

"最喜欢的人？喜欢的人？"董依媛喃喃自语，陷入了回忆。

两年前，董依媛独自一人站在学校后面的小山坡上。夕阳染红了半边天，面向红色的光晕，仿佛什么都不真切，山坡上除了几棵石榴树和一些鸟，再没有什么了。微风扬起她白色连衣裙的裙摆,她手里拿着手机贴近耳朵,泪水模糊了双眼,沙哑的声音通过信号传到手机的那一边:"你,真的要和我分手?"

电话那头她的男朋友任煜泉非常坚决地表了态:"嗯,我已经不爱你了,我们还是分手吧!"

董依媛眼泪哗哗地往下流:"为什么?是我不够好吗?是我哪里做错了?还是我……"

任煜泉赶紧打断她:"没有,你很好,只是我们不合适!"

董依媛愤怒道:"那好,我知道了。希望你不要后悔!"

说完,不等那边回话,她就挂掉了电话,痛苦地坐在山坡上哭泣,心痛得无以复加,从黄昏一直枯坐到太阳落山。手机一直在响,她的眼泪一直在流。她居然失恋了。

小文一脸幸福地继续说:"嗯,我就是为了我家男神设计的啊!"舒舒打趣道:"哟,你家男神还长了一米九的个子啊,我怎么不知道!"小文狡辩道:"没有一米九有一米七行了吧,等完了之后我再给他剪短不行呀?"舒舒哈哈大笑:"可以,可以,你怎样都可以!"

正在这时,赵驰走过来道:"聊什么这么开心啊?"

董依媛从回忆中回神,平静道:"没什么,随便聊聊。对了,你看见子琪了吗?"赵驰神神秘秘地凑过来道:"她呀,你猜?"

董依媛回他一个白眼,这么一瞥,就看到辛子琪脸臭臭地从外面走进来,再往后一瞧,居然发现一个特别眼熟的男生。

他笑嘻嘻地跟着辛子琪,走到董依媛面前开口道:"看什么看,这么快就不认识了?"董依媛看向赵驰,又看看辛子琪,这才恍然大悟:"哦,你就是那个喜欢扑倒的男生呀!"陈修赫一听,哈哈大笑:"你记忆力可真是好啊,这你都记得啊!"

董依媛讪讪:"那是!谁让你那么与众不同呢!"辛子琪回到工作室就开始收拾东西,拿好自己的东西对着董依媛道:"现在没什么事了,我先回宿舍了!"董依媛愣了一下,还不知道这小妮子是被谁给惹了,赶紧对着他们说:"啊,我家子琪跑了,我先去看看啊,你来我们工作室让赵驰带你好好看看啊!"说完也不等他们回复，带上自己的东西也快步跑了出去。

　　赵驰和陈修赫看着她离开的背影欲言又止。赵驰打了陈修赫一拳道："你小子今天又干什么了？"陈修赫笑道："嘿嘿，其实也没什么，就是亲了她几下。"赵驰完全没反应过来："什么？亲了几下，那到底是几下啊？"陈修赫春风得意地走开："你猜啊！"

　　赵驰一边追一边大叫："哎，你这家伙！也太不矜持了！"

第五章 遇见尚夕瑀

　　董依媛在宿舍里走来走去，辛子琪躺在床上看电子书，魏纯儿坐在自己的床上嗑瓜子看韩剧，陆思涵跟她男朋友煲着电话粥。可能大多数的女生宿舍都温馨整洁，但很容易判断出她们宿舍没有那么多的讲究。宿舍五个人，四个人的桌子上都凌乱不堪，除了南荣沐阳的桌子上化妆品和美妆工具码得整整齐齐外，其他几人的真是不能看。仿佛高考班的桌子，书堆得跟山一样。除此之外，宿舍里还有两个人台。人台是服装专业必不可少的道具，几乎每一套衣服都要从这个模特身上走过。每个人的床也都是凌乱不堪的，还好是女生，一般没什么难闻的气味。

　　辛子琪看了看董依媛来回走动的身影，放下手机，大叫着："媛媛啊，你别走了，看得我头晕眼花。"董依媛这才停下来说："我在想一件特别重要的事情，你说我该不该放弃女装选择男装？"辛子琪一时纳闷："你要做男装？"董依媛点点头道："既然女装界怎么都容不得我，那不如去男装界闯一片新天地！"魏纯儿摇摇头插嘴道："身为女人，你连女人这点事情都搞不好，男人的时尚你更不懂了！"陆思涵忍不住道："纯姐又开始打击人了，我倒是觉得媛媛做男装是不错的选择，女人看男人的视角总是独特的。"

　　辛子琪叹息道："怎么好好的要做男装？这又得重新开始了，毕竟画了那么多女装突然变男装。唉，老师今天好不容易认可你了！"魏纯儿的话丝毫没有打击到董依媛，她认真地说："我这几天总是有一种冲动，即将破土而出，我现在就去构思。"

　　说完，她立刻坐到自己的书桌前，翻开资料认真构思。她脑海里突然又闪现出那个男生的面容，还有青草的香味，她开始下笔。几个人无奈地看看她，又各忙各的去了。

董依媛将自己的设计手稿交给张甜，站在她身后说："老师，我想了想，我觉得我可以转变下方向做男装！"张甜看了几张设计手稿，相比于女装的苍白无力，董依媛设计的男装线条更加流畅熟络，寥寥数笔就勾勒得十分精彩，仿佛变了一个人一样。她点点头："这是你画的？"

　　董依媛低着头明显底气不足，她没有经过导师的同意就擅自做主，还是比较忐忑的，于是小声道："嗯！"

　　张甜抬头看了她一眼，语气懒懒地道："还有点意思，不过你最好现在就开始为自己的作品寻找模特，否则最后你的作品只能是一张废纸。"董依媛点点头："好的老师，我知道了！"张甜点点头，终于露出一个微笑，拍拍她的肩膀道："继续加油！"

　　董依媛心里一阵激动，张甜这是在夸奖自己吗？真的是受宠若惊啊！她一边走回座位一边想着："这男模要去哪里找？"

　　宿舍里，一声尖叫，刺痛众人耳膜。

　　魏纯儿大嗓门道："找男模？"

　　董依媛点点头："张甜说还有点意思。不过，现在的问题是到哪里找一个颜值爆表、身材完美的男模，这世界上真的有这样的男生？"说到这里她先泄了气，摇摇头。这种要求太高了，像张亮、胡兵这样的国际超模能有几个呢？

　　陆思涵立刻就想到了一个人，说："沐阳她男朋友昊森怎么样？又高又帅的。"辛子琪也附和着："对呀对呀，昊森长得挺帅的啊！"

　　董依媛想了想道："帅是帅，但是太过阴柔，而且也不够高啊！"

　　陆思涵继续提议道："对了，我们去学校门口等着吧，学校这么大，肯定有符合这些条件的男生的！"

　　董依媛听到陆思涵的点子，眼前一亮，立刻振作起来道："那好，我现在就行动，碰碰运气，实在不行再想别的办法。你们谁陪我一起去啊？"魏纯儿首先发声，头也不抬地说："我一会儿还要去咖啡馆上班。"辛子琪也为难道："我是去不了了，稿子还是不行呀，还要继续想继续画。"

　　陆思涵立刻开心地说："算我一个啊，我要去猎艳，说不定还有意想不到的奇遇啊！"魏纯儿撇撇嘴："你也太不老实了，这么快就忘了你家兵哥哥了。"陆思涵是个行动派，说走就走，一边换衣服一边说："哪能呢，我这是出去开阔下视

第五章　遇见尚夕瑶

19

野，提升下自己的审美水平。你说对吧，媛媛？"董依媛立即站向她这一边："那是当然。走，看帅哥去！"说完拉着收拾好的陆思涵就走了出去。

董依媛和陆思涵结伴下了宿舍楼，走在校园内。校园里高大的法国梧桐挺立在小道两边，近千根拴马桩或高或低，拴马桩上的石狮子神态各异，装点着校园的角角落落；学生们来来往往，络绎不绝。这拴马桩不光具有历史价值，平常还有大作用，天气晴朗时就成了学生们晾晒被子的绝佳场地，高高低低错落不平地铺满了各种颜色的被子，实在是一大奇景。她们两个人四处闲逛着，操场、明湖、教学楼全都转过，在周围来来往往的男同学中，却没发现一个中意的。

董依媛转来转去有点泄气地看着兴致勃勃的陆思涵说："我们现在去哪里？"陆思涵拉着董依媛往前走，一脸的笃定："学校大门口！这几乎是每个学生进出校的必经之地，况且这个时间刚好是饭点，一定能找到的。"董依媛点点头，跟着陆思涵一起向学校大门口走去。

来到学校大门口，人群密集，熙熙攘攘，美女帅哥很多，她们两个人瞪大眼睛目不转睛地搜寻着目标。

这时，一个身材高挑的男生出现在两个人的视野中，这个男生的身高少说也有一米九，穿着一身黑色的衣服，显得非常成熟大气，只是长相有点普通。他一脸严肃地快步走过来，陆思涵见状，直接将董依媛推了出去："快上！"

男生一见突然冲到他面前的女生，立刻停住了脚步，十分不解地望向董依媛，心想，这年头女生追男生都这么生猛吗？

董依媛站定身子，瞪了陆思涵一眼，微笑着开口道："同学，你好，我是大四服装系的学生。我正在寻找一位男模，你有兴趣吗？"

男生一听："这……"

陆思涵急忙上前道："不会占用你很多时间的，偶尔来帮我们试下衣服就可以了。"男生思索了一下开口说道："嗯，那可以！"陆思涵开心地说："那可以将你的手机号码和微信告诉我们吗？"

男生点点头，陆思涵戳戳董依媛，董依媛立刻掏出自己的手机添加男生的联系方式。加上微信之后，男生便离开了。

董依媛颤抖着将手机装进包包里："哎呀，吓死了！"

陆思涵不满道："瞧你那点出息，要不是我，你估计在这儿站一天都不可能找到一个人。这种事情就像找男朋友一样，一定要快、准、狠，先下手为强。"

董依媛瞬间充满了力量，点点头："陆大人您说得是，只是我天生看到个高长得帅的人就腿软。"陆思涵恨铁不成钢地说："那现在就好好锻炼锻炼，省得你一天天跟个没见过世面的小姑娘一样！"陆思涵还想继续说教，一回头就发现董依媛已经站在一个男生的面前语气淡定地索要联系方式了。

不一会儿，男生掏出了手机，添加完联系方式就离开了。董依媛兴冲冲地走到陆思涵面前说："怎么样？"陆思涵咧嘴一笑："不错嘛，孺子可教也！"董依媛嘚瑟地说："那是，你也不看看我是谁啊！"

正说着呢，陆思涵激动地拍了拍她的肩膀道："你快看，快看！"

"怎么了？又怎么……"董依媛一边问着，一边转过身去看，瞬间就愣住了。枫树下，迎面走过来一个身穿白色与黄色拼接衬衫，浅灰色休闲裤的帅气男生。他有着标准的倒三角形身材，一双腿笔直修长，足有一米多。五官立体精致，皮肤白皙，嘴角微微上扬，眉宇俊朗，一双眼睛深邃又迷人，浑身散发出冷冷的气息，这简直是一位帅气十足的完美男模。他的出现立刻引起了人群的骚动，帅气的外表和高大的身材在人群中显得鹤立鸡群。他是那样耀眼，只看一眼就能深深印刻在人心里。

董依媛感到有一丝窒息，不由得脸红心跳加速。她真的没想到，居然能遇到这样完美的男生，身材、身高与颜值并存，简直就是男神一般的存在。她呆愣地看着这个男生，这张脸与一直存于她脑海的那张脸渐渐重合。她见过他？在哪里？

等董依媛和陆思涵回过神来，男生已经快要走过去了，在他的身后还跟着几个说说笑笑的男生女生。陆思涵气急败坏地对董依媛说："还不赶紧上啊！"

董依媛点点头："啊，哦！"说完快步追上去，停在他们面前道："那个同学，稍等一下。我是大四服装系的学生，现在正在做男装，我需要一名男装模特，你可以……"还没等董依媛说完话，尚夕瑀眼睛都不眨一下，冷声道："不可以！"

陈修赫站在后面也看到了董依媛，小声地说："是那个女生，她怎么开始做男装了？"尚夕瑀说完就抬脚准备走，董依媛见状，也不知道哪里来的勇气，大声道："我真的很需要一位男装模特！"尚夕瑀这才瞥了一眼她的样子，皱着眉头，说不上哪里有点熟悉，又看了一眼。

第五章 遇见尚夕瑀

刘伊琳抓着他的胳膊道:"阿瑀,快点走吧。"

尚夕瑀点点头,大步向前走去。陈修赫停下脚步,对董依媛说:"你怎么开始做男装了?"

董依媛这才看清楚是陈修赫:"啊,怎么是你啊?"

陈修赫嬉笑道:"怎么就不能是我啊?子琪呢,怎么没见到啊?"董依媛说:"她在宿舍画稿子呢。"陆思涵插嘴道:"你们都认识啊?那就好办了,刚才那帅哥叫什么啊?"陈修赫正准备说呢,尚夕瑀见陈修赫没有跟上来,转头看见陈修赫居然和董依媛她们聊了起来。尚夕瑀立刻皱眉道:"还去不去打球了?"陈修赫大声应答:"来了,来了!"又对董依媛她们说:"以后再说啊!"董依媛看着陈修赫跑开,向前看去,正巧尚夕瑀也看了过来,四目相对,尚夕瑀一脸厌恶,立刻转头。

陆思涵不满地说:"什么人啊,怎么可以这么没礼貌!"董依媛安慰道:"算了,算了。今天就这样,先回去吧!"陆思涵继续抱怨道:"这种人还是第一次见啊!"董依媛拉着她的手:"你就当他是个屁,放了他可以吗?"

陆思涵哈哈大笑:"哈哈,放屁!"

董依媛无奈地摇摇头:"走了,请你吃饭去,犒劳一下我们的大功臣。话说生气的人不应该是我吗?"陆思涵大笑:"哈哈哈,是啊,是啊!我们去犒劳犒劳自己!"

第六章　死缠烂打

夜色下，一湖绿水悠悠，在木板桥上一圈五彩斑斓的发光灯的衬托下波光粼粼，更显得魅力非凡。湖水中的鸭子和黑天鹅优哉游哉地游弋在湖面上，兴奋地嘎嘎叫几嗓子吸引着人的注意，索要面包馒头。学生们买来馒头面包，最爱喂湖中的金鱼和黑天鹅。平常时日里，都能看见撑死的小金鱼翻着白肚皮。在建校之初，这片湖水没有人专门撒鱼苗进去，是有些酷爱小鱼的学生把小金鱼放进湖中，久而久之，形成了大规模的观赏鱼群，红的、金的、黑的、白的、花的，成群结队，大小不一地出现在有学生投食的地方。这湖造型也奇特，呈八卦状，一半是地，地的那面种着各种花草绿植，幽幽小径通向学校的各条主路；一半是水，水中央有一座小岛，是鸟雀、黑天鹅、鸭子的栖息地，水中有一条石碾子铺成的路通向小岛。这条路在湖水丰盈期隐隐约约看不真切，到了湖水干涸期，一眼就能看到头，让人很想前往一探究竟。湖中还种着荷花，一到春夏，景色盎然，引人沉醉，夜晚更是凉风阵阵，是消暑的好去处。一年四季，景色秀美，各有不同，颇有意境。这湖被不少校外的人所熟知，名曰：明湖。

董依媛、辛子琪、陆思涵三人吃完晚饭就来到明湖闲逛，走累了就坐在湖边的木凳上聊天。三个人看着波光粼粼的湖水，风轻轻吹起她们的衣角，虽然已到秋天，却不觉得冷，只觉得全身心放松自在。

辛子琪看着董依媛说："你们确定就要找他？"陆思涵立即发表意见："那可是真男神啊！颜值与身材、身高完美结合为一体，不找他还能找谁？不过看他那个样子，高冷，油盐不进，神佛难请，要搞定他太难了！"

董依媛点点头："是啊，我原本就想找个高一点的就行了，没想到居然让我遇见了他。不过要请动他，确实是难！何况我感觉他对我有一股敌意，甚至是厌恶，他一个眼神就能让我浑身发抖！"

辛子琪笑了笑："有敌意就对了，但你也不至于那么害怕他。"说完，辛子琪又卖起了关子："你可知道他是谁？为什么对你有敌意？"董依媛睁大眼睛，难道她的第六感是对的，那个帅哥厌恶她，还真有原因："为什么？难道你知道？"

辛子琪点点头，不否认："我当然知道。他就是大三油画系的尚夕瑀，不仅颜值高，身材好，身高一米八九，还是峰岭集团的公子。他从小就众星捧月般存在着，男生女生追捧他的人不计其数，而他身为富二代中的佼佼者，也不是谁都能相比的。"辛子琪能知道这些，都是为了帮助董依媛而从陈修赫那里打听来的。"当然还有更重要的一点，就是你那天喝醉酒吐了他一身！更严重的是他是典型的处女座，有严重的洁癖！这就是他真正厌恶你的原因了。"

董依媛听完差点晕过去了："啊，什么？吐了他一身？处女座？完了，这下完了，更没戏了！"辛子琪见董依媛垂头丧气的样子，安慰着说："你这么容易就放弃了？害我白白为你打听了！"

董依媛哭丧着脸："其实，我只是想顺顺利利地搞完毕业设计，只要能毕业就行了，没有那么大的志向和抱负。"陆思涵也劝说着："你这种想法也是我们的想法。但眼下是你必须要拿下尚夕瑀！有一首诗怎么说来着：'曾经沧海难为水，除却巫山不是云！'尚夕瑀是你的希望，既然希望就在眼前，你可千万不要放弃！"

董依媛想了想说："那现在怎么办？我连面对他的勇气都没有。"

"给他打电话，向他道歉，让他原谅你，然后你再对他'动之以情，晓之以理'。反正不管用什么办法都要争取到他！"陆思涵立刻建议着，然后看向辛子琪，"你应该有尚夕瑀的电话吧？"

"嗯，有呢。早就预备着了，就看依媛有没有这个胆量了！"

董依媛深呼一口气，站起来说："好，那我今天就豁出去了。电话号码给我，我来打！"

董依媛快速地拨打了尚夕瑀的电话，两个死党屏气凝神地听着电话。天知道她有多胆怯，在电话接通的那一刻，她真的想咬舌自尽，结结巴巴道："喂，你好，你是尚夕瑀吗？"

尚夕瑀此时正在他的单身公寓里看电影，公寓里的一个房间被他专门改造成家庭影院的模式。他看的是《泰坦尼克号》里杰克给女主画素描那一段，这个画面真是美极了，就读于油画系的他，虽然画过很多裸体，但从来没有画过一个年轻女子。此时手机铃声响起，打断了他的思绪，还是个陌生号码，让他非常不高兴。暂停了电影，坐起身子用冷漠而富有磁性的声音问道："你是谁？"

董依媛连忙介绍自己："我是今天下午让你当男模的女生。"尚夕瑀一听，冷哼道："你还有脸打电话过来！"董依媛立即道歉："那个……之前的事我想起来了。都是我不好，你大人有大量就原谅我吧，但是现在我很需要你的帮助。"尚夕瑀："哼，原谅你？像你这种没有酒品没有酒德，又跟个乡下大妈一样啰唆的乡巴佬，我这辈子都不可能原谅你！"说完还不等董依媛破口大骂反驳，尚夕瑀已经挂掉了电话。尚夕瑀冷笑，想起来了，现在终于想起来了，她这拙劣的伎俩真是让他感到可笑。

尚夕瑀认为这是女生追求他的一种手段。这些年他见过太多的女生想尽各种方法引起他的注意，苦肉计、碰瓷、装清纯、色诱等不计其数。他对此嗤之以鼻，而董依媛这招简直让他感到恶心、厌恶。没想到她一计不成又施一计，居然想了这个让他做模特的招儿，真是可耻。

董依媛气得咬牙切齿："天哪，我要疯了，天地间还有这种自私自大没教养，小心眼外加毒舌的男神经病。啊！我真是要被他气疯了，太可恶了！"辛子琪皱皱眉头："这种情况也算正常，毕竟你理亏在先，现在又有求于人，他不落井下石才怪，别跟他一般见识。继续，继续，他越不想帮你，你越应该要烦他。"陆思涵拍拍她的肩膀："淡定，淡定，继续打电话，打到他忍无可忍再说。"董依媛听了，瞬间心情大好："好，这个主意不错，我呼死他！"董依媛继续打电话，刚打通她就挂断，一连打了十个。尚夕瑀关掉电影，正打算去浴室里泡澡然后睡觉，谁知电话一个接一个打得没完没了，刚接通就挂断，电话号码摆明了就是刚才那个无耻的女人。他直接将手机关机扔出去，顿时没有了泡澡的心情，匆匆洗漱了一下。

刚从浴室出来坐在沙发上，另一个手机又开始不停地响，他气急败坏地将手机关机，狠狠道："该死的陈修赫！"这一定是陈修赫那个浑蛋的杰作，如果不是他，那个死女人怎么知道他的电话。尚夕瑀在气愤中睡着了，做梦都是第二天把陈修赫和董依媛这两个人大卸八块。

正在梦里畅快着呢，尚夕瑀就被闹钟吵醒。他坐起身子，狠狠地将闹钟扔向墙角。自从遇见了那个女人，他就没一件顺心的事。他顶着黑眼圈喝了杯水，立刻开机，给陈修赫打了一个电话。刚接通，他就气急败坏地说："你马上出现在我面前！"陈修赫大嚷着："老大，我现在正要去上课啊！一大早火气怎么这么旺！"尚夕瑀咆哮道："给我立刻滚过来！"

陈修赫吐了吐舌头，挂掉电话，立刻向尚夕瑀的公寓奔过去。

陈修赫一进尚夕瑀的公寓，刚换上拖鞋就嬉皮笑脸地说："大哥，您这是怎么了？"尚夕瑀立即将一个大抱枕砸向陈修赫，一脸杀气腾腾地看着他道："你干了什么？说！"

陈修赫眼疾手快接住了大抱枕，赶紧说："别激动，别激动，有话好好说啊！"说完连忙屁颠屁颠地将尚夕瑀请到沙发上，给他倒了一杯水。陈修赫坐在了尚夕瑀旁边的沙发上，两个人大眼瞪小眼。

"说吧！"尚夕瑀看着他淡淡地说。"说什么啊？夕瑀，你今天没课啊？"陈修赫装傻充愣打着哈哈。

尚夕瑀冷冷地看着他："你说什么？"陈修赫："你别这样看着我啊，我怕啊！"尚夕瑀不屑道："你怕？你这个死家伙，从小到大干过多少不要脸的勾当。说，董依媛这怎么回事？"陈修赫讪讪："也没什么啊，人家小姑娘就是想让你尚大少爷给她当模特，你答应了不就行了？"尚夕瑀冷哼一声："哼，你说得倒是轻巧，给她当模特，我怕脏了我的身子！"陈修赫："你可别这样说啊，要是被那女孩知道，估计要和你拼命。"尚夕瑀道："她敢！"

陈修赫撇撇嘴："那今天你也不会来找我了！"

尚夕瑀："你给我老实交代，得了人家什么好处？"

陈修赫大言不惭道："你可不要乱说，我们的关系可是纯洁得不能再纯洁了！"尚夕瑀道："你以为我不知道，你就是看上了那个叫辛子琪的丫头。"

陈修赫立即反驳："哪有的事，是她追的我。明天周末，她还求着我带她去植物园拍几张艺术照呢。"尚夕瑀一听就知道他说的都是假话，也不拆穿他："是吗？那你可要把持住啊！"陈修赫："送上门的哪有不要之理。不说了，我去上阎罗王的课了。"

陈修赫急匆匆地向外跑去，尚夕瑀在他背后说道："我答应了！"

第七章　大作战

正在穿鞋子的陈修赫没反应过来："什么？"尚夕瑀道："但是她必须要跟我道歉。"

"我这就去告诉她们这个好消息，一定把你的话带到。"陈修赫说完，开开心心地开门跑出去了。

尚夕瑀想着董依媛的样子，冷哼一声："董依媛是吗？走着瞧！看看你还能耍什么花招！"

刚跑到楼下，陈修赫越想越觉得不对劲，也不管他那个专业课老师有多可怕，又折身回去了。他一把推开门，问："为什么啊？"

"觉得无聊！"尚夕瑀对他去了又回也不感到意外，仍旧自顾自地喝着咖啡。

"我才不信！"见尚夕瑀不打算说，陈修赫也懒得再问，又关门出去了。他能做的也就这么多了，那姑娘就自求多福吧。

他先给董依媛打了电话，董依媛疑惑地问："道歉啊，还有别的要求吗？"

陈修赫想了想："没有了，你自己想想吧！"

董依媛开心地说："好的，我知道了。真的太谢谢你了，下次请你吃饭！"

"哈哈哈，吃饭呀！好啊！"陈修赫继续补充道，"带着子琪。"

陈修赫在那一头乐开了花，他在这次决战中是最大的受益者，全身上下都感到畅快。

尚夕瑀在自己房间转了几圈，他在思考着怎么让那个该死的董依媛知难而退。最后想来想去，也没有想到一个过瘾的点子。

像这种整人的事情，他一瞬间就想到了孙天华。孙天华是中恒集团老总的第二个儿子，在高中的时候跟尚夕瑀一起上了全市最好的学校。在一次篮球比赛上不打

27

不相识，成了好朋友。孙天华吃喝玩乐最是擅长，而且酷爱整蛊，不少人都栽在他手上。在高考前一听说尚夕瑀要考美术学院，他立马就报了班学习美术。这个花花公子可能天生与美术有缘，不仅绘画技艺突飞猛进，还对美术产生了浓厚的兴趣，上大学时专业选择了版画，是班级中的佼佼者。

因为尚夕瑀姓尚，和他关系好的哥们儿都叫他"皇尚"。孙天华接起电话就说："皇尚，中午一起出去吃饭，我知道一家不错的店！"

"先别说吃，我问你一件事啊！"尚夕瑀专业课程是在十点钟，他一边打电话，一边下楼去学校。公寓就在学校后门的小区，慢走十分钟就到学校了。

"什么事啊？你说！"孙天华有点惊奇，这完全不像尚夕瑀的风格啊，他做事总是特立独行，哪会问别人什么意见。

"要怎么整一个人？"尚夕瑀直接问道。

"啊，整人？整谁啊？"孙天华仿佛听到了一个天大的笑话，突然灵光一闪，"哦，我知道了，那个女生，找你做模特的女生！"

"别废话，说吧，就你整人点子多！"听到孙天华开始八卦了，尚夕瑀赶紧打断他。

"整人点子可多了，你想要什么样的？残废？半死不活？痛不欲生？"

尚夕瑀立即打断他："够了，要让她知难而退！"

孙天华奸笑着说："哦，我知道了。就是让她不要找你帮忙嘛，那你直接拒绝不就行了？"

尚夕瑀听到这话就来气："这你就去问陈修赫那个该死的长舌妇去！"

"哈哈哈，我知道了！我跟你说……"

早上得到了陈修赫的好消息，董依媛就一直在思考着如何求得尚夕瑀的原谅。快到中午时，手机再次响了起来，一看这一串数字，董依媛眉头一皱：尚夕瑀。

"喂！"

"中午，来学校食堂吧！"还没等董依媛回答，尚夕瑀就挂了电话。

"这家伙真是没礼貌。"董依媛吐槽道。

陆思涵觉得董依媛这个电话接得异乎寻常，忙问："谁呀？"

"姐妹们，尚夕瑀说让我中午去学校食堂！"董依媛感觉莫名其妙，"难道是让我请他吃饭？"

"人家大少爷，会让你去学校食堂请客？"魏纯儿翻了个白眼。

"说不准，尚大少爷体谅依媛口袋里的人民币呢。哈哈哈！"陆思涵说完自己就先笑了。

"哎呀，你们！我都火烧眉毛了，你们还拿我开玩笑！"董依媛要被气死了，搞不好她去的就是鸿门宴，有去无回。

辛子琪伸伸懒腰："没事，我们中午一块儿去学校食堂，反正都要吃饭！"

"那太好了！"董依媛一听有姐妹们撑腰，立刻就笑了。

一行五人慢悠悠地走进食堂。食堂里有快餐、米线、馄饨、油泼面、臊子面、牛肉面等各种美食。学生们有的正在排队买饭，有的已经吃完饭将餐盘放进清洁区，有的还在吃饭聊天，熙熙攘攘，好不热闹。董依媛一眼就看到了令人无法忽视的尚夕瑀。还是陈修赫眼尖，笑着向她们招招手示意她们过去。走近一看，尚夕瑀一脸邪气地靠在一张饭桌上，旁边还坐着一名女生，是尚夕瑀的女朋友刘伊琳，还有孙天华、陈小漠两个"尚党"，几个人或站或坐，一齐看向董依媛她们。

尚夕瑀率先开口道："来得有点迟啊！"

董依媛开口道："不好意思，让你们久等了。谢谢你能答应。"尚夕瑀："我有说过要答应吗？"董依媛一脸疑惑地看向陈修赫，陈修赫表示不知道。

孙天华笑嘻嘻地说："你应该先向皇尚道歉啊！"董依媛小心地看向尚夕瑀，除了在学校门口的相遇，这是第一次这么近距离地接触尚夕瑀，她小心翼翼地说："对不起，都是我的错，那天我喝多了。今天我正式向你道歉。"

孙天华掏掏耳朵："你说什么呢？我们怎么没听见！"董依媛看了看陈修赫，再看了看姐妹们，牙一咬，大声喊道："尚夕瑀，对不起！请你原谅我！"整个食堂的人都被这声音震了几下，都向这边看过来。

"连喊三遍吧！"孙天华又说道。

"尚夕瑀，对不起！请你原谅我！""尚夕瑀，对不起！请你原谅我！""尚夕瑀，对不起！请你原谅我！"董依媛停下来，看向尚夕瑀。尚夕瑀那边的人都哈哈大笑，拍手叫好。

尚夕瑀冷笑了一声，这才开口："就这样完了？真是太没诚意了！"陈修赫一愣，搞不明白尚夕瑀葫芦里卖的什么药，不是已经道歉了吗？再看向辛子琪等人，都是一脸的愤愤不平。

第七章　大作战

刘伊琳皱着眉头，她本来就不喜欢别的女生太过接近尚夕瑀，开口说："阿瑀可不是那么随随便便的人，你就死了心吧！"

"你的诚意呢？"孙天华唯恐天下不乱，起哄道。

陆思涵忍不住了，生气地说："太过分了！尚夕瑀，你要么答应，要么不答应，不带这么为难人的。"

南荣沐阳也看不下去了："我帮你找模特吧。"

陈修赫和陈小漠一起开口道："要不就算了吧！别难为她了！"

尚夕瑀冷笑一声，挑衅地看向董依媛："让她自己说，其实我也不是很愿意。"

辛子琪拉着她："算了吧。他是不会答应的！"董依媛压下自己的怒气，尚夕瑀这么做无非是想让她知难而退罢了，她绝不会让他称心如意的。

她目光坚定地看向尚夕瑀："好，我会让你满意的。你不是一直对我吐了你一身的事耿耿于怀吗？"说完众人还没明白她什么意思，只见她直接从一个同学的手里抢过一碗牛肉拉面道："不好意思同学，一会儿给你重买一份。""哎，我的面……"也不管众人如何惊愕，她毫不犹豫地将整碗面泼向自己，顿时全身都是火辣辣的感觉。

同学大叫了一声："啊！"

众人都看了过来，一脸惊愕。尚夕瑀看到这种情况，脸上有点挂不住，冷哼一声，抬腿向外走去，其他人连忙跟上他。

董依媛看着他的身影，大喝一声："慢着，话还没说清楚呢！"尚夕瑀虽然满心厌恶，但不得不转过头来："怎么？"

董依媛死死地盯着他："我的道歉尚大少爷可还满意？"尚夕瑀脸色难看地说："算你厉害！"董依媛不依不饶："厉害？我问你还需不需要我再来一次！"

尚夕瑀被她盯得不自然，连忙说："不需要，我答应你！"说完，逃也似的离开了食堂。

看着他们离开，董依媛这才快速地抖了抖自己身上的面条汤汁："哎呀，烫死我了！"

众人帮她擦着衣服。陆思涵："你也真是的，不要命了！"董依媛摆摆手："没事，没事，死不了的。"魏纯儿："我算是见识到那个尚夕瑀的厉害了！"

第七章 大作战

南荣沐阳："那还用说，整个学校敢招惹他的，恐怕就咱们家的这个宝贝疙瘩了！"

一走出食堂，尚夕瑀就一直阴沉着脸，大步走在前面，谁也不知道他脑子里在想什么。

陈修赫感叹着："这个丫头还真是厉害，看到皇尚吃瘪真是过瘾呀！"

孙天华笑着说："哈哈，免费看了一场好戏！"

刘伊琳道："直接不搭理那小丫头就完了，怎么整出这么多事。"另一个男生陈小漠说："早知道这样，还不如一早就答应了。"

尚夕瑀狠狠瞪了陈修赫一眼，他今天这么狼狈都怪这个陈修赫多管闲事。陈修赫接收到这个眼神立刻道："那什么，我系里还有点事，就先走了啊！"说完也不等其他人答应，拨腿就跑。

孙天华喊叫："喂，你不吃饭了啊？"陈修赫向他们挥挥手道："不用了，你们吃吧，玩得开心啊！"

第八章　约法三章

　　一到晚上，南荣沐阳就不在宿舍里了，宿舍里的其他人也都习以为常了。她和男朋友昊森不在一个学校，昊森是理工科学霸一枚，喜欢打篮球、游泳等，堪称偶像剧中的男主角。南荣沐阳更是身材好气质佳，容貌秀美，性格温婉，家境殷实，妥妥女一号人设。这两个人在一起，是天造地设的一对，自从大三两个人确定恋爱关系后，就如胶似漆，是宿舍里女生们眼热的对象。

　　魏纯儿每周的周二和周四下午都要去咖啡馆工作。她从大一开始就在校外找了兼职工作，生活费向来都是自己解决。家庭原因造就她从小自立自强的性格，平常最看不惯懦弱的董依媛和没主见的辛子琪。今天，魏纯儿去咖啡馆了，此时的宿舍里就剩下三个人了。

　　陆思涵一直以来都在学校附近的画室里当助教，教高考前的艺术生画色彩。她是整个宿舍绘画功底最深的一个，平常性格大气、稳重、不拘小节，总是一脸笑容，给人如沐春风的感觉，也是宿舍里人缘最好的。刚上完课的她，回来时带了一份擀面皮和一杯奶茶，准备吃饭。

　　董依媛在看一本服装杂志。自从上了大二之后，她每周都会买各种各样的时尚杂志，从美妆到服饰，这几年积攒下来的杂志都有两个人那么高。对于即将结束的大学生活，她时常感到不安，她想象不到自己日后会有怎样的人生，也害怕现实中的困难将自己击垮。

　　辛子琪是宿舍里玩心最重的一个，从高中到大学一直玩着各种游戏，平常最爱干的两件事就是玩QQ飞车和画手绘画；超级喜欢日漫，后来也逐渐喜欢上了国漫。她的几段恋情都是在游戏里发展的，但最终都无疾而终，这让内向的她一度很绝望。此时的她，飞车什么的都提不起兴趣，整个人心烦意乱。

第八章 约法三章

辛子琪纠结地看向董依媛和陆思涵两个人："你们说陈修赫让我明天去植物园拍照，我去吗？"董依媛头也不抬："去吧，去吧。"辛子琪一脸苦相："我总觉得他这人不靠谱啊，要不你陪我一起去。"董依媛："哎呀，人家叫你去呢，拉着我算是什么啊。"辛子琪调侃："这叫买一赠一啊，多么好的机会呀。"董依媛："我看我是几千瓦的大灯泡吧。"

辛子琪："你说什么呢！"董依媛抬起头："我口无遮拦啊，不过看起来他对你蛮殷勤的，不如你从了他吧！"辛子琪一下子冲过来："再说，信不信我撕烂你的嘴！我还不是为了你才答应他一个要求！你这会儿还说起风凉话了。"

董依媛求饶道："不敢了，您大人有大量啊！"

陆思涵喝着奶茶，对辛子琪说："不然我陪你去，不过我明天还想逛超市呢！"辛子琪立刻开心道："那好啊，你白天陪我去拍照，晚上我们一块儿逛超市！"陆思涵立即答应了："好啊，就这么说定了。"

周六一大早，辛子琪就被陈修赫的电话叫醒了，她只好懒洋洋地起床，叫醒了陆思涵，两个人洗洗漱漱，又是化妆又是换衣服，一阵忙。对于穿衣服，辛子琪是最讲究不过的，她最大的爱好就是买衣服了，柜子里的衣服、鞋子几乎都穿不过来，还天天吵着没衣服穿。等她们感觉收拾得差不多了，这才在陈修赫的电话连环轰炸下出了门。

她们两个出了门，董依媛顿时感到一阵清静。宿舍里就只剩下她一个人，本想再睡一会儿的她，赶紧起来，收拾床铺，换洗床单被罩，将自己的脏衣服分类扔进洗衣机。接着又开始收拾宿舍卫生，整整忙到中午十二点，才算忙完。

晾好衣服，也累得差不多了，平躺在单人床上大口喘着气。抬眼看到窗外阳光明媚，心想也该晒晒被子了，她这被子再不晒晒就跟她的人一样发霉了。

瘦小的她扛着将近十斤重的被子下楼。当年要上学的时候，董依媛的妈妈做了这床长一米八的大被子，不光暖和而且非常重，这跟其他学生在外面买的轻飘飘的被子比实在多了。宿舍楼到拴马桩的距离说短不短说长不长，差不多一百五十米，她肩膀双手并用，还是累得上气不接下气。刚刚在拴马桩上放好被子，正打算去学校食堂吃饭，她的手机就响了。

拿出手机一看居然是尚夕瑀，自从战胜了那个冰山之后，董依媛就给他的电话添加了备注：毒舌冰山。

"喂？"一接电话，董依媛试探性地开了口。

"现在立刻到我公寓来！"一开口就奔主题，尚夕瑀连一句多余的话都没有。

"去你公寓干什么啊？"她现在饿得要死，最想做的是吃饭。

"来不来，随你便。后果自负！"尚夕瑀一点都不客气。这丫头是活得不耐烦了吧，连他的话都敢质疑。

董依媛一听尚夕瑀这话，立刻没了脾气："好好好，我马上来！"

"我只等十分钟！"他说完就挂了。

"喂，你公寓在哪里啊？怎么去？"董依媛只能对着手机大吼。还好尚夕瑀也不是那么没谱，立马就加了董依媛的微信，直接发了定位给她，并发消息给她："还剩九分钟。"

董依媛一看，还好不远，就在学校后面的那个小区。她看了看时间，现在全速跑过去还来得及，不过这就要看她能不能从后门的电子门顺利出去了。于是，董依媛立刻跑了起来，这速度堪比百米冲刺，鬼知道尚夕瑀这家伙还会想出什么点子折磨她。

董依媛气喘吁吁地跑到尚夕瑀的公寓门前，门开了个缝。她推开门，就看见尚夕瑀站在门口，看着手腕上的德国名表，面无表情地说："你迟到了两分钟！"此刻的尚夕瑀穿着一件纯白的长袖衫，天蓝色的牛仔裤，一双腿笔直挺立，更显得优雅高贵。头发松松散散，慵懒无比，与平常冷峻的面容相比，此刻多了一点柔软，多了一份亲近。董依媛呆愣着看了几秒。

尚夕瑀冷漠道："看够了吗？"

董依媛讪讪地笑，正要踏进门："那什么，你家装修得可真好啊。"

"换鞋！"尚夕瑀立刻制止她，大有一副你敢再进来一步就砍断你的脚的架势。

董依媛的脚悬在半空不知道往哪里放，在鞋柜里找了一双自己勉强能穿的拖鞋，这才小心翼翼地走进了尚夕瑀的单身公寓。说是单身公寓，却不是一般的大，卧室、客厅、健身房、家庭影院室、衣帽间等全都有，比一般人居家住宅的房子都大。

"你今天叫我过来有什么事？"董依媛走到客厅，站在正在看书的尚夕瑀跟前。

第八章 约法三章

尚夕瑀冷哼一声，放下书，站起来说道："我要跟你约法三章。"董依嫒点点头："嗯嗯，洗耳恭听！"尚夕瑀白了她一眼，清冷的声音响起："一、不可占用我的私人空间。二、我帮你做模特，你要来我这做家务。三、你的设计图必须过我这一关。"

董依嫒立即反驳："这都是什么啊？前两条我勉强可以接受，为什么连设计图你都要干涉？"尚夕瑀冷笑："笑话，衣服要穿在我身上，难道我不应该为自己负责？你设计的垃圾衣服我是不会穿的。"董依嫒气得浑身发抖，这简直就是赤裸裸的侮辱："你……你……你！"几个字说完，千万句骂人的脏话董依嫒愣是气得说不出口。

尚夕瑀看到她气成这个样子，心情大好，终于明白孙天华为什么喜欢整人了，这真是太有意思了，于是笑着说："你不答应也没关系，就当我什么都没说！"

董依嫒听完立刻蔫了，离胜利就只差一点点，只要她牺牲一点点尊严，就可以了。她深吸了几口气，平复了一下心情说："好，你的条件我都答应。但是你也得答应我一件事，就是不要再随随便便侮辱别人。你难道不知道，拥有天使脸蛋的你，说出那些恶毒的话，会让人难受！"

董依嫒的话，让尚夕瑀好看的眉毛皱在了一起，思考了一下说："我会考虑你说的话！"

"好，我们的合作正式生效！"董依嫒听完，立即一扫刚才的怒火。这个男生总有办法把你气得心肝乱跳，也可以一句话让你心花怒放，抚平一切风浪，这就是尚夕瑀的魅力。

正说着，董依嫒的电话响了起来，她看了一眼电话号码，脸色大变："今天就先这样，我有事先出去一趟。"说完立刻冲到门口，穿鞋子，开门，往楼下跑。等她跑下楼，才接听了一直响个不停的电话。尚夕瑀站在窗前看着董依嫒的背影，若有所思。

第九章 人渣

站在尚夕瑪家楼下，董依媛平复了一下自己的心情，这才接起电话道："你打电话干什么？"任煜泉略带磁性的声音传来："也没什么，就是问问你好不好。"

董依媛不耐烦地说："我现在好得很，如果你没有其他的事我就先挂了。"任煜泉焦急道："别呀，你这样我很伤心！"董依媛立刻火了："大哥，你现在要搞清楚状况，我已经和你分手了。请不要再来打扰我的生活，好吗？"

任煜泉用失落的语气说："你别这样，我知道当初是我对不起你。难道我们不能做朋友吗？"不说这个还好，一说，董依媛立刻火了："别跟我提以前，我们之间只能是陌生人。"任煜泉继续耍无赖说："别呀，我还是很喜欢你的。"董依媛忍无可忍，直接骂道："你赶紧给我有多远滚多远，我还没见过你这么不要脸的渣男呢，算我当初瞎了眼，看上了你。"

听到这，任煜泉也不装委屈了："你现在是真的要跟我一刀两断吗？"

董依媛说："行了，我也不跟你啰唆，我还有事，先挂了。"任煜泉赶紧说："你先别挂，如果你真的想跟我划清界限也可以。那你应该把我当初花在你身上的钱都还给我这样才公平，你说对吧？"董依媛彻底惊呆了："任煜泉，你没事吧！我虽然觉得你渣，但没想到你渣得这么人神共愤，请问你还是个男人，还是个人吗？"任煜泉无奈道："我也没办法，这都是你逼我的。"

董依媛气极反笑了："好啊，那你说说我都花了你多少钱。"任煜泉无耻地说："怎么算也应该有个两三万。"

董依媛不由得冷笑："呵呵，是吗？你觉得花出去的钱还能再要回来吗？再见！"说完也不等任煜泉回答就挂掉了电话。此刻，董依媛心中万马奔腾，江河泛滥，心里不由得咒骂：人渣、渣男、渣男中的极品战斗机！自己真是倒了八辈子血霉了，怎么会有这么不要脸的前任。为什么人家的前任都是那么让人怀念或者存留一丝想念，任煜泉可倒好，完全斩断了自己的那一点不甘和失落。

她庆幸那个时候分得彻底，否则都不知道还会发生什么恶心的事情。今天本来就被尚夕瑀气得不轻，没想到更气人的还在后面，这真比吃了老鼠屎还让人恶心。

等董依媛的心情平静下来，看了看小区周围的景色，她才想起自己从早上到现在是一口饭都没吃，还干了几件累人的事。她此刻觉得浑身没劲，饿得前胸贴后背。如果可以，现在有一张大床她可以躺下来一动不动，要是再有一顿好吃的饭那是最好不过了。她一边想着，一边向小区外走。首先要找一家好吃的餐馆，补充点能量。

刚走出小区，手机铃声再次响起，拿出来一看又是尚夕瑀："喂，有事吗？"

"现在立刻过来！"说完又不等董依媛回答就挂断了电话。

"唉，什么事啊？真是的，我都要饿死了，好歹让我吃点饭啊！"董依媛一边吐槽，一边向小区内走去。

董依媛有气无力地拍打着门，尚夕瑀从里面打开门，皱着眉头："门都没锁，你拍什么拍？"

看见尚夕瑀突然出现在眼前，董依媛立刻打起精神，站直身子："你叫我过来，有什么事吗？"

尚夕瑀转身走进屋，躺在浅灰色布艺沙发上，端起刚刚煮好的咖啡，随手一指："家里太乱了，你收拾下，洗衣机旁边的衣服你也洗洗吧。还有，中午我还没吃饭呢！"

董依媛一听，立刻不淡定了："什么？"她万万没想到这个尚夕瑀居然是叫她来干苦力活的，天知道她现在有多饿，有多疲惫。

尚夕瑀无视她的不满，抬眼道："有什么问题？第二条约定是你要给我无偿做家务。"他这个样子，好像高高在上的王子一般。董依媛面色发白："我怎么不记得有这么一条？"她当时只听到他恶毒的侮辱，压根就没注意听他前面说了什么。

尚夕瑀看了看手腕上精致的腕表说："你可是对这一条没有任何反对。对了，你最好快一点，我下午还有事呢！"董依媛怒视着他："我不管，这个我没听到。没听到就是不算！"

"很好啊，这才刚开始就不想合作了。听听这个是什么？"尚夕瑀优雅地掏出手机，打开刚才的录音："一、不可占用我的私人空间。二、我帮你做模特，你要

第九章 人渣

来我这做家务。三、你的……好，我们的合作正式生效！"一段录音放完，董依媛几乎要哭了，她怎么连反驳都没有就这么答应了。董依媛看向尚夕瑀，心里一阵腹诽，这个男人不光脾气坏、嘴巴毒，还非常有心计，他怎么可能会让自己吃亏。

关掉录音，尚夕瑀不着痕迹地看向董依媛，轻蔑地说："怎么，不然你觉得我帮你这么大的忙，你能用什么回报我？"

董依媛想了想，她有什么可回报的？钱？不，尚夕瑀不缺钱，她也给不起。帮忙？不，尚夕瑀能要她帮什么忙。以身相许？不不不，这更不可能，就凭她这样的，尚夕瑀会看得上？何况人家还是有女朋友的。都不能，也只能帮他做做力所能及的事情。

"好吧，你说什么就是什么。"董依媛垂头丧气地说道，既然她什么都没有，就只能乖乖听话了。

"那你还站着干什么？快点去啊！"

尚夕瑀一句话，让董依媛一个哆嗦，也不敢再站着了，环视了一周，客厅和房间非常干净，东西都摆放得十分整齐，连垃圾筐里的垃圾也放得非常整齐，哪里乱？又跑到卫生间，里面的牙刷、男性用品都放得很到位，洗衣机旁边的脏衣服也是分类放在两个竹筐里，她只需要洗完浅色的再洗深色的就好。于是她立刻将衣服放入洗衣机，倒入洗衣液，并按下启动键。刚转过头，她立即就撞到一面肉墙上，抬头一看，居然是尚夕瑀。

尚夕瑀怒道："你在做什么？"董依媛睁大眼睛，疑惑地说："不是你让我洗衣服吗？"尚夕瑀无奈地说："先去做饭吧，我饿了！记得给我全副武装，我不想看到什么肮脏的东西掉进去！"董依媛点点头："哦！"心想：真是个变态。转而又问："你怎么知道我会做饭的？"尚夕瑀理所当然地说："女生不应该都会做饭？"

董依媛简直无语了："大少爷，你见过现在有几个女生会做饭？你女朋友也会做吗？"尚夕瑀气死人不偿命地说："她不需要做，我们请保姆！"说完还看向董依媛。敢情他们家请的保姆就是她啊。

董依媛气得差点吐血："你！"

尚夕瑀不满地说："你什么你，还不快点去！"董依媛强忍着怒气走到厨房，穿好围裙，戴上帽子、口罩，出来在娱乐室找到他："这样可以吗？"尚夕瑀正靠在沙发上看电影，看见她这样就像裹在套子里的人，不耐烦地说："去吧，去吧，少啰唆！""你还没说要吃什么饭？"董依媛问道。"随便吧！"尚夕瑀头也不抬地说，然后继续看他的电影。

董依媛翻了个白眼给他，回到厨房，看了看冰箱里的材料，有鸡蛋、肉，还有青虾、鲍鱼、扇贝等海鲜，菜却只有青菜、土豆、莲藕。看着眼前的东西，董依媛反而没那么饿了，她现在已经饿过头了。用电饭煲蒸了米饭，开始清洗食材，然后切肉、打鸡蛋、清理虾线、莲藕去皮，一番忙碌。

董依媛使出浑身解数，当然是为了尚夕玛能更加心甘情愿地帮忙，而且她一直非常喜欢烹饪，只要有时间就做一大桌美食。很快，四菜一汤上桌，炒鸡蛋、肉炒莲藕、火爆大虾、一锅乱炖，还有一瓮鲍鱼汤。

董依媛将饭菜一一端上桌，尚夕玛淡定地站在旁边看着她，心想：没想到这个丫头做饭还不错，有模有样的，就是不知道味道怎么样。

尚夕玛指着最后一大碗菜，问道："这什么东西！"董依媛想了想说："董式乱炖。"

尚夕玛坐在餐桌边，用筷子挑了挑，见里面有肉有菜还有各种海鲜，挑眉看向她："这不就是冒菜吗？"

董依媛不服地说："那也是我自创的！"尚夕玛看了看这么一大桌饭菜："你这做的饭能吃吗？"董依媛立刻回道："死不了人的！快吃吧，我也很饿啊！"

尚夕玛看了她一眼，夹了一口鸡蛋，放进嘴里，咀嚼着："我吃，你看着吧！"

"那您慢慢吃，我就不奉陪了。我快饿死了，我去吃饭！"说完这话，董依媛立马将自己的全副武装给摘下来，准备出门。

"给我回来，你走了这碗筷谁收拾谁洗啊？"见董依媛要走，尚夕玛开口说。

"你，简直太过分了，真把我当用人啊！"董依媛气恼地看着他，眼睛一红，鼻子发酸，心里觉得委屈极了。这一段时间她一直都不肯服输，面对尚夕玛各种样的刁难、侮辱，她都忍住了，好不容易觉得他们之间的关系缓和了，没想到尚夕玛还是这么对她。

看见董依媛眼泪在眼眶里打转转，尚夕玛愣住了，随即说："行了，跟你开玩笑的，坐下来吃吧。我一个人也吃不完！"见董依媛红着眼睛看他，却没有别的动作，尚夕玛又说："快点坐下来吧！"

董依媛吸了吸鼻子，给自己盛了一碗米饭，将一脸的委屈硬生生忍住，坐在尚夕玛对面小心翼翼地吃起饭来。天知道她到底有多饿，这会儿已经是下午三点多了。

第十章 植物园写真

已经是秋天了，此刻还有鲜花盛开的地方，陈修赫能想到的也只有植物园了。在学校门口接到辛子琪和陆思涵两个人，他开着一辆保时捷飞速地向植物园驶去。三个人到了植物园，陈修赫立刻主动买了门票，学生票都是半价。一进植物园大门，就感受到了秋天的气息，百花凋零，一眼望去，除了深绿色的枝叶，已经看不到什么花了。三个人只能继续往里面走，到处寻找着适合的景色。还挂在树上的桂花，盛开的菊花，还有月季花、木芙蓉、木槿花等，虽然或开或败，却还是有一种百花争艳的场面。这对陈修赫来说是意外的收获。

陈修赫带着她们两个人，将整个植物园都看了一遍。他一边走，一边盘算着，最终选定了四个拍摄场景：菊花丛、月季花丛和木槿花，还有一个秋天常见的枯枝败叶的场景。

陈修赫带着她们先到菊花丛，几种颜色的菊花争相开放。菊花枝繁叶茂，花蕊如同有生命的手脚一样向外伸展着，有半开的、盛开的，还有慢慢凋谢的，整整一大片，不管是近看还是远看都非常养眼。陈修赫拿着相机挑选角度，只见白光闪烁，美景被永远留存下来。

"没想到这里菊花开得这么好，各种颜色，争奇斗艳。真好看！"陆思涵站在花丛中，凑近一朵黄色的花，闻着它的芬芳，开心地说。辛子琪看着五颜六色的花，心情好了不少——与大自然亲密接触是令人愉快的事情。

"这就是今天的第一个景！"见两个女生都兴致勃勃，陈修赫将背包放在一块大石头上，在里面挑了挑，将一件淡蓝色无袖长款旗袍拿出来，对着辛子琪说："把这个换上吧！"

一看见陈修赫拿出来的衣服，陆思涵立即凑过来看："天哪，这件旗袍真好看！"

"好看就行，这是我自己挑的，还怕你们女生不喜欢呢！"陈修赫说完看向辛子琪，"还愣着干吗？快点换衣服去吧！"

"这衣服我能穿吗？"辛子琪担忧地问。

"你是穿S码吧？"辛子琪点点头。陈修赫自信地笑了："那不就得了！"

"走吧，走吧，去卫生间换衣服！"陆思涵拿着衣服推搡着辛子琪去卫生间。

"喂，你怎么知道的？"辛子琪回头问道。

"你傻啊，当然是看出来的！"陈修赫连想都没想就说。他才不会告诉辛子琪，董依媛连她的三围都说了。

她们走进去后，陈修赫忙着调试好设备，将打光板放好，试拍了几张，感觉还不错。因为是周末，来来往往的人不少，都好奇地向这边看过来。

没一会儿，辛子琪就在陆思涵的推搡下出来了。一身淡蓝色的旗袍，将她的身形包裹得凹凸有致，裙摆一直到脚踝，从大腿根处开衩，她那一双修长白皙的腿若隐若现，更显得个头高挑，气质如兰。再看她面容精致，唇间一抹红；头发微微盘起，周围还有散碎的刘海，更有一种成熟端庄的感觉。"桃之夭夭，灼灼其华"，大概就是形容这样的美人吧。

"怎么样，好看吧？"陆思涵看着自己的杰作，得意地笑道。

陈修赫看呆了，他知道辛子琪长得美，但是没想到还有这么女人味十足的一面。都说女人的魅力，只有穿上旗袍才知道，果然没错。"美，太美了，比我想象中还要美！"

陆思涵见陈修赫眼睛都看直了，打趣地说道："哈哈，瞧你那样，被我们子琪迷住了吧！"

"你啊，话可真多！"辛子琪看了一眼陆思涵嗔怪道，然后对着陈修赫说，"我们开始拍吧，穿成这样很冷的！"

"这真是美丽'冻'人啊！"陆思涵在一旁拿着换下来的衣服、化妆品等东西，既羡慕又酸溜溜地说。她心想：同样是一个宿舍的女生，差别可不是一般的大啊。异地恋总没有在自己身边有安全感，不管在精神上还是肉体上都是一种折磨。

正想着，那边辛子琪已经换了几个动作了。虽然第一次被一个男生拍，还有点不自在，但是换了几个动作，渐渐地也不在意这么多了。毕竟女人天生都是爱美的，也喜欢将自己美丽的身影留下来做纪念。

"好，就这样。表情放松，身体微微侧一下！"陈修赫一边看镜头，一边提示着辛子琪做出合适的动作，"看着你眼前的菊花，把它想象成你的爱人，当然也可以想象成我啊！"陆思涵抱着衣服站在旁边偷着乐。

辛子琪怒瞪了他一眼，转过头，看着黄色的菊花，神情忧郁，若有所思。陈修赫赶紧摁下快门，连拍好几张。不同的姿势和动作，俏皮可爱的，优雅迷人的，妩媚妖娆的。

第一组拍摄终于在陈修赫的一声"OK"中结束了。

午饭就在植物园的小吃摊草草解决了，买了泡面、火腿、凉皮等吃的，三个人吃得津津有味。

第二组拍摄，辛子琪站在木槿花旁，拍了一套俏皮可爱的学生短款套装，扎着半马尾，上身是白色花边半袖衬衫，下身是灰白格子波浪短裙，白色的长筒袜配小白鞋，整个人散发着青春活力。陈修赫突然发现越是靠近辛子琪，他越不能控制心跳。对于辛子琪，他可能一开始只是觉得漂亮，但是相处之后慢慢发现，自己越来越控制不住自己的心。

"笑得开心一点！想象你面前有你喜欢吃的巧克力冰激凌！"陈修赫循循善诱。

这回连陆思涵都惊讶了："你怎么知道子琪喜欢吃巧克力冰激凌？"

"也不看看我是谁！"陈修赫笑了笑，他知道的可不止这一点。

陈修赫跟陆思涵两个人站在一棵树下，看着他刚拍的照片，而辛子琪去换下一套衣服。

陆思涵惊叹道："哇，真是太漂亮了！原来子琪可以这么美啊！"陈修赫一脸的得意："那可不，也不看看是谁拍的呀！"陆思涵看向他："哈哈，你真是一点都不谦虚啊！"陈修赫挑眉："谦虚那才是高调的骄傲啊！"陆思涵目光灼灼地看向他："哈哈，那倒也是啊。给我拍几张怎么样啊，陈大帅哥？"陈修赫被看得不好意思："这个啊，当然是没问题呀！"陆思涵开心地跳起来，一把就抱住了他的胳膊："我就知道你最好了！"这时，辛子琪刚刚换好一套白色连衣裙走过来。

陈修赫尴尬地将陆思涵推开："那个……等这一组拍完，给你拍几张！"陆思涵开心地说："OK，没问题。"

这一组是陈修赫精心挑选的场景，枯枝败叶一片萧条，这是秋天最常见的场景，也是最容易让人忽视的景色。辛子琪站在枯枝之中，穿着纯白色的长裙，头发随风散开，刚刚及腰，就像林中的精灵一般美好，唯美清纯灵动。陈修赫开心地不停摁着快门，感觉她的每一个瞬间都是美得不可言说的风景。

　　最后一组是在月季花丛里，月季花形似玫瑰，具有醉人的香气，就连枝叶都如同玫瑰一般。粉色、红色、深红色、白色、淡黄色……花的颜色多种多样，每一种颜色都有不同的美丽。

　　辛子琪穿的是米白色与裸色相间的棉布裙，干净又有质感，头发简单地扎在一起，两边细碎的头发随风而起，整个人显得柔和又精致，多了几分成熟的感觉。拍了几张之后，陆思涵也开心地跑进花丛里，要和辛子琪一起拍照。陆思涵脱下外套，穿着一件粉色棉布绣花连衣裙。两个人重新选择了一处背景站在一起，外向的陆思涵带动着辛子琪摆出各种动作，陈修赫忙不迭地摁着快门。

　　整整一天的拍摄，三个人都累得够呛。在附近找了一家差不多的湘菜馆，陈修赫请她们两个吃饭，一顿饭在两个女生翻看照片热烈讨论中结束。

　　陈修赫与尚夕玛从上初中时就认识了，陈修赫家里是开连锁酒店的。他上高中以后，他家的连锁酒店已经遍及全国十八个省市，有两千多家酒店。从小家里人就对他教育严格，不管是学习还是个人技能、气质的培养都是全方位的。游泳、美术、音乐、跳舞、外语等全都是陈修赫小时候要面对的压力。陈修赫与家里人关系融洽，与妈妈感情最好。看着优秀的儿子一天天成熟，家里人对他的约束和管理渐渐放松，同时也尊重他的意见。上大学时，他选择摄影，家里人也没有过多干涉，而陈修赫现在已经成立了自己的工作室。

　　陈修赫的工作室有一百二十平方米，两室一厅，分为休息室、化妆室和客厅。陈修赫工作累了可以在休息室休息。化妆室里有衣服、化妆品、道具，都是陈修赫工作时要用到的。

　　客厅里摄影器材应有尽有，各种灯光设备，时尚大片贴满整个墙壁。

　　陈修赫带两个女生来到自己的工作室。"这里是？"辛子琪好奇地问。"我的摄影工作室，今天的照片会在这里处理。"陈修赫放下今天用的所有器材道具，指着一堆衣服说："这几件衣服送你了！""干什么？我可不要！"辛子琪连忙推辞。"不给你，留在这儿给谁穿？"陈修赫坚持将衣服给她。

第十章　植物园写真

43

第十一章　妹子们的生活

　　陆思涵看了工作室的各个角落，一脸震惊："哇，真是各种大片应有尽有啊。"又听到了陈修赫和辛子琪的对话，便劝辛子琪："陈帅给你，你就穿呗。反正穿着也不赖！""对呀，对呀！"陈修赫点头附和。

　　辛子琪不再坚持，看了看墙上的照片问："你平常都待在这里吗？"陈修赫点点头："大部分时间我都是在这儿度过的。这是我上大学后，我老爸给我的生日礼物。"

　　陆思涵提议道："要不下一次，你给子琪来个全裸写真！"

　　陈修赫立马开心道："这个当然好啊！"辛子琪看着陆思涵立马高声恐吓道："思涵，你不想活了？"陆思涵继续添火："怎么说人家陈大公子都拍了一天了，也要有点福利嘛！"陈修赫顺着杆子向上爬："这个福利嘛，最好是直接连人送给我就好了！"陆思涵立刻开心地说："哈哈哈，这个当然没问题。"

　　辛子琪指着他们两个生气地说："你们两个太过分了！"说完就跑出了工作室。她心想：这两个人都当我是死人吗？真是可恶至极。

　　陆思涵见她跑出去，调笑着说："她害羞了，哈哈哈！"陈修赫见状立刻跑出去，快速追上她，拉住她的胳膊说："别跑了，有什么可害羞的！"辛子琪抿着嘴不说话。

　　陈修赫又换成一本正经的样子："是傻子都看得出来我喜欢你，从第一眼见到你开始。我是认真的，我想好好保护你！"

　　陈修赫伸出手想要抚摸她的头，辛子琪赶紧趔开："你别冲动啊，爱情这种事说到底还是要两情相悦！"陈修赫又变成一副痞样："那你到底是跟我两情悦不悦啊？"辛子琪见他这么问，不知道说什么了，头转向另一边："这个，我还没想好。等我想好再说吧。"

陆思涵这个时候也跑了出来。辛子琪拉着她就跑："今天就先这样啊，我们先回去了！"

陆思涵赶紧道别："那帅哥，下次再见啊！"

陈修赫上前一步想追上去，想了想又作罢，看着她们的背影，心中一阵窃喜。刚转过身，想起送给辛子琪的衣服她们没带，忙喊："哎，衣服！"但她们已经跑远了，陈修赫笑着转身往回走，心想：以后有的是机会再送出去。今晚就睡工作室了。

辛子琪逃也似的离开了陈修赫的工作室，这家伙真是越来越让人捉摸不透了。陆思涵喘着气追上她："你，到底跑什么啊？"

"你现在胳膊肘都向外拐了！"辛子琪看着她没好气地说。

见辛子琪脸色不对，陆思涵连忙说："哪有啊，我就随便说说嘛！走吧，走吧，回去喽！说好的陪我去逛超市啊！"

"真是拿你没办法。"辛子琪撇撇嘴，"我不管，一会儿我要吃点好吃的！"

"你不是吧，刚才没吃饱？"陆思涵不可思议地看着她。辛子琪摸摸肚子，不好意思地说："这么一会儿又饿了！刚才光顾着看照片，而且觉得对面坐一个男生吃饭有点不自在。""好吧，好吧，服了你了！"陆思涵说完，拉着辛子琪的胳膊上了一辆出租车，直接坐到学校附近的超市门口。

女生一进超市，都是各种东西买不停，吃的用的，感觉自己什么都缺。最后两个人各拎两大包还一路走一路吃，慢悠悠地回到宿舍。一整天的奔波，回来之后立马就像瘫了一样："呼，我们回来啦，累死了！"

魏纯儿从上铺看了一眼俩人的战利品："哇，买了什么好吃的？"她下午四点就回来了，洗了澡，洗完了自己的衣服。阳台上的晾衣杆挂满了各种颜色的衣服，浅颜色的基本上都是董依媛的，而黑色灰色的都是魏纯儿的。她正在一边看韩剧，一边嗑瓜子，这两件事是最令她无法自拔的。

"你们可算回来了！"躺在床上看书的董依媛松了一口气说道。她刚刚还给陈修赫打电话了，陈修赫说她们两个七八点就走了，现在都已经十点了还没回来，打她们电话也不接，害她以为这俩人被绑架了。

"姐妹们，快看看我买了什么好吃的。"陆思涵开心地拿出这一路上买的吃

第十一章 妹子们的生活

的，什么烤玉米、烤面筋、烤鱼豆腐、臭豆腐等。"这么多好吃的，我要吃！"魏纯儿一闻到香味，立马就不淡定了，也不用谁叫，立马下床，围着陆思涵的桌子。

"快过来啊，吃点吧！"辛子琪对着董依媛说。"大晚上的，吃这会发胖啊！"董依媛虽然也被烧烤的香味刺激着，但是还不至于失去理智。她本来就不高，再不瘦点，在这美女如云的美院里面简直没得看了。

"就你那小身板，快来吃吧，小心纯姐给你吃完了！"陆思涵也劝着她。受不了众人看怪物一样看她，董依媛穿着拖鞋，搬过自己的小凳子也坐了过来，拿起一串烤鱼豆腐吃起来。四个人坐在一起吃得津津有味，一串下肚，这才开始聊天。

"怎么样？拍了一天照，照片呢？我们看看！"魏纯儿首先开口。

"我们没有啊，陈少爷说精修过后再给我们！"陆思涵吃完一串烤面筋，又开始吃臭豆腐，臭豆腐吃到嘴里香香辣辣的，但是这气味实在不敢恭维，远远闻到这便让人作呕。

"这么专业啊！早知道我也去了！"董依媛感觉非常意外。

陆思涵擦擦嘴巴，站起来活动下身体："那必须的，你没见人家陈少爷的工作室。那叫一个大，化妆室、摄影室、修图室，墙上挂满了各种风格的大片，能不专业吗？"

"他是个富二代？"董依媛更加意外了。

"哈哈，开玩笑，你看他一身名牌就应该知道了！"魏纯儿鄙视地说。

"大姐大，原谅我这个贫民子弟没见过名牌，现在穿的还都是地摊货！"董依媛一脸的哭相。都说人比人气死人，更可怕的是，明明知道与别人的差距，还不想着怎么去赶超别人。曾经她也算是有梦想的人，可是现在只剩下轻轻一叹。

"好啦，我们都是贫民子弟，自怨自艾也还这样，知足常乐呗。对了，沐阳呢？"陆思涵一见气氛不对，立马转移话题。

"应该也快回来了吧，说是和隔壁宿舍的几个女生逛街买衣服去了！"魏纯儿吃完了在下面也没事，又爬回床上。

辛子琪把垃圾都收进垃圾袋，又重新换上新的垃圾袋，问道："这周是谁打扫卫生啊？垃圾堆了好几天了！"

"上周是我。这周应该是沐阳吧！"董依媛想了想说。

"好吧，她总是不在宿舍！"辛子琪换上睡衣，穿着拖鞋去卫生间洗漱，瘦弱的身子如同竹竿一样，感觉迎风就能折断。

陆思涵吃饱了，整个人瘫坐在椅子上拿着手机玩起了小游戏《开心消消乐》。不光是这个游戏，还有很多的游戏，都是她和辛子琪喜欢玩的。

董依媛躺回床上，回想了一下过去的三年，居然一件有意思的事都想不起来。这三年到底发生了什么事情，怎么自己突然就大四了？大一的时候觉得自己离毕业还远着呢，没想到现在毕业就在眼前，未来究竟是什么样她不知道，但有一点是可以肯定的，她会留在西安，这里是她的根呀！

"你这一天都做什么了？"辛子琪突然问道。见董依媛没有立即回答，她又大声追问着："依媛啊，问你话呢！"

"问什么呢？她都不理你！"魏纯儿插嘴说。

"啊，问我吗？"董依媛放下书，"你说什么？"

见她这样，辛子琪气不打一处来，想想又觉得没必要："你今天干什么去了？"

董依媛一阵摇头："今天去见尚夕玛了！"

"什么？尚夕玛？"连陆思涵都忍不住插嘴了，"怎么样？尚夕玛说什么了？"正在这时，南荣沐阳推门进来了："什么？尚夕玛怎么了？老远都听见了！"

"你回来啦！"魏纯儿满脸堆笑，看着南荣沐阳提着大包小包走进宿舍。只见她脸上化着精致的妆，穿着长筒靴、黑色风衣，显得端庄成熟。"哎呀，我今天买了好多衣服，你们还没睡啊？"南荣沐阳开心地说。

"等你回来睡呀，都买了什么好东西呀？"魏纯儿问道。

"随便买了几件换季衣服，这不马上冬天了嘛。"南荣沐阳一边说着，一边把东西扔到自己的床上，"依媛，你继续说啊！"

"也没什么，就是和他谈了几个条件。"董依媛其实一点都不想说，对于尚夕玛这样的男生，她觉得能不接近就最好不接近，否则被伤得遍体鳞伤也是活该。主要是她害怕他啊。

"条件？你还向他提条件了？厉害啊，我的媛媛！"陆思涵惊讶地张大了嘴。

"没有啊，我哪有那样的胆子。是他提的条件，我无条件严格执行！"董依媛差点都要笑了，她要是真有那个胆子倒好了。

第十一章 妹子们的生活

"什么条件啊？不会是让你以身相许吧？"辛子琪洗漱完，走进屋，也忍不住打趣。

"你觉得人家大少爷能看上我这种货色？"董依媛自嘲着说。

"那可不一定啊，萝卜青菜各有所爱嘛！帅哥一般都配丑女。"辛子琪一板一眼认真地说。

"辛子琪，你不想活了。你才丑女呢！"说完，董依媛翻身坐起来，扑上来准备打人。辛子琪一边躲，一边大喊大叫："杀人啦！"辛子琪躲在陆思涵背后，董依媛隔着陆思涵也不好下手。

"呀，我错了还不行吗？"辛子琪急忙说。

"行啊！"董依媛连忙说，辛子琪松了一口气。董依媛见状，立马扑过来，将她扑倒在床上，顺手盖上被子，拿着枕头砸她脑袋。打闹几下之后赶紧跑开，辛子琪从被子里挣扎着出来，一头长发跟鸡窝一样凌乱地盘在头顶，盖在眼睛上，简直就跟女鬼一样，其他几个人一看立刻哈哈大笑。

辛子琪怒了："董依媛，老娘跟你拼了！"说完立刻就扑上去。宿舍里传来一阵阵鬼哭狼嚎的声音……

第十二章　你的眼神

　　董依媛的手机这几天一直不停在响，可每次她刚刚接起电话，对方就挂断了，整整三天，让她烦不胜烦。她真想把手机直接给摔了，可是她摔不起，没钱，任性不起。在苹果手机、iPad盛行的时候，她用的还是以前的老式手机，直到大三下半学期才买了智能手机。换手机号？这个手机号她用了三四年，如果换手机号的话，所有的银行卡信息都要改，QQ号和微信号也要重新申请。

　　去食堂吃饭的路上，董依媛的手机又响了两次，一次是苏州的号码，一次是新疆的，她直接把手机调了静音。

　　陆思涵与董依媛面对面坐着，她吃着快餐，董依媛吃的是三合一刀削面，见董依媛手机屏幕总是亮着，就问道："你手机怎么回事啊？这几天一直电话不断！"

　　"我也不知道怎么回事，快烦死了。"董依媛无奈地说。

　　"你不会是得罪了什么人吧，被人用了'呼死你'？"陆思涵一边扒拉着饭一边说。

　　"那是什么东西？"董依媛问道。

　　"就是电话骚扰啊，跟那天你骚扰尚夕瑀一样，不过这个是软件，需要花钱！"陆思涵解释道，"你快点想想，到底得罪了谁？"

　　董依媛偏着头猜测着："搞不好是尚夕瑀。"陆思涵摇摇头："不可能吧，他要是不想答应，也不用跟你兜圈子啊。尚夕瑀不会那么无聊，多此一举啊。"

　　难道是任煜泉？对，很可能是他，她以前怎么没看出来他是这么恶心的人。都说谈恋爱的女人最愚蠢、最盲目、最丧失理智，她现在恨死自己了。

　　"还是先吃饭，别想了！"陆思涵见董依媛不说话，连忙安慰说。

　　吃完饭，午休一会儿，就上下午课了。虽然每一次都怕上毕业设计课，但是不

49

上不行啊，搞不好就毕不了业，拿不到学位证。还好上课比较顺利，张甜也没有发脾气，只是限定董依媛十天时间拿出最出色的效果图。这学期才刚开始，董依媛就感觉每一天都是煎熬。

下午，骚扰电话还是不断，董依媛忍无可忍，一下课就一个人跑了出去，在一个无人的树林边坐下来，找到那串熟悉的电话号码拨过去："喂，说吧，想怎么样？"

"哈哈，你终于给我回电话了？"一听到那个人的声音，她每根汗毛都竖起来了。

"少说废话！"董依媛一句话也不想多说。

"这么着急干什么？咱们好好叙叙旧！"

"我们没什么好说的！该说的我上次已经说过了！"

"真是个狠心的女人，咱们在一起不长不短也有一年时间，你说忘就能忘？"

想起以前的种种，董依媛只觉得从心里发寒，恨不得掐死自己："你再不说正题，我就挂了！"

"好吧，让我不再骚扰你很简单，有两个选择，要么就是给我三万块，要么就是你星期天陪我一晚上。这两个你任选！"

"你怎么那么不要脸，简直就是个畜生！"董依媛忍不住破口大骂。

"哈哈，我给你两天时间考虑，否则你就继续接受我的骚扰吧！"

董依媛气急败坏地挂了电话，心痛到无以复加，老天怎么会让她遇见这么个不是人的东西。她的眼泪不由自主地流满了脸，满肚子的委屈不知道应该对谁说。一切都是自己的错，如果当初自己不被他花言巧语欺骗，现在也不会这么痛苦。正在伤心着，手机铃声又响起来了。看到备注，董依媛擦了擦眼泪，收拾好心情，这才接通了电话。

"怎么现在才接电话？"尚夕瑀傲娇的语气传来，不知怎么的，她却觉得这比什么话都要动听。董依媛胡乱说了个理由："我刚在忙。"

"你好几天没来打扫屋子了！我今天有课，你到我们系里来拿我公寓的钥匙，然后迅速去打扫。"

董依媛上了油画系所在的那栋教学楼，一出电梯就看到尚夕瑀戴着棒球帽站在走廊里，手插在口袋，耳朵戴着耳机，酷酷地看向她。她紧了紧衣服，慢慢走近他。

"磨磨叽叽的，我马上上课了！"尚夕瑀见她那样就来气，将家门钥匙扔给了她："两个小时收拾好，我回去检查！"说完就大步走开了。董依媛拿着这串钥匙，看了一眼尚夕瑀离开的背影，这才转身进电梯。

董依媛匆匆赶到尚夕瑀的公寓，因为紧张，好半天才打开了门。这是董依媛第二次来，一开门，一股属于尚夕瑀独有的气味袭来，干净清凉还有一股淡淡的香，具体是什么香气，她也说不清楚，总之很好闻。

家里陈设还是像初次来的那样，要说哪里乱，也就是他平常看的书，还有餐具之类的要整理，再就是需要换洗的衣服。董依媛不禁感叹，这真的比自己的宿舍要干净很多！这人干净整洁跟性别没什么关系。将所有房间看了一圈，董依媛快速地进入状态。

她戴好上次做饭用的那一套装备，开始收拾屋子，先把所有脏衣服聚集到一起，先洗浅色衣服，然后将整个房间的家具擦洗一遍，东西归位摆放好。等弄完这些，一筒衣服也洗好了，晾晒好浅色衣服，再洗深色衣服。接下来，董依媛打算将卧室、娱乐室、衣帽室、卫生间、厨房、客厅的地全都拖洗一遍，刚拖了一两个房间，她就累得气喘吁吁。正在收拾娱乐室，就听到钥匙转动的声音。

董依媛赶紧跑出来看，尚夕瑀一打开门就看到将自己裹得像粽子一样的董依媛，被吓了一跳。

"我，是我啊！"董依媛摘下口罩说。

尚夕瑀摇摇头，换上拖鞋走进来，将自己的画具书册都放下来："你还真像个家政阿姨！"

可能是被他说惯了，董依媛也没理他，继续拖地。尚夕瑀见她居然没反驳自己，还有点不适应，四周环视了一遍，打扫得还算干净。上课的时候他还担心，自己脑子一时发热居然把钥匙给了她。

尚夕瑀为自己倒了杯开水，泡了一片维C，坐在了沙发上。董依媛拿着拖把走了出来，去卫生间涮洗拖把。"喂，你还没弄完啊？动作这么慢！"

饶是他态度如此恶劣，董依媛也没吭声，依旧做自己的事情，仿佛她天生就是做这种事的人。尚夕瑀错愕了，这丫头今天怎么了？吃错药了吗？要是放在平时她早就炸了。

"喂，我跟你说话呢！"尚夕瑀快步走到卫生间门口，看着卖力洗拖把的某位"大妈"。

"你有事吗？"董依嫒问。

"你还要多久搞完？我一会儿要出门！"尚夕瑀又问了一遍。

"快了，还有那间屋子没打扫！"董依嫒指着一扇白色的精致花边木门，她还没进去看里面是什么呢。

"你的设计图呢？这几天画了没有？"尚夕瑀转而问其他问题。

"还没，没有什么灵感。"董依嫒拿着甩干的拖把走出来，有气无力地说。

"就你这样还想当服装设计师？"尚夕瑀忍不住嘴巴又毒了起来。

"可能，我真的不适合吧，以后也就不打算做这行了！"尚夕瑀的话并没有让董依嫒生气，她点点头，有点认同地说。

"喂，你今天怎么了？脑子坏掉了？"尚夕瑀本来以为这样说董依嫒就会像以前那样反驳他，没想到她还是这一副半死不活的样子，尚夕瑀生气了。

董依嫒有气无力地说："我没有，就是觉得自己干什么都干不好，一无是处，活得一团糟。更没有什么激情，对于未来也没有一丝幻想。可能我也只能是这样了！对不起，拖累你了！"

"我看你是有病，好好的抽什么风！"尚夕瑀打开了那扇白色的木门，"打扫完了，好好看看。"

"这是？你的更衣室？"一排排整整齐齐的大柜子，柜门上面还有金属标签，春、夏、秋、冬、帽子、鞋子等标识。"我能打开看看吗？"董依嫒小心翼翼地问。

"只许看，不许碰！"尚夕瑀傲慢地说道，"快点打扫！"

"好好，知道了！"董依嫒快速地挥动着拖把，可能只有忙碌才能让她忘记那些不愉快的事情。很快拖完地面，董依嫒打开一个个柜子，标着"春"的柜子里无一例外全是春天穿的，上衣、外套、马甲、裤装。夏天穿的更是多种多样，T恤、衬衫，各种颜色款式，国际一线品牌几乎每一款新衣服他都有，各种配饰，一应俱全。这些都是只能在杂志上和网上看到的衣服，足以看出他的服装品位有多高，不管什么样的衣服穿在他身上都给人一种不一样的感觉。

董依嫒幻想了一下每一套衣服穿在尚夕瑀身上的样子，能够为他设计衣服真的是一件让人激动的事情。但是同样也很有压力，不论是款式、颜色、面料都要非常讲究，她真的不知道自己能不能做到。

"你在想什么？"尚夕瑀突然出现在她面前。

"没什么，就是感觉压力好大！"董依媛轻轻关上最后一个柜子的门，"记得我上高中的时候，因为看了一次电视里面的服装大赛，从此就对服装设计师有了美好的幻想，但是这些年的学习，让我觉得离自己的目标越来越远。周围任何一个同学都比我优秀太多，我真的感觉自己做不到！"

"你不是做不到，而是你太需要一次成功来证明你自己。可能你一直都是默默无闻，总是受同学嘲笑、老师批评，长此以往，你习惯了平庸，习惯了平平常常，习惯了做最不起眼的那个。所以你没信心，没有勇气，对吗？"

"可能是吧！"董依媛点点头。

"你要对自己有信心。我告诉你，想让我登台走秀，我只有一个要求：你必须获得今年最佳设计奖。你能做到吗？"尚夕瑀突然弯腰把手搭在董依媛的肩上，认真地看着她。

董依媛鬼使神差般点点头。

第十三章　烦恼

　　虽然尚夕瑀还是那么霸道冷漠，但是从他的眼神中，董依媛能看出真诚和鼓励，这让她受宠若惊。尚夕瑀对她的态度转变了吗？就算没有，至少她不必见到他就胆战心惊了。

　　回到宿舍，董依媛盯着窗外发呆，脑子里不断回旋着任煜泉的话。她到底该怎么办？换号码还是给他钱？她哪来的那么多钱给他？就算有也不想给他。可是放任不管，谁知道他还会做出什么丧心病狂的事情？但这笔钱她真拿不出来，就算加上这个月的生活费也只有三四千块钱，剩下的钱要怎么办？借吗？谁能一下子借给她这么多钱？他们都是学生，哪来的那么多钱？就算有，凭什么要借给她？她要什么时候才能还清？无数个问题，搅得她头痛欲裂。

　　不知不觉夜幕降临，这个时候是学校一天中最活跃最有氛围的时间。董依媛一直看着窗外，晚饭也没有吃，灯也没开。宿舍里静得可怕，其他人都有事出去了，只有她一个人，她不知想了多久。依稀看见暮色下，南荣沐阳与昊森牵着手慢慢走到宿舍楼下，沐阳手中拿着一捧鲜花，昊森手中提着一大袋吃的。站在楼底下，他们悄声细语说着什么，两个人的脸上荡漾着幸福的微笑。说了一会儿话，昊森弯腰在沐阳脸上轻轻一吻，将手中的袋子递给沐阳，她笑着向昊森招招手，一脸甜蜜地走进了宿舍楼。昊森站在原地深情地注视着她的背影，下意识地望了一眼沐阳所在的宿舍，看到了发呆的董依媛，昊森朝董依媛微微一笑，董依媛回过神来，点了点头，立刻离开了阳台。

　　不一会儿，沐阳带着鲜花和一大堆吃的推门走进来，看到漆黑的宿舍，她伸手打开灯，突然看到董依媛坐在床铺上，吓了一跳："哇，吓我一跳，我以为宿舍没人呢！你怎么不开灯啊？"

"嗯，睡了一下午，现在还没清醒呢！"董依媛淡淡地说。

沐阳一边放东西一边说："啊，肯定没吃饭吧？我带了很多吃的东西，快来吃吧！"

"今天怎么是你第一个回来？"董依媛感到很奇怪，谁第一个回来也不会是南荣沐阳啊。"哦，昊森今天过生日，我陪他逛了一天。他说晚上要和他们学校的朋友庆祝，我就不去了，真是累死了！"南荣沐阳将自己摔到床上，平躺着说。

"哦，是这样啊！"董依媛点点头，搬个小凳子坐在南荣沐阳的桌子边。"那儿有零食什么的，那个紫薯条就挺好吃的，我还带了比萨，你都尝尝！"南荣沐阳连忙说着。

"好啊，我尝尝！"董依媛拿起了一块比萨塞进嘴里。也许是没什么胃口，也可能饿过了头，刚吃了一口居然觉得这比萨有一股羊膻味，她差一点没忍住就要吐出来。她拼命忍住咽回肚子里，赶紧喝了口自己桌上的水才算好了点。

"怎么了？这比萨有什么问题吗？"南荣沐阳看她那么大的反应，立即从床上坐起来。

董依媛咳嗽了几声："没事，没事，吃得太急了，有些噎住了！"

南荣沐阳正要说什么，就听到推门声，魏纯儿提着大包小包进来了。看到南荣沐阳，魏纯儿开心地说："女神约会回来了！"

南荣沐阳微微一笑："是啊，你怎么才回来，拿的是什么？"

"和我们组的同学去买毛线了。这周要做面料小样。"魏纯儿放下东西，"啊，什么东西这么香啊，你带回来的？"

"嗯，你看看要吃什么，随便拿啊！"南荣沐阳笑着张罗着。

魏纯儿选了一块比萨，放进嘴里咬了一口："嗯，真好吃！"

"什么真好吃啊！"陆思涵推开门走进来，"老远就闻到好浓的一股香味！"

"怎么才回来呢？快来尝尝我带的比萨！昊森今天过生日，我们去的那家西餐还不错，就带回来了一份！"见陆思涵也回来了，南荣沐阳开心地说，"怎么没见子琪啊？"

"应该快回来了吧，不知道她干什么去了。"陆思涵看了看，见辛子琪的床上整整齐齐的，看向董依媛，她一动不动地坐在自己书桌前，"阿媛，你知道子琪去哪儿了吗？"

第十三章　烦恼

"啊，她啊，我不知道啊，给她打电话吧！"董依媛回过神来，可能是心事太多，她居然什么都想不起来。

陆思涵看她这个魂不守舍的样子也没有多说话，肯定是被骚扰电话影响的。陆思涵拿起电话就给辛子琪打了过去："喂，你干什么去了？怎么还没回来？……哦哦，那你快回来吧！"

刚刚挂上电话，辛子琪就一把将门推开了："我回来了！"说完，她就将自己的小挎包放下来，打开了电脑，兴冲冲地说："我跟你们说啊，我今天去参加飞车全城比赛了！见了好多游戏里面的大神。"

"什么？你怎么还跑去见网友了？"南荣沐阳吃惊地说。

"你还不知道她，已经不是一次两次了！"陆思涵撇撇嘴，"这次又是跟谁去的？"

"陌陌呀！他今天约我一块儿去的！"看到陆思涵几个人正吃着东西，辛子琪忙问，"又是谁带的好东西啊？"

南荣沐阳说："我家男神今天过生日。"辛子琪拿着一根紫薯条一边吃一边说："昊森过生日啊，那你今天晚上还回来！"南荣沐阳道："白天逛累了，他晚上还有生日聚会，不知道要闹到几点了！我就先回来了。"陆思涵跷着二郎腿说："真是虐死单身狗啊，如果找对人真是天天情人节，撒一把狗粮；但如果找错人那可是天天清明节了！"魏纯儿说："别羡慕嫉妒恨了。你不是也谈恋爱了吗？""那怎么能比？异地恋，有跟没有差不多！"陆思涵立马反驳。

辛子琪躺在床上，看向董依媛："小媛你下午上完课都做什么了？"

董依媛回过神来："没什么啊，去尚夕瑀家打扫卫生了！"

"啊？还真去打扫卫生啊？"辛子琪吃惊地说。

"那你以为只是说说吗？"董依媛无奈道，她现在成了正经八百的家政阿姨，除了看孩子什么都要做。

"唉，也是啊，他那样的人，也不可能心慈手软！"辛子琪想想尚夕瑀的样子，就觉得非常可怕，虽然长得像天使，但是太过冰冷，让人不寒而栗。

"我说你啊，还是少跟网友出去见面！网上的例子还少吗？"陆思涵还是忍不住提醒辛子琪。这孩子就是太单纯、太好骗了，以前还借给网友钱，结果人家第二天就把她拉黑了，连人都找不到。

第十三章 烦恼

"我知道，但是陌陌不一样！他对我挺好的！"辛子琪点点头，随后又立刻反驳，"网上的也不都是坏人啊！"

"你啊，也太天真了！网上都是什么人啊！"魏纯儿也开口说道，"别乱交朋友！"

"知道了，知道了。你们也真是的，太啰唆了！"辛子琪的好心情瞬间全没有了。她是成年人，她有自己的思想和判断能力，不要老拿她跟三岁小孩比，每天听着别人数落自己，她真的很烦。

"好了，不说了，不说了。你以后吃亏上当了也别告诉我们！"魏纯儿见她那样说，也动了怒气，转身去洗漱了。

"都少说几句，子琪也是有自己的考虑的，长这么大，谁能不遇到一点欺骗和伤害呢！"南荣沐阳开口打圆场。几个人谁也不再说话，各干各的去了，这小小的冲突就算过去了。

大学四年里，她们一直在一个宿舍，一个班级，只在大四这年选择了不同的毕业组。这四年大大小小的争吵不断，吵过闹过，谁都和谁冲过，每个人是什么脾气大家都清楚。大四是最后一年，也是即将分开的一年，所以小吵小闹对她们来说不算伤感情。

见大家都平静下来，董依媛也平静了下来，她已经想好了要怎么做。最后一年她不能被这些击倒，一定要顺顺利利地毕业。下定决心，她就端坐在书桌前用电脑搜索着国际十大名牌的简介，在本子上摘抄着品牌创始人、创立时间、作品风格、首席设计师等信息。

第十四章 摆脱

　　星期六的图书馆几乎没什么人，同学们三三两两地坐在图书馆自习室里，有的一边看书一边戴着耳机听歌，有的和同学窃窃私语。图书馆只有在临近考试时才会出现爆满的情况，那一个星期哪里都有人，几乎找不到空的位置，大家都要找资料找位置复习，赶在考试前将书本上的知识过一遍。那个时候才有了上高中时的那种紧迫感，为了不挂科绞尽脑汁地背知识点，仿佛一学期的课程都在这最后几天学了。董依媛和辛子琪在服装系资料库找了几本资料书，有款式设计、色彩搭配、面料书等。两个人找了一张空桌子，并排坐下来。董依媛认真地翻看着，有好看的就动手画下来，只有从手中流过的东西，才能成为自己的。辛子琪也绞尽脑汁地想着自己的设计稿，她的设计稿也是一大难题，宿舍里的其他人早都已经过了设计稿的阶段了，要说她俩是一对"难兄难弟"也不为过。

　　没一会儿，董依媛的手机屏亮了起来，辛子琪碰了一下她的胳膊："你电话！"董依媛看了一眼那一串数字，心中一颤，没有接。手机调的是静音，就算不接也没多大影响。

　　见董依媛没有接，辛子琪也就不管了。没想到手机一直亮着，辛子琪又问："怎么不接啊？谁呀？一直给你打电话！"

　　"不接！"董依媛态度坚决，她真的是一点都不想再听见他的声音，更不想再想起这个人。她无奈地说："任煜泉！"

　　"他？你们不是早都分手了吗？"辛子琪也纳闷了，"难道你们死灰复燃了？"

　　"你觉得可能吗？他简直就是个人渣！"由于太过激动，董依媛的声音提高了几个分贝，引来了几个同学的注意。

"那他还找你做什么？"辛子琪疑惑地问道。

"呵呵，你还真猜不出来！"董依媛冷笑着说。

辛子琪更加疑惑了："什么啊？到底是怎么回事？"

董依媛无奈地说："他现在问我要钱呢。"

辛子琪吃惊了："什么啊？跟你要钱，要什么钱？"

董依媛接着说道："他说他当初在我身上花的每一分每一笔都要让我还回去才不再纠缠下去！"

听到这，辛子琪立马炸了，显得比董依媛还激动，直接从座位上站了起来："什么？这还是人吗？是男人吗？"

董依媛立即问："对了，子琪，你有钱吗？借给我点，我这儿才有三四千，根本不够！"

辛子琪简直难以置信："什么？你不会真要给他钱吧？你是不是傻啊！"董依媛苦笑着："你以为我愿意给他吗？他天天给我打骚扰电话，前一段时间一天几十个电话地打，我是被逼得没办法了！"

"他这是犯法的！走，我们去报警！"辛子琪立马就拉住董依媛的胳膊。董依媛按住她，匆匆收拾了东西，拉着辛子琪就向外走。出了图书馆大楼，董依媛才说："你先别激动啊，别激动。我不想被太多的人知道这件事，我不想自己曾经的爱情变成这样，这让我觉得自己就像一个傻子，让我觉得恶心！"说到最后，董依媛红着眼睛，强忍着不让自己的眼泪流下来。

"你别这样，为了他不值得！"辛子琪见董依媛都快哭了，赶紧安慰着。

董依媛摇摇头："我知道不值得，也不必在意别人怎么看，可是我在意，那个时候我是真心爱过这个人，认认真真谈过的感情啊！"

"你怎么这么傻，怎么会遇见这样的人渣。当初也是他劈腿在先，如今还要让你还钱，真不是个人！"辛子琪恨不能把这样的人一口咬碎了，"我这里只有三千块钱！"

董依媛原以为辛子琪不会再管她这件事，没想到她还愿意借钱给她，立刻开口："三千已经很好了，我都不知道要向谁开口借钱！"

辛子琪叹了一口气："我们现在正是用钱的时候，买布料、找裁缝、拍片、布展，哪一样不用钱啊！他到底要多少钱？实在不行，我再问家里人要点！"董依媛

第十四章 摆脱

连忙摇头："没事，没事，你最近也正需要钱，我定完稿就找份兼职，争取早点把钱还给你！"

"你这样太辛苦了！"辛子琪心疼地说。

董依媛想着这一件接一件的事情："这些事都要解决的！慢慢来吧，走一步看一步！"辛子琪没有说什么，只能叹息一声。两个人又回到图书馆继续学习了。

一晚上，董依媛脑海中都回旋着任煜泉的话："已经两天了，明天中午我要看到钱，否则我就去你们学校找你！北山公园不见不散！"

这是后来董依媛接到任煜泉的电话他说的话。这些话就像梦魇一样缠绕着她，让她睡觉都做了噩梦。

天刚亮，董依媛却没有了睡意，翻身起床，穿好衣服，站在阳台边，拿起手机拨通了赵驰的电话："喂，今天有事吗？能出来吗？那好，一会儿太极湖边见。"

打完电话，董依媛简单地梳洗了一番就向外走去。

辛子琪迷迷糊糊睁开眼问："这么早你去哪儿啊？"董依媛："出去一趟，一会儿想吃什么？"辛子琪回应道："再说吧，现在我要先睡觉，醒来给你打电话。"董依媛点点头说："嗯嗯，好！"

董依媛到湖边的时候，赵驰已经到了，正在给湖里的鱼喂馒头渣。董依媛慢慢走近，赵驰抬起头，顺手递给她一个馒头，两个人将馒头掰成馒头渣扔进水里。越来越多的鱼聚集了过来，连两只黑天鹅也游过来了。鲜红色的喙大张着，将馒头渣拖进水里，吧唧吧唧吃了。还有几条鱼一起抢一块馒头渣。

赵驰一边掰馒头一边笑着问道："怎么了？"

董依媛有点不好意思地说："也没什么，借我点钱吧！"

赵驰虽然有点意外，但还是非常爽快："借钱？要多少啊？"

董依媛也不指望能借多少钱："能借多少借多少，我欠了别人的钱现在要还！"赵驰想了想说："我这儿有五千，你看行吗？"

董依媛如释重负："行呀，我春节后还你。"赵驰慷慨地说："没事，你什么时候有就什么时候给。"

董依媛解释着："现在我们都是用钱的时候，要做衣服，要买布料、辅料。让我向别人借我也开不了口。"赵驰："没事，你有什么困难我们一起想办法！"

董依媛感激地说："太谢谢你了！"

第十四章 摆脱

赵驰有点不高兴了："你这样说就太见外了！"

喂完手中的馒头，董依媛直接说："走，我请你吃饭去！"

赵驰当然一口答应，两个人离开了湖边。

中午董依媛坐公交车来到北山公园，一下车就看到任煜泉站在大门口，抽着烟，一手插在口袋，一手拿着手机，眼睛时不时地左右看看。一眼瞥见董依媛向这边走过来，他立即扔掉烟，向她招手，开心地说："你终于来了！"

董依媛不理他，直接向里走，任煜泉只好跟在她身后。到了一处没有太多人的地方，董依媛停下来，开门见山地说："任煜泉我答应给你还钱，但是请你以后不要再来打扰我，我们互不相欠。还有，我只给你一万，多了没有。如果你不同意，那一分都没有。"

任煜泉立即上前说："你不要一来就说这么无情的话嘛。你知道我还是爱你的，只是见不到你才这样的！"他一边说着，一边去拉董依媛的手。董依媛挣扎着，任煜泉紧紧地将她抱进怀里："我知道你还是在乎我的，否则你不会来的。宝贝，别生气了好吗？我们以后好好的，我一定会好好对你的！"董依媛用力挣扎着："放开我，你这个人渣！"

任煜泉用力抓住她，吻了上去："我就是人渣，但也是你爱的人渣！"

见任煜泉的嘴贴过来，董依媛愤怒地用力咬住了他的嘴唇，任煜泉吃痛，这才放开她："你居然敢咬我！"

董依媛赶紧退后两米，擦了擦任煜泉触碰过的嘴唇，掏出刚从银行提出来的一沓人民币，厌恶地看着他："咬你怎么了？当初是你劈腿甩了我。现在怎么了？被别人甩了，又想起我了吗？告诉你，就算全世界的男人都死光了，我都不可能跟你在一起。这是一万块钱，你给我有多远滚多远，永远消失在我眼前。"

说完，董依媛将一万块现金扔在他脸上，转身离开。任煜泉接住打在他脸上的钱，快步追上来拉住她的手腕。这时赶过来的赵驰冲上前来，二话不说一拳打在了任煜泉的脸上。

赵驰把董依媛拉到他背后，担忧地问："你没事吧？"董依媛一脸吃惊："我没事。你怎么过来了？"

赵驰说："我看你一个人拿着这么多现金，有点不放心，就跟过来看看。"

任煜泉看着眼前这个长得高大敦实的男生，捂着自己的脸质问董依媛："他是谁？是你的情人？你居然跟别的男人在一起了？"

　　董依媛连看都不想看他，厉声道："要你管！拿着钱赶紧给我滚！我告诉你，你如果继续打电话骚扰我，我就去报警。"说完就和赵驰向公园外走去。

　　任煜泉看着他们离去的背影咬牙切齿地说："你会后悔的！"

　　这边，赵驰一边走一边关切地问道："到底怎么回事？"

　　董依媛叹了一口气："唉，他是我前男友。我们分手一年了，他还来纠缠我！"

　　赵驰这才明白："你借钱是为了给他？"

　　董依媛点点头："嗯，他说让我把他花在我身上的钱都还给他，才不会纠缠我！"

　　赵驰觉得不可思议："你不会把他拉黑？"

　　董依媛无奈地说："他知道我家在哪，也知道学校在哪，我只是想跟他做个了断。"

　　"报警是怎么回事？"赵驰继续问。

　　"他一天到晚骚扰我！"董依媛无奈地说。

　　赵驰叮嘱着："下次千万不要一个人去见他了。"

　　董依媛点点头："我知道了，没有下一次了！"

　　赵驰摸着董依媛的头发："你呀，真是让人担心呀！"

　　董依媛尴尬地红了脸，不自在地躲开赵驰的手："没事啊，这不是有惊无险嘛！"

　　赵驰尴尬地收回手，拍拍她的肩膀："快点回去吧！"

　　董依媛点点头："嗯！"

第十五章　寻找灵感

总算是解决了这件事，董依媛松了一口气，她真的希望任煜泉不要再来找她了。星期二就是交稿子的日子，她这两天一直努力地画草图，一连画了三十套男装。为了老师能看得过眼，她想先让尚夕瑀帮她挑几张好点的。打了电话过去，正巧他周一下午没课。

尚夕瑀懒洋洋地坐在沙发上看着董依媛连夜赶出来的设计手稿，董依媛紧张地看着尚夕瑀，不想错过他的任何一个表情——毕竟这是她第一次让尚夕瑀看她的设计，真的怕他会说出伤她自信心的话。瞧她这样子，作为设计师难道不应该自信吗？难道不应该骄傲吗？

尚夕瑀皱着眉头，认真地一张张看完了她的设计手稿，这才抬起头来，对着她摇摇头："你们的主题是中国风与时尚的结合，但是我没有看到有什么中国元素，也没看出什么时尚。"

董依媛只觉得无地自容，浑身的力气像被抽掉了一样，坐在地上，一脸凄惨地看向尚夕瑀。

尚夕瑀不高兴了："你这是什么表情，这样就完了？"董依媛站起来拿过自己的设计手稿："我……再去想想。"尚夕瑀打掉她的手："慢着！"

董依媛疑惑地看着他："怎么了？"尚夕瑀认真地看着她："你现在需要的是灵感。走，跟我出去。"尚夕瑀快速穿上外套，拉着董依媛向外走去。

董依媛在他身后追着问："我们这是去哪儿啊？"

尚夕瑀没有回答她："去了就知道了！"随即转身去了车库。

不一会儿，一辆红色的保时捷停到了董依媛的面前。尚夕瑀按下车窗，戴着棕色的墨镜，帅气地对她招招手："上来吧！"

董依媛看逆天俊颜的尚夕瑀似乎心情不错，也就上了车，坐在了副驾驶的位置上。她还没系好安全带，尚夕瑀的车子就像风一样飞出去了，吓得她死死拉住拉手。

"那什么，尚夕瑀，你能开慢点吗？这儿人多车杂！"董依媛见他在小区门口停下来，赶忙一边系安全带一边磕磕巴巴地建议。

"没劲！"尚夕瑀看也不看她，继续开车。虽然没回答她，但是车速减慢了一些。尚夕瑀最大的爱好就是飙车了，当年周杰伦和陈冠希的《头文字D》大火的时候，他就喜欢上了这种疾速的感觉。

在适应了车速之后，董依媛好奇地问："你怎么喜欢红色的车？这不应该是女生喜欢的颜色吗？"

"喜欢！"尚夕瑀像看白痴一样看了她一眼，甩给她两个字。接着，尚夕瑀道："我要加速了，你不要弄脏我的车！"

聪明如她，怎么能不知道他的潜台词，于是将车窗打开，头转向外面。要是她真的吐了，恐怕把她杀了尚夕瑀都不解恨吧。

终于到了目的地——中大国际。这里是董依媛连踏进去的勇气都没有的奢侈品商场，里面的衣服动辄上万元，不是一般人能消费得起的。更出名的是中大国际九号CBD千万豪宅，均价每平方米五六万，这简直是普通人连想都不敢想的价位。跟在尚夕瑀后面，董依媛也装模作样地抬头挺胸，毕竟跟在极品帅哥身后一定不能太丢面子。

"这就是我们要来的地方？"说罢董依媛还准备问什么，尚夕瑀已经向大楼走去，她赶紧快步跟上去。

尚夕瑀一出现在商场里，立马就引来了无数的关注。好几个女生看着他都不走了，不时地发出阵阵惊叹："哇，好帅！"

站在他的背后，董依媛倍儿有面子。笑话，她选的模特能不帅吗？尚夕瑀也不管人群的骚动，带着董依媛直接去了三楼男装区。商场除了装修金碧辉煌，商品琳琅满目之外，连导购都个个长相美，气质佳，妆容精致，这让董依媛一阵汗颜。早知道来这种高端的地方，她也收拾打扮一番啊，怎么说也是要出来见人呢。

尚夕瑀带着董依媛四处闲逛了一圈，对董依媛说："你今天的任务是帮我选一套衣服。"董依媛有点错愕："这事不应该是叫你女朋友来做吗？"

尚夕瑀也觉得莫名其妙，他不是那种多管闲事的人，为什么要帮她？可他偏偏做了。是这个女生太笨了？还是他自己没事找事？尚夕瑀赶紧为自己的行为找了个借口："这算是你的一次体验。难道你不应该了解你的模特吗？"董依媛听完点点头，觉得尚夕瑀说得有道理，于是便一家一家地帮尚夕瑀挑衣服。美女导购们比她还热情，不停地给尚夕瑀推荐衣服，就连试衣服都恨不得帮他穿。董依媛一阵感慨：帅哥就是帅哥，走到哪里都是焦点。尚夕瑀就是天生的模特，不管什么衣服穿在他身上都非常好看。就连一些让董依媛觉得莫名其妙的衣服，穿在他身上都有一种别样的感觉。挑来看去都挑花了眼，最终，董依媛挑了一件乳白色的衣服和一条浅蓝色牛仔裤，鞋子挑了尚夕瑀最喜欢的运动品牌，一双红白相间的全球限量版运动鞋，在中国仅售五百双。

整整逛了一个下午，最后，董依媛拎着尚夕瑀的衣服出了中大国际。她现在是个十足的拎包小妹。

尚夕瑀看着董依媛问："怎么样，今天有什么收获？"董依媛实话实说："这里的衣服太贵了！要不是你带我来，我可能一辈子也不会进来！"

尚夕瑀简直无语了："我是说灵感！有没有点感觉？"

董依媛认真地想了想："脑子乱乱的，也没什么思绪。"尚夕瑀了然地点点头，灵感这东西不是说有就有的，何况董依媛这种脑子。

这个时候，董依媛的肚子不合时宜地咕咕叫，她尴尬地红了脸："那个，我可能是饿了，不好意思！"

尚夕瑀简直要笑死了，可还是拼命憋住笑，什么话也不说，转头又走回了中大国际。董依媛看着他的后背发呆，这尚夕瑀回去做什么啊？尚夕瑀见她没有跟过来，转过头来："不是饿了吗？去吃饭！"董依媛这才快跑过去："啊，来了。你要请我吃饭啊，我最近穷！"

尚夕瑀简直无语："谁让你掏钱了！不过作为回报，后天下午三点你来我们工作室！"

董依媛一听不用花钱立马应承："啊，好啊！去工作室干什么？"尚夕瑀没有回答。董依媛心情瞬间不好了，这个家伙一点亏都不吃，绝对的公平交易。

挑了一家川菜馆，两个人面对面坐下来，董依媛点了酸菜鱼、红烧排骨、干煸豆角，这些都是她喜欢吃的。董依媛笑着说："终于轮到我剥削你了，那我就不客气了！"尚夕瑀回了一句："你开心就好。"然后拿出手机玩了起来。很快，饭菜

第十五章　寻找灵感

65

都端上来了，董依媛也顾及不了什么形象了，大口吃起来。她也真的是饿了，没几分钟两碗米饭就下肚了。再看看尚夕瑀，几乎就没怎么动筷子，董依媛一阵尴尬，一不小心就呛着了，蹲在地上不停地咳嗽。

尚夕瑀看不下去了："你怎么吃个饭都不消停啊！"

董依媛缓过了劲，才重新坐回椅子上："不好意思，我太饿了！"

尚夕瑀不满道："注意点自己的形象，跟八百年没吃过饭一样！"董依媛点点头，这才慢条斯理地吃起来。

尚夕瑀见她吃得差不多了，优雅地擦擦嘴说："待会儿你就先回去，我约了伊琳晚上一起去看电影！"

董依媛点点头："哦，那你不早点告诉我，那我先走了！"她站起来准备离开。

尚夕瑀赶紧叫住她："你等一下，明天上午你再去一趟关中民俗艺术博物馆。"

董依媛回过头来："去那里？我明天下午有课！"尚夕瑀说："所以我才让你上午去。还有，这些放我公寓去！"说完又把上次的那把钥匙扔给她。

董依媛无可奈何地拿着钥匙和大包小包的衣服，跟着尚夕瑀向外走去。

走在他背后，董依媛想了想，还是说了藏在心里的话："尚夕瑀，谢谢你！"尚夕瑀磁性的嗓音从前面传过来："不用谢我，你帮我，我帮你，我们互惠互利！"

"嗯，我知道！但还是要谢谢你，我一定会尽力做好！"董依媛似乎有了一种前进的动力。

这句话让尚夕瑀的心莫名地颤了一下，好像有什么东西在他心里长出来了。没想到因为他，有一个人会努力、会拼命地向前冲。

正在这时，尚夕瑀的电话响起来了："喂，嗯，好的，一会儿见！"

董依媛一直看着他打电话，等他挂了电话，董依媛才说："那我就先走了！"

尚夕瑀点点头，在中大国际门口，他们走向了两个不同的方向。董依媛停下来看着微风中慢慢走远的尚夕瑀，感慨万千，然后转过身毫不犹豫地走开。

她不知道的是，尚夕瑀也回过头来看她了。他看着身板瘦弱的她拿着几大袋衣服大步地走向公交站。同样一片星空下，人和人如此不同。世间万物变化万千，同样也多姿多彩。

第十六章　亲密接触

星期二，董依媛一大早就起来了，前一天晚上她就查好去关中民俗艺术博物馆的路线。关中民俗艺术博物馆坐落在秦岭终南山世界地质公园中心地带，隋唐时佛教圣地南五台山脚下，东接翠华山，南依五台山，西临草堂寺，北瞰长安城。占地493.88亩，规划建筑面积10.8万平方米。

关中民俗艺术博物馆是1985年建造的，规模大、范围广，代表着关中地区的人文风俗。建筑和园林全部为明清风格。各类展品上万件，石碑、拴马桩五千余件；名人字画三千余幅；木雕及其他藏品二千余件；还有砖雕、玉雕、木雕及铁铸类、纺织品类、陶瓷类等种类丰富的藏品。馆藏已有一万二千多件石雕，近万件木雕和砖雕，二千多幅不同时期的名人字画及四千多件周、秦、汉、唐以至明、清时期陕西关中民间的日常生活用品和生产、交通工具。最让董依媛惊叹的是恢宏壮观、错落有致的古建筑，走在其间，仿佛自己穿越到了那个年代一样。还有正在建设之中，蕴含了典型农耕文化的稷王庙。

博物馆收藏的拴马桩、饮马槽、石人、石狮、石龟等石雕艺术品一万二千多件。特别是雕刻精美、形态万千的拴马桩，就跟美院里各式各样的拴马桩一样，不同的是，它们的造型更丰富，人物形象基本以胡人为主，其中十几个胡人妇女形象的拴马桩更是引人注目，代表了当时文化中进步的人文关怀与男女平等思想，也充分证明了宋明时期，西北各民族在关中地域的不断征战、迁徙和文化的融合。

董依媛一大早坐车辗转近一个半小时才到博物馆，等看完博物馆的角角落落已经下午三点多了。董依媛这次的收获是巨大的，她居然不知道西安还有这样一座民俗博物馆，作为一个学美术的学生还真是汗颜啊。

下午的课程肯定是耽误了，她不可能中午就回去，既然去了就不能看一半就回去。她给辛子琪打电话，让辛子琪帮她请个假，顺便把自己的设计手稿带给张甜看。

回到学校已经是晚上七点多了，她给尚夕瑀发了几张照片，证明自己真的去了他说的地方。尚夕瑀回了她：嗯。

董依媛噘了噘嘴，这一天坐车真的很辛苦，他居然就回了一个字。仔细一想，她希望尚夕瑀回什么？好，很好？累坏了吧？还是我没想到你这么听我的话？

董依媛在外面草草地吃了个晚饭，这才意识到，自己全身上下只剩下五十六块钱，家里刚给了生活费没几天，接下来该怎么办？吃喝都成了问题，更别说还钱了。还有接下来要花的钱，更是像一座大山一样压着她。要尽快找工作了，否则就要饿死了。

拖着疲惫的身子，董依媛回到了宿舍，宿舍的人都在，各自忙着各自的事情。一见董依媛回来了，辛子琪放下手机说："你回来了！"董依媛连忙点头。魏纯儿又问道："今天跑哪里逛去了？一天都没见你人。"

"今天去了一趟关中民俗艺术博物馆！"董依媛一边放东西一边说。

"为什么突然要去关中民俗艺术博物馆？"南荣沐阳也回过头来问。

"去找灵感啊！"也不知道为什么，董依媛不想告诉她们，她去关中民俗艺术博物馆是因为尚夕瑀。

陆思涵从床上伸出头来问："啊，我们都还没去过呢，那里怎么样？"

"很大，很全面，去了之后你就感觉自己仿佛生活在古代，不管是建筑、花园，还是街道。"董依媛感慨道。

"那有机会我们去看看啊！"陆思涵笑着说。

"那好，什么时候一起去。"董依媛也非常开心，转而看向魏纯儿，"纯姐，你最近在咖啡馆工作怎么样？"

"挺好的呀！"魏纯儿抬头看向她。

董依媛继续问："一个月大概能赚多少钱啊？"以她现在的能力要想跟陆思涵一样去代课真的很吃力，手上的功夫早就生疏了，连做个范画都做不了，理论知识再好也不管用，首先连画室门都进不了。只能做一些没有专业要求的工作，还要时间自由，真的是不好找。

"好的时候两千左右吧，一般也就一千五左右，毕竟是兼职。怎么了，你难道也想去?"魏纯儿听出了她的弦外之音。

"最近怎么了?缺钱花了?"陆思涵关切地问。董依媛还没有告诉陆思涵关于任煜泉的事情,现在当着这么多人的面,她更不可能说了,以后找个机会再单独说吧,现在说了也不知道她们怎么说她呢。

"嗯嗯,我想去。最近比较缺钱,就是不知道你们那儿还招人吗?"董依媛连忙点点头说。

"招人是招人,问题是你能干吗?"魏纯儿反问,似乎并不看好董依媛。

董依媛也不管魏纯儿的语气里透着多少鄙视,坚定地说:"能干啊,我现在只有一个目的,就是赚钱!"

"既然你这么说了,我这几天问问我们店长,先让你去面试。提前说好,别干两天就走了,那就太丢人了!"虽然魏纯儿的话难听,但是她也是怕董依媛受不了苦。

"嗯,放心吧,我能撑得住!"董依媛强忍住自己的脾气,要是放在以前她肯定会毫不犹豫地顶回去,大学四年没少跟魏纯儿吵架。不过现在的她,真的很需要一份工作,不管怎么样都只能忍着。

魏纯儿下床去卫生间,没走几步就抓狂了:"怎么地上那么脏,垃圾桶满了也没人倒。今天该谁值日了?"

董依媛一想,连忙应着:"我,我现在就去收拾!"

最近也真是倒霉,所有的烦心事都凑在一起。董依媛赶忙拿起扫把将宿舍旮旯拐角都扫了一遍,将几个垃圾桶里的垃圾袋都打好包,换上新的垃圾袋,又去卫生间拿出拖把开始拖乳白色的地板砖,接着去收拾卫生间,再下楼倒垃圾。等她收拾完已经十点多了,再洗漱一番已经十一点了,平常这会儿已经在床上了。躺到自己床上的那一刻,她感觉浑身像散了架一样。

第二天她醒来已经是十点多了,在床上赖了一会儿,等到洗漱好,就到了吃饭的点。其他人也都差不多起来了。

下午,董依媛带着一本杂志一路急急忙忙地跑到油画系所在的楼层,上次来是因为拿钥匙。她在十八层搜寻了一圈才看到油画系的标志,站在门口气喘吁吁地搜寻尚夕瑀的影子,找了一圈才在一个角落里看到他,董依媛快步走过去。尚夕瑀正摆弄着他的油画颜料,听到脚步声,抬头看到董依媛,语气不善地说:"看看现在几点了！"董依媛看了看手机："啊，三点过四分！"尚夕瑀面无表情地说："我最不喜欢迟到的人！"

董依媛抱歉地说："不好意思啊，我来迟了！"

尚夕瑀见她傻站着，更生气了："你站着干吗？"

董依媛有点无措："那我应该做什么？"她根本不知道尚夕瑀这次叫她来做什么。

尚夕瑀指着面前的凳子说："坐那儿吧，别动！"

董依媛站在凳子前一脸诧异："你不会是要我当模特吧？"

尚夕瑀不满地问："怎么，你有意见？"

董依媛连连摇头："没有啊，只是你能不能把我画得美点？"

尚夕瑀一板一眼地说："我只会根据事实真相来创作，绝不会掺一点水分！"

董依媛噘了噘嘴："小气！"只要不是丑化就行。一番自我安慰之后，她就坐在凳子上。董依媛感觉被一个大帅哥看着非常不自然，瞬间手足无措，忍不住说："你要让我做什么动作，我的手应该放哪里？"尚夕瑀酷酷地甩了两个字："随便！"董依媛在心中呐喊：什么叫随便？活了二十几年也没做过随便的动作。心里呐喊归呐喊，她也没胆子说出来，只能低着头装作看自己的时装杂志。幸好出门时还拿了一个道具，不然她真不知道怎么做了。

尚夕瑀也不再说什么，看着她的样子，思索了一番，便开始动笔。不一会儿，线描手稿一点点跃然纸上，修改了眼睛和鼻子后，尚夕瑀将油画颜料一点点抹上去，画中的女孩眼睛立刻活了起来，她嘴角含笑，头发披散下来，认真地看着手中的书，显得异常温婉清纯。

不知是因为太安静还是董依媛太困了，不一会儿，她居然睡着了。等尚夕瑀叫醒她的时候已经天黑了。

董依媛睁开眼睛："啊，不好意思啊，我睡着了！"

尚夕瑀站起来说："起来了就去吃饭吧。"

董依媛站起来，捶捶自己发麻的肩膀和双腿："怎么样，你画完了吗？给我看看！"

董依媛只看到画板被蒙上了一层布，正要揭下来，尚夕瑀立即冷冰冰地说："别动！"

董依媛委屈地说:"我就看一眼!"

尚夕瑀见她这样,语气一缓:"还没画好!走吧!"说完将自己的颜料盒盖上盖,拽着董依媛向外走。董依媛不舍地看向画布,突然灯就灭了,适应不了黑暗的董依媛一不小心就撞在准备锁门的尚夕瑀身上。两个异性身体相触,尚夕瑀的身上散发着好闻的青草香,董依媛能感觉到他的心跳。瞬间,她脸一红,心怦怦地跳了起来,只一秒,她就立刻向后退了一步,尴尬地说:"不好意思,太黑了!"感觉到自己语无伦次,董依媛立即补充道:"那个……我先回去了,明天就要交设计稿了!"说完,快速地跑开。

尚夕瑀关上门,看着她离开的方向,深深地吸了一口气,然后大步走开。

第十六章 亲密接触

第十七章　解决生计

　　晚上回到宿舍，董依媛草草地吃了饭，便开始画草图。最近一段时间她经历了太多太多，对于设计和生活有了更多的认识，这些都是因为一个人。她真的没有想到尚夕瑀会让她有一种新生的感觉。他的生活，他的人，他的绘画，都带给她很大的影响。在他的房间里可以看到各种各样的画作，最小的是一盆花，最大的是一幅轮船海景图。更重要的是他对她的鼓励和帮助，都带给她太多的感悟。她忘不了的是，那次他认真地看着她的眼睛说："你要对自己有信心！你能做到吗？"

　　纯白的A4纸上，她认真地勾勒着脑中的思路：男性、荷尔蒙、中国风、山水画、时尚、尚夕瑀、青草香……

　　下午，服装工作室里，同学们坐在椅子上等着张甜来上课。大四的课程与其说是上课，不如说是讨论会，导师给学生们提出意见，或者引发学生们的灵感，学生们向导师请教自己的问题和要改进的地方。在一次次沟通中，碰撞出灵感的火花。与其说张甜一直在针对董依媛和辛子琪，不如说是在激发她们的潜能和刺激她们大胆地创作。

　　董依媛是那种天生怕老师、怕上司的人，她对着比自己高一等级的人真的没办法沟通，这是一种心理障碍，可能跟小时候受的教育有很大的关系。而辛子琪本身就是一个非常内向的女孩，她的交友范围是狭小的，对于陌生的人更不能畅所欲言，所以在网络中寻找朋友比较容易。

　　没多久，就看见张甜与婚纱组的老师黎盼盼风风火火地一起走进工作室。张甜身高将近一米八，长相甜美，一双眼睛尤其大，性格和容貌有点相反，做事雷厉风行，干脆利落，脾气比较直爽。张甜不喜欢唯唯诺诺的学生，更喜欢有思想有实力的学生。

张甜环视四周，大家都各忙各的，有的正在做立裁，有的正在画设计稿，有的正在讨论。每个学生的进展都不一样，最快的几个学生已经在做样衣了。

张甜放下自己的东西坐下来，视线落在辛子琪和董依媛身上，问道："今天谁要给我看？你们两个画得怎么样了？"老师摆明了就是对着她俩说话的，董依媛也不说什么，拿起自己昨天晚上熬夜画的设计手稿，径直走到张甜面前，将稿子递给她。

张甜拿着稿子认真地看了起来，翻完了这十多张草稿，张甜发现比起女装设计，董依媛的男装设计不仅多了灵气，而且款式非常新颖，设计感、时尚感都高出很多，显然是下了功夫的。最终她挑选出了一款她认为最好的设计，指着这一套款式对董依媛道："这个还不错，就按这个感觉来，我期待你剩下的两套作品！"董依媛听到张甜这么说，这才如释重负："我好好想想！"

张甜不由得好奇地问道："怎么最近开窍了？"

这句话问得董依媛有点尴尬，她都不知道怎么回答，只能说："凑巧吧！"

张甜见问不出什么，也就不再说话了。董依媛的心情不能用好来形容了，她等张甜的这句话等了太久了，终于能听到张甜对自己说"Yes"，没人知道她现在的感受。

辛子琪接着将自己的设计手稿递给张甜，此次她采用了菊花为设计主线，这源于她那次写真的感悟。一朵朵菊花就像活了一样跳动着，她将这些跳跃的灵感捕捉下来，放在了自己的设计之中。

张甜看完了她们两个的设计手稿，感觉挺意外，突然之间这两个人一起爆发了。张甜点点头："嗯，还不错，不过要考虑它的样式是否符合人体。"

辛子琪听了张甜的上半句松了一口气，听完下半句连忙点点头。这时，黎盼盼笑着走过来，拿起辛子琪的设计手稿看了看，说："你们班还不错嘛！"

张甜笑道："我们班进度有点慢。"

黎盼盼笑着宽慰道："慢慢来嘛，学生们都很努力也很辛苦！"当过多年毕业设计的导师，她们比较能理解大四的学生，一边为前途而担忧，一边还要为毕业设计而费神。这一年是承上启下的一年，大多数学生都是迷茫的，甚至是焦虑的，压力也是巨大的。

张甜点点头，看了看让她最担忧的几个人说："是啊！"

第十七章 解决生计

走在回宿舍的路上，董依媛感慨地说："终于前进了一步！"这一个多月她始终都在原地打转，不能前进，现在终于迈出了第一步。

"是啊，最近几乎都要崩溃了！"辛子琪开心地说，"晚上一块儿出去吃饭吧，终于可以松一口气了！"

"今天不行，四点半要跟纯姐一块儿去咖啡馆，她上班我面试！"魏纯儿昨天已经跟店长说过了，叫她今天下午去面试，如果通过，后天就可以去上班了。

"那你以后岂不是更忙了？"辛子琪心疼地说。想想董依媛一边做设计，一边还要时不时去尚夕瑀家做保洁，还要做兼职，可想而知后面会有多忙。

"不然怎么办？欠了那么多钱，光靠家里的生活费肯定不行的！"董依媛一边走一边说，"不光欠你的钱，还有赵驰的。花钱的日子还在后面呢！"

辛子琪忙说："我的现在不着急。""不着急，以后也还是要还啊，我得提前做准备啊！"董依媛打断她。

她们很快就回到了宿舍，其他几个女生也都刚刚回来，收拾着自己的桌子和床。一见董依媛和辛子琪进来，魏纯儿赶忙说："快点收拾收拾，再过十分钟我们就出发！"

"嗯嗯，好的。"董依媛立刻回应道，将自己的设计手稿和绘画工具放在桌子上，整理了自己的衣服，对着镜子开始补妆。毕竟是面试嘛，第一印象是非常重要的。

她们一起来到咖啡馆，魏纯儿带着董依媛上了二楼，让她坐在一个非常精致的小包间里，魏纯儿就去工作了。没一会儿，店长就来了，是一个年龄不大的小伙子，长得非常精神，身材中等偏高，脸上白白净净，眼睛非常有神采。

"店长好！"见他来了，董依媛立刻站起来打招呼。

"你好，坐吧。叫董依媛是吧？也是美院的学生？"店长示意董依媛坐。

董依媛和他面对面坐下来后开口道："我是魏纯儿的同班同学，大学四年我们一直在一个宿舍。听说这边还需要兼职，我就过来了！"

"嗯，之前在这兼职的一个学生走了，所以店里最近比较缺人手。我先介绍下自己，我叫丰林，是这家店的店长，我们在西安还有很多分店。我们这边的工作没有什么难度，就是前期需要学习很多东西，可能是你以前不会的东西。还有就是工作要细心，有耐心。在咖啡馆上班的话，不是很累，兼职的工作时间比较有弹性……"店长仔细地介绍了咖啡馆的情况和工作岗位、工资待遇、管理制度等各方面的情况。最后让董依媛先来试岗三天，如果双方都觉得可以的话，就继续干下去。中途，魏纯儿来送了一次茶点，见他们聊得还不错就放心了。

整个面试谈了将近四十分钟，前二十分钟是在聊工作的事情，后来就什么话题都聊开了。面试结束，魏纯儿送董依媛出来，问道："谈得怎么样？"

"还好，从明天开始先来试岗三天！"董依媛笑着说。

"那好啊，这三天好好学习吧！"魏纯儿点点头。

"那我先回去了，你好好工作吧！"董依媛说完就回去了。回去已经下午五点半了，她似乎忘记了什么——对了，今天稿子通过了应该告诉尚夕瑀，也不知道他现在在做什么，忙不忙。

工作室里只剩下三两个学生，尚夕瑀仍然坐在那个角落的位置认真地画画。董依媛的电话打了过来，他按下接听键："怎么了？"

"我告诉你一个好消息，我的设计手稿今天老师已经通过了。"电话那头，董依媛开心地说，"你不是说设计手稿也必须要你通过吗？"

"嗯，那你拿过来我看看吧！"尚夕瑀也觉得非常意外，董依媛居然这么快就通过了，那他就要看看她到底设计出什么来了。

不一会儿，董依媛就风风火火地跑进来了，她像一阵龙卷风一样刮到了尚夕瑀的面前："哇，这么晚了你还在画画？"

尚夕瑀立刻站起来用身子挡住了她的视线，拿起画布将画遮了起来。这是他的习惯，在他的画作没有完成之前，不会给任何人看。董依媛本来还想偷偷看几眼，愣是只看到了一个模糊的轮廓。她收回自己的目光，然后说："这是今天通过的作品！"尚夕瑀面无表情地接过设计手稿，认真地看了看，感到非常惊讶。比之以前的作品确实有了很大的改进，以前的设计手稿显得华而不实，烦琐的东西太多，而眼前的设计简单大气，设计感强，也符合时尚与中国古典元素相结合的设计要求。看完了设计手稿，再看看董依媛，尚夕瑀皱眉，心想：是什么让她有了这么大的改变？

被尚夕瑀看了又看，董依媛有点不自在："我脸上有东西吗？"她又看了看自己的穿着打扮，毕竟下午才去面试过，穿得整整齐齐，也没什么问题。

尚夕瑀本来想问这是你本人画的吗，话到嘴边还是忍住了："嗯，还不错！"

"真的吗？你也觉得不错？"董依媛开心得无以复加，自言自语地说："那真是太好了！我终于做到了！"

看着如此开心的董依媛，尚夕瑀的嘴角也勾起了一抹微笑，这丝笑意还没在他的脸上漾开，就被他压住了，随即道："快点走吧，不要影响我画画！"

虽然尚夕瑀的语气淡淡的，但是董依媛觉得这样已经很不错了："好吧，我知道你忙，未来的大画家！"

说完，董依媛又像来时一样风风火火地出去了。董依媛的心里终于松了一口气，现在所有的事都逐渐走向正轨，工作找到了，设计也前进了一步，只要努力认真，顺利毕业应该不会有什么问题。

第十八章　通稿

尚夕瑀看着董依媛消失的背影，心想：因为一件小事她就能高兴成那样？怎么感觉她傻乎乎的。他摇了摇头，又开始专心致志地画画。油画布上的董依媛安静地看着书，微微低着头，右边的头发拢在耳朵后面，露出光洁的额头和精巧的耳朵。透过窗户照射下来的夕阳洒在她的脸上。微卷的睫毛，挺翘的鼻子，嘴角微微上扬，让人忍不住想知道她是在看什么书，看得这么入迷。整幅画画面非常干净，有别于尚夕瑀以往的作品。人物整个轮廓已经出来，他正在深入地刻画。

"夕瑀，刚才那个女生是谁呀？以前怎么没见过？"工作室里另外一个同学章琪好奇地问道。

"我们学校大四的学……姐！"本来不想说话，不过他实在担心章琪的嘴巴会宣扬出一个"绯闻"。尚夕瑀几乎说不出来这个"姐"字，在他的潜意识里董依媛最多算个女学生，至于学姐什么的，真的是打死也不想承认。

章琪一听，脸上笑成了一朵花："学姐啊，我喜欢学姐，长得还不错，什么专业啊？有没有男朋友呀？"

尚夕瑀一点都不想搭理他，现在这些男生怎么都那么猥琐呢？他还没回答呢，章琪就开始噼里啪啦说起来了："看她见你开心的样子，你们很熟啊。不对，她应该是喜欢你！可是你不是有一个青梅竹马的女朋友吗？"

"闭嘴。你再说一个字，信不信我打掉你的牙！"尚夕瑀彻底怒了。

章琪是班上出了名的大嘴巴，话又多，见谁都有说不完的话，更可恨的是他喜欢打小报告，到处传八卦。班上的同学都躲着他，但是他没什么自觉性，依然自鸣得意。可偏偏人家绘画功底不错，喜欢四处给同学指点，评头论足。有好几次他偷看尚夕瑀画画，被尚夕瑀骂过也打过，虽然行为上收敛了一点，但嘴上一点也没收敛。他在背后悄悄说尚夕瑀不是男生是女生,他看过尚夕瑀上厕所,尚夕瑀是蹲着撒尿的。这话被尚夕瑀知道后,晚上他就被打了一顿,请了一个星期的病假。之后见了尚夕瑀就低眉顺眼多了,不过一年多后的现在似乎是忘了当初的伤疤了。不是说喜欢艺术的人,都非常有个性,有情怀吗?这人就是个异类、突变,或者神经病。

"你看你,这就是你的不对了。我可什么都没说,只是猜测,你就当真了!"章琪痛心疾首地控诉着。

尚夕瑀噌地一下站起来,满脸杀气地看向他:"滚!"

尚夕瑀满脸冰霜,眼光像尖刀一样射向他。章琪仿佛又回忆起尚夕瑀的恐怖,吓得他一个哆嗦,赶紧放下绘画工具,拿起手机和外套就向外跑去,一边走还一边喊:"打人了,皇尚又打人了!"

"啪!"尚夕瑀将一个凳子直接砸了过去,幸好章琪跑得快,凳子碰到门框弹了出去,发出巨大的声响。

凳子刚刚落地,一阵清脆的高跟鞋声传来,一听这声音,尚夕瑀就知道谁来了。他将自己的作品用画布盖好,开始收拾自己的绘画工具。

"瑀,怎么了?刚刚发生什么事了?"刘伊琳看着躺在门口可怜的凳子立刻问道。

"没事。你怎么来早了?"尚夕瑀一丝不苟地收拾着自己的东西。

"怎么?不想让我来吗?"刘伊琳慢慢走近他,从背后抱住尚夕瑀的腰。尚夕瑀一顿,脑子里闪过了一个画面,一股属于刘伊琳的香水味袭来,跟记忆中淡淡的清香相斥。他居然想把触碰自己的这双手拍开,他这是怎么了?

"别闹,让我先收拾完!"尚夕瑀拿开她的手,这才恢复正常。

"瑀,最近你们画什么呢?给我看看吧!"刘伊琳没有在意她的手被拿开,转而看向了用画布盖着的画架。

尚夕瑀下意识地说了谎:"没什么,老年人裸体。"听到这话,刘伊琳正打算揭掉画布的手停住了,那确实没什么可看的,每个纯艺术专业的学生都画过很多裸体。

"收拾好了,走吧!"尚夕瑀拉着刘伊琳向外走去。刘伊琳扫视了一圈,发现这二十多个画架都朝着不同的方向,如果真的画裸体,应该集中朝向模特的方向。

她的视线又落在用布盖着的画，一边跟着尚夕瑀走，一边若有所思，瑀为什么要说谎？

刘伊琳看着锁好门的尚夕瑀，他脸上没有什么表情，步伐坚定，正视前方，一点也看不出什么。尚夕瑀从小到大，就是这样一个人！

董依媛第二天上午就去了咖啡馆，魏纯儿跟她不是一个班，她一个人先过来了。认识了新伙伴之后，店长找了个经验丰富的店员让他负责指导董依媛的工作。首先熟悉了解器具，如何操作，如何清洗，将它们归位在哪里。

上午的客人也不太多，董依媛除了学习，还把咖啡店的角角落落都看了一遍。下午帮忙收拾餐具，清洗餐具。下班的时候，魏纯儿来上晚班，两个人匆匆交谈了几句董依媛就走了。晚上六点到九点正是咖啡店里最忙的时候。

第一天就这么过去了。晚上回到宿舍里，虽然没做什么，但董依媛还是觉得挺累的。

辛子琪吃着董依媛带回来的炒米饭和烤面筋，对正在吃麻辣米线的董依媛说："第一天上班感觉怎么样？"

"还不错吧，工作其实不难，就是现在还不熟悉。"董依媛一边说一边吃，"我们大三大四几乎没什么课程，上了班之后，我都有些吃不消了！"

"不是吧！很累吗？"辛子琪有点意外。"你试试就知道了。"董依媛快速地吃完了饭，给自己倒了杯热水，靠着枕头半躺在床上。吃完饭能躺在床上真是件惬意的事情。

晚上，董依媛根据被老师和尚夕瑀都认可的那款套装，继续创作。这届毕业作品是三套风格统一的作品，相比以往的毕业设计来说，任务艰巨了很多。全系一百三十多人，每人三套服装，这数字有点惊人，而每年能走上毕业大秀的也就四十五到六十套衣服。一场秀的时间差不多四十分钟，超出这个时间，观众就会觉得视觉疲劳甚至不耐烦。

从晚上七点一直到十点，辛子琪和董依媛像是说好了一样，都在认真画着设计手稿。经过这段时间的努力，两个人一同经历一同成长，相互激励打气，渐渐形成了默契。

第二天上课，在董依媛的设计手稿里，张甜顺利地挑出了剩下的两套服装，让董依媛顺利地通过了第一关。而辛子琪的第二套还需要改动，第三套还需要继续

第十八章 通稿

创作。

　　虽然不像董依媛那样直接进入下一个阶段，但是也不是太差，至少张甜的语气和态度已经有了明显改变。截至现在，整个创意组还有两个同学设计手稿没有过关，其中一个就是辛子琪了。

　　"后天我们就放国庆假了，现在设计手稿还没通过的同学，抓紧时间创作。过完国庆节，我们就要跟着大三的同学一起出去采购面料！"张甜分析完所有同学的进度之后，对大家说。

　　"这次去的话车费和住酒店的费用怎么算？"有同学问老师。因为每一年外出写生采风，都是学校组织，每个系去不同的地方，纯绘画专业一般都去风景优美的深山老林里待半个月或者一个月，艺术类专业的学生则去专业性强、有特色的城市。比如服装系，就会去浙江的面料、辅料市场，去上海、北京这些地方看服装展。

　　"这个问题，我跟系里的老师商量一下，等国庆节之后再通知大家！"张甜想了想说。

　　董依媛心想：完了，又要花钱了！

第十九章 华山之行

一年四季中，只有国庆节、春节是七天长假，不管是学生还是上班族，都为自己的出行做了非常周密的计划。

虽然有七天长假，但是董依媛和魏纯儿前三天全天都在咖啡馆工作，这个时候是三倍工资啊，更何况人流量也是剧增。西安是个旅游城市，尤其到了放长假，原本拥堵的街道更堵了，火爆的景点人更多了，商场饮食区的人也是摩肩接踵。

国庆节第一天是董依媛上班的第三天，店长觉得她各方面还不错，什么也没说就给她办理了入职。这对董依媛来说是再好不过的事，有魏纯儿在，她也觉得什么事都轻松了很多，就算有什么不懂不知道的也不会不好意思问。

董依媛去收拾餐具，突然有一个声音传来："是董依媛吗？"

董依媛循声转过头，发现一个男生眼一眨不眨地看着她。

"你是？"她有点诧异，自己不认识他啊，但是有点面熟，不知道在哪里见过。

"我是陈小漠，你不认得我了吗？皇尚，尚夕瑀的好哥们儿。"

"哦，是你啊。不好意思啊，没认出来。"

"没事，没事，你认不出来也很正常，毕竟我们也没说过话。你可能只看到皇尚一个人吧！"

董依媛有点尴尬，都不知道说什么了："嗯，不是啊！"

"哈哈，开个玩笑。你在这儿兼职？"

"嗯，是啊。最近毕业设计比较缺钱。"

"哦，这样啊。那不耽误你工作了，以后你如果有什么事可以找我帮忙。"

"好啊，谢谢。那我先去忙了！"

第三天上完班，宿舍里的所有人都聚在一家火锅店里。点完餐，陆思涵先开口说道："你们终于可以休息两天了！"

"今天我们宿舍几个人一起小聚，来干杯吧！"南荣沐阳提议碰杯，大家也都开心地举起面前的茶水、饮料喝了起来。

"我们明天一块儿去华山玩吧，大学四年还没去过呢！"陆思涵建议道。

辛子琪第一个反对："啊，华山啊，太高太险了！"

"我也没去过呢，这马上都毕业了，也不知道什么时候能去。"魏纯儿第一个响应。

点的菜一一端上来，火锅汤也开了，南荣沐阳和魏纯儿将肉类先放进锅里。南荣沐阳一边下菜一边笑着说："我以前去过，如果咱们宿舍一块儿去，我就陪大家再去一次！"

"好啊，出去爬爬山，散散心。"董依媛见大家兴致高涨，大学四年来宿舍活动也没有多少，便赞成道，"我先去调酱料啊，谁跟我一块儿去？""我去，我去！"陆思涵也跟着跑出去。

"国庆节期间是人流高峰期啊！爬山，还是踩人啊？"辛子琪还在试图说服大家。

"子琪，你可不许掉链子啊，大家难得一起出去玩，你要不去多扫兴啊！"魏纯儿也劝说着辛子琪。不喜欢社交，也不喜欢运动，更不喜欢外出，这样的性格初入社会，非常不好混。这是魏纯儿在宿舍说过最多的话了。

董依媛和陆思涵拿着六个小酱料碗，高兴地回来了："这是我们两个调的酱料碗，你们根据自己的喜好挑吧！"每个人都拿了自己的碗，这时候肉菜都熟了，大家开始吃起来。

"我能不能不去呀？你们去多拍点照片就好了！"辛子琪琢磨了半天，还是弱弱地开口了。

"不行！"四个人几乎是异口同声地对着她凶巴巴地说，辛子琪看大家的样子，也不好说什么了。

"向大家宣布一件大事，我失恋了！"陆思涵突然郑重地开口了，然后看向辛子琪，"就当是陪我出去放松放松，好吗？"

"为什么啊？"众人一齐惊讶道。

第十九章 华山之行

陆思涵这段异地恋，时间也不超过半年。她和董超是高中同学，男孩高中一毕业就去当兵了。去年过年的时候，两个人不知道怎么就联系上了，慢慢就发展成了情侣，从开始到结束，见面不过三次，这种恋情是最考验两个人之间感情的。分手的原因就是她在网上认识了另一个当兵的，QQ上还聊得挺好的，这个当兵的男孩给陆思涵送了一双鞋子，其实关系也没有怎么样。可在一次聊天中，她无意间将这件事说出来了，董超就非常不高兴，希望陆思涵将这个人删除掉，以后都不要联系了。董超说了好几次，陆思涵都没有删掉，他便提出了分手，陆思涵气得直接就同意了。

陆思涵觉得，一段不被信任不被包容的感情就算勉强走下去也没有意义。她只是喜欢和当兵的人说话，喜欢他们的干净利落，铮铮铁骨，而她的男朋友居然因为一个网上的人而对她发脾气，还威胁分手，这是她最不能忍受的。

第二天一大早，宿舍的几位女生都起来了，一阵梳洗打扮，收拾好自己的东西，就急急忙忙赶向火车站了。辛子琪在众人的连番劝说下，也无奈地跟着来了。从火车站旁边的汽车站坐大巴车出发，大概过了两个小时才到，等她们一行五人下车已经接近下午一点了。下车后第一件事，当然是找一家餐馆填饱肚子。

周围的餐馆不少，不过吃饭的人非常多。找了家还算干净的餐馆，还没位子，等了一会儿几个人都没了耐心，草草吃完饭。站在华山脚下，只觉得寒气森森，虽然是在10月，山上的树木还是郁郁葱葱，华山之高只能仰望。她们先去景区门口用学生证买了五张半价票。

尽管已经是黄金周第四天，但是华山的名气之大，堪比秦始皇兵马俑，人非常多，她们几个人只能跟着人流慢慢挪动。

她们先爬上北峰，"华山论剑"几个大字龙飞凤舞地雕刻在一块高高耸立的大石头上，据说是金庸老爷子亲笔题字。继续向上爬是东峰，也称朝阳峰，是神州九大观日地之一。东峰由一主三仆四峰组成，朝阳台所在的峰是最高的，西边是玉女峰，金庸老爷子的小说中写的应该就是这里了。东边石楼峰侧面的崖壁上有天然石纹，像一巨型掌印，是被列为"关中八景"之首的"华岳仙掌"，巨灵神开山导河的故事就源自这里。东峰东南侧还有一座孤峰，名为博台。她们在金锁关吃了一桶泡面，二十多块钱一桶，只觉得坑得很，但吃别的就更贵了。要是上山的时候她们几个人各自能带上来一碗凉皮那多好啊。吃完一桶热气腾腾的泡面，饥寒交迫的几个人就有了精神。

　　董依媛后来在微博视频里看了关于华山上挑夫的片子，那么长的路，山上所需的日常用品都是他们一担一担挑上去的，而且一天四趟，这钱赚得太不容易了，她也理解了山上饭菜贵的原因，别说饭，就是水也是弥足珍贵的。

　　她们几个人一直向上爬，凌晨三点才到朝阳峰。上的时候是人挨着人，上去之后，更是连个下脚的地方都没有了，月色下黑压压一片全是人，大晚上的谁要动作大一点，不知道会不会将谁挤下去。尽管她们几个人都拿了厚衣服，还是冷得受不了，几个人只好找了个角落抱在一起等着看日出。这一夜别提有多心酸了，不过跟她们一起来的人感觉也差不多。

　　迷迷糊糊中，她们听到有人尖叫："日出，日出，太阳出来了！"董依媛睁开了眼睛，只见昏暗的地平线上，天空好像裂开了一道缝，一抹火红的光透过云层射向天地之间。董依媛立马清醒了，是日出。慢慢地，红光越来越大，越来越圆，渐渐升高。她的头也随着太阳的上升而上仰，仰望着红日的灿烂。太阳每一天都是如此升起，而她在这一天天中长大，父母也渐渐变老。不变的是山河灿烂，变的是我们自己，有可能已经迷失了自己，有可能已经成了自己想象中的自己。一切都在某个瞬间，某个抉择的夜晚改变。

　　人群渐渐散了，看完日出，她们向南峰爬去。南峰海拔2154.9米，是华山最高峰，也是五岳最高峰。越往后走就越吃力，她们互相搀扶着上去。但是到了险关只能靠自己了，又窄又长又高，根本不敢往下看。每一步都觉得吃力，呼吸加重，手脚无力，高原反应每个人的情况都不一样。这里的景观大家几乎都没有心思再看了，能感受感受，突破自己都是好的了。

　　最后是去西峰，峰巅有巨石，形状好似莲花，故西峰又称莲花峰、芙蓉峰。西峰是一块完整的巨石，浑然天成，沉香劈山救母的故事就源自这里。到了西峰，她们就坐了缆车直接下山。

　　这两天一夜的经历，让宿舍几个女生终生难忘。几个身体弱的女生，几乎是大家齐心推上去的。别提有多累，大家一回到宿舍几乎都是倒头就睡。

第二十章 爬山后遗症

假期第六天,虽然董依媛累得腰酸背痛,小腿肚都发麻,但她下午还是忍着身上的各种不适去咖啡店工作了。魏纯儿是下午六点去工作。放松归放松,可生活还要继续。

不过董依媛的状态确实很差,她的胳膊完全提不起劲。收拾好餐盘的董依媛正准备转身,被一个准备落座的女客人撞了一下,手一抖盘子又掉在了桌子上,瓷杯子里剩余的甜点残渣立刻溅了出来,不管是刚到的客人还是她自己都一身狼狈。

董依媛连忙开口:"对不起,对不起!"

"你怎么做事的,溅了我一身,你不知道我这件衣服有多贵啊!"这个女人穿了一件白色外套,里面穿着黑色的紧身连衣裙,撑得胸脯巨大,染着金黄色的头发半扎着丸子头。一张脸虽然不太惊艳,但是也算可以,一张深红色的嘴巴挂在惨白的脸上,在咖啡馆昏黄的灯光下映衬得非常可怕,让董依媛一下子就想到了刘伊琳。

"对不起,是我不好,把您的衣服弄脏了。那边是洗手间,我帮您处理下!"董依媛连忙低头道歉,希望能够及时补救。咖啡馆里其他的人都已经看向了这边。

"对不起有用吗?你知道我一会儿八点要见重要的人吗?你现在让我怎么见人?"这女的指着她破口大骂。

这会儿值班的副店长出去采办了,根本没人来解围,其他店员虽然想上去,但是又不知道怎么解决。魏纯儿说好下午六点要来,结果实在是起不来。这时候,突然有个人走上了二楼,手里还提着个笔记本电脑。他直接走上前说:"这位女士,如果你现在处理,过一会儿你的重要客人来了也还来得及,如果现在这样继续数落她,那么就只能让大家看笑话了!"董依媛看向说话的男生,居然是陈小漠。

"你是谁?关你什么事?"白衣女子一见有人来救场,立即就不开心了,对着

85

这位长相白嫩的男孩说。

"我是谁不重要，重要的是我说的话对不对。你自己考虑下，现在是七点四十五分，离八点还有十五分钟。"陈小漠看了看手上的腕表轻描淡写地说。

"您把衣服给我，我一定会处理好！"董依媛也趁机说道。

这时也有其他客人看不过眼了："刚刚如果不是你突然从背后撞向她，她也不会拿不稳！"

"哼，弄不好，你给我走着瞧。"女子看众人都向着这个店员，只能作罢。

尽管那女人百般刁难，董依媛依然好脾气地处理完了这件事，赶在那女人约的人来之前送她回到了座位上。

陈小漠就在二楼靠窗的位子上，面前放着白色的超薄苹果电脑，一边喝咖啡，一边看着董依媛那边的情况。

董依媛走过来，感激地说："谢谢你啊，陈小漠！"

"哈，你记住我的名字了。叫我小漠就好！"陈小漠开着玩笑说。

"好，小漠，今天太谢谢你了！不然我都不知道怎么办了。"董依媛立刻改口，白衣女子那种难搞的人她天生就畏惧。

"谢什么谢，我们是朋友嘛！"陈小漠又说，"皇尚的朋友，也是我的朋友！"

哈，原来是沾了尚夕瑀的光，她还挺走运的，于是说："那好，有机会我请你吃饭啊！"

"可以啊！"陈小漠笑着说，互相留了联系方式，董依媛继续工作去了。

出了这么一件事，接下来的一个小时里，董依媛也打起十二分的精神，避免再次发生这种事情。

熬到了下班的时间，陈小漠也忙完了自己的事情，跟着董依媛一块儿回学校。从咖啡馆到学校走着回去也就七八分钟的路程，这会儿正是地摊红火的时段，一路七拐八拐的十几分钟才到。董依媛一直以为陈小漠是个不爱说话的人，没想到他还挺健谈的。不同于尚夕瑀的惜字如金、陈修赫的幽默开朗、孙天华的玩世不恭，陈小漠是那种可以让人很舒心，很让人觉得有存在感的人。

第二天，董依媛还是去了咖啡馆，由于昨天的教训，董依媛再也没出什么岔子。虽然浑身还很酸痛，但她咬着牙挺了下去。过了三四天，身上才缓过劲。

这几天，董依嫒也没有忽略毕业设计这件大事。她已经将三张效果图画好，从面料、配料到颜色全部都搭配好，标注在旁边。面料种类：棉、亚麻、皮革、真丝这几种，没有采用混纺和化纤面料。以款式上的新颖独特，面料、图案及颜色上的复古，来达到时尚与中国风相结合。

国庆假期结束了，去上课的路上，辛子琪和董依嫒拿着自己的东西，一边走一边说："这次我们要跟着大三的同学一块儿出去采购，你怎么打算？"

董依嫒连想都没想，说："我能怎么打算，肯定是不去了，现在穷得都吃不起饭了。那你呢？"

辛子琪道："唉，我也不去了。留着钱看看陈修赫过生日送他什么好。"

董依嫒："他什么时候过生日啊？"

辛子琪想了想："应该不远了吧，具体哪一天我也忘了！""我看啊，直接把你送给他就行了。"董依嫒打趣着说。

辛子琪立刻怒了，追上去想打她："你再说我打死你！"

董依嫒吓得赶紧跑开，回头一看："哈哈哈，还脸红了，你不会是真看上他了吧？"

辛子琪见追不上董依嫒，只好作罢："行了，咱们不贫了。赶快去上课吧！"董依嫒看着她的样子，放慢脚步小心地说："那你可别想打我啊！"

"再不走可真迟了！"辛子琪快步走着，董依嫒见她不打算打自己了，也就跟了过来。

可是突然辛子琪就转过头来，一拳打在了她身上，打完就跑。董依嫒简直要气傻了，居然着了她的道了，赶紧追上去打回来。两个人打打闹闹跑进了工作室，他们组的两个同学已经将做好的样衣带过来，穿在人台上进行调整，张甜也在旁边看着，提出改进的意见。有的同学在讨论着自己作品的事情。赵驰正在一片布料上进行喷绘，他们组的老师也在细心指导着学生的作品。

进了工作室的大门，她们两个也安静了下来。等张甜看完同学的作品，便向她们这边走过来了："你们怎么样了？"

这次辛子琪先过去，将自己的设计手稿给张甜看。张甜挑好了最后一套衣服，也对辛子琪的面料、辅料选择给出了意见。辛子琪舒了一口气，总算是赶在大部队挑选面料之前通过了，没有枉费她忍着浑身酸痛奔波的辛苦。

董依媛将做好的面料、辅料的分析图稿交到张甜手上:"老师,这是面料分析图!"张甜仔细地看了看,不管是颜色还是面料选择都非常符合这次的主题,也跟一大部分学生相契合。她点点头:"嗯,不错,做得很仔细。"见所有的同学都到齐了,张甜开口:"系里明天就组织写生了,我们也一起过去,费用一千,大体上是我们跟着大部队去,之后我们自行安排。谁要跟着去,现在可以报名了!"

同学一:"老师,我去!"

同学二:"我也去!"大部分学生都选择跟着一块儿过去,既可以采购面料,还可以顺便玩一次。

张甜环视一周,看向没有表态的董依媛和辛子琪:"还有谁去?你们两个呢?"

董依媛道:"老师,我就不去了,家里还有点事!"辛子琪也连忙开口:"老师,我也不去了!"

张甜统计了去写生的人数,对大家说:"那好,不去的同学就留在学校好好思考,我们这次会带回来一些面料小样,到时候你们挑好自己需要的,可以直接从厂家那里订。"

众人都点点头回去收拾准备了。赵驰跟着董依媛她们一起下楼,"你国庆都去哪里了,怎么没见你啊?"董依媛问道。

"我啊,那天问你国庆打算干什么,你说你忙,我就一个人去了青海和西藏,青海湖是真的美。"说完,赵驰仿佛立马置身青海一样。

"真羡慕你啊,一个人说走就走。"辛子琪感慨着。

"对啊,我喜欢一个人出去玩,明年的话去云南,昆明、丽江、香格里拉。"赵驰说着自己的旅游计划,目光灼灼地看着董依媛。

董依媛点点头:"云南是挺美的,我也想去玩啊。"

"有机会一起去玩吧!"赵驰开心地提议道。

董依媛想起明天就外出写生了,问:"对了,这次出去写生,你去不去?"

"我不去,以前咱们都去过了,再去一遍也没必要。"赵驰说着,已经走到了楼下,"顺便一块儿去吃饭吧?"

"现在不去了,我们先回去。"董依媛和辛子琪向女生宿舍方向走去,赵驰点点头走向了男生宿舍那边。

第二十一章　羞辱

刚上完课，回到宿舍，就接到了尚夕瑀的电话，她只好收拾收拾就去了尚夕瑀的公寓。董依媛敲门，好一阵子尚夕瑀才开了门。董依媛正想问怎么这么久才开门，就看到他穿着宽松的白色睡裤，上身挂着条大毛巾，湿淋淋的头发贴在脑门上，水珠顺着头发一直向下流着，经过脖子，再到他肌肉发达的腹部，浑身散发着荷尔蒙。董依媛忍不住吞了一口口水，她知道尚夕瑀的身材好，没想到这么好，腰身没有一丝赘肉，隐隐看上去还有浅浅的肌肉，不光健美，皮肤还非常白，像是反光一样透亮。尚夕瑀见董依媛痴呆呆地看着他，狠狠瞪了一眼董依媛就转身向里走，一边走一边擦着头发，这显然是刚从浴室里面出来嘛。美男出浴图，妥妥的呀，居然被董依媛这么命好撞上了，而且还是尚夕瑀这种极品超级大帅哥。

董依媛赶紧咳嗽了几声，掩饰着自己的尴尬，努力平复自己的心情，让自己看起来像往常一样，其实心里面早就欢呼雀跃，无以言说了。

董依媛跟在他后面走进客厅，尚夕瑀已经坐在了沙发上，两个人一时无话，尚夕瑀面无表情地先开口说："我们明天去写生。"

"去哪里啊？"董依媛立马接口。

"安徽。先去黄山，然后再去西递宏村、渣济村！"

董依媛好奇地问："你们油画系一般要出去多久？"

"有可能半个月，有可能一个月，一年两次写生。"

"比我们出去多。对了，你东西都收拾好了吗？"董依媛想了想，他们系一年也就出去一次，大一不算，今年自己去不了，算下来整个大学也就出去过两次，算算有点亏啊。

"差不多了。"尚夕瑀回应道。

"那我就先帮你收拾收拾屋子！"董依媛见没什么话说了，主动提起尚夕瑀这次叫他来的目的。

"我饿了，你先做饭吧！"尚夕瑀说。

董依媛汗颜，她真成了无所不能的保姆啊，做饭、打扫卫生一样都不能少啊！

"我……你想吃什么？"本来想说我也没吃饭的，话到嘴边她就改口了。"随便吧，能吃就行了。"尚夕瑀无所谓地说，因为吃过董依媛做的饭，所以在他潜意识里是放心的。

"那油泼面、麻食、还是泡馍啊？"董依媛突然起了捉弄的心思，好心地提议着。

尚夕瑀却惊讶了："嗯？这些你都会做？"

说起这个，董依媛立马来劲了，自豪地说："那是当然，咱们陕西的特色，我能不会吗？别说这些，臊子面、水围城、凉鱼、凉皮、肉夹馍、槐花麦饭、家常饭等，我样样都会！"

"你有你说的这么厉害？"尚夕瑀非常怀疑，说这些东西她都吃过他相信，全都会做那就是吹牛嘛。

"你要真不相信，你说你想吃什么，我今天就给你露一手！"董依媛摩拳擦掌，一副只要他点菜她就敢做的架势，自信满满，让疑惑的尚夕瑀都有点蒙了，心想：敢情这丫头还真什么都会做。

"你做点简单好吃又快的饭，我饿了！"尚夕瑀就不相信，这还难不倒她。

"好，那你等着吧。看我董大厨今天给你露一手！"说完董依媛就进了厨房，穿戴好上次的装备，厨房里一会儿就响起了各种声音。

尚夕瑀好奇了，他站起来准备去厨房看看董依媛在做什么，闻着味还不错。刚到门口就被眼尖的董依媛发现，立马把他推了出去，顺便将门关上。"这厨房油烟这么大，你在这儿把你熏臭了怎么办。"理由还相当充分，还不是不让他看嘛，有什么了不起。

董依媛一阵忙活，不到半个小时一顿饭就做好了。"饭好了，快来吃吧！"董依媛已经将饭端上桌，碗筷已经准备好了，却没见尚夕瑀过来。

"来了，喊什么呢？"尚夕瑀此时已经换上了灰色的针织衫，刚刚湿淋淋的头发这会儿蓬松柔软地贴着额头，这样的他看起来纯净得像个天使。尚夕瑀一见桌子上的饭就问道:"这是什么?"

"你是西安人吗?连这个都不知道,手撕面疙瘩!"董依嫒见他这么不识货,有点纳闷了。西红柿、葱花、土豆丁、胡萝卜丁、蘑菇丁加木耳翻炒在一起,加上红99火锅底料,出锅再加香油。将面疙瘩入锅,加入粉丝或者粉条,下小芹菜或者绿菜,再加鸡蛋液搅拌,最后将炒好的底料放到锅里,再调味就好了,当然少不了油泼辣子这种调料了。

"我没吃过。"尚夕玛闻着还挺香,就是不知道能不能吃,他对他没吃过的东西总有点畏惧。

"快吃吧,就跟麻食一个做法,就是主材变了。你不吃我吃了啊!"董依嫒见尚夕玛傻站着看着面疙瘩发呆,她就给自己盛了一碗,加了点辣子油,开始吃起来。

"喂,说好的给我做的饭,你自己怎么吃上了?"尚夕玛一见她吃得香,立马就不高兴了。

董依嫒见状连忙给他盛了一碗,将他按在椅子上,苦口婆心地说:"大少爷,您就赶紧坐下来尝尝吧。如果您觉得这个实在不行,我立马给您重新做别的怎么样?"

"你说真的啊?"尚夕玛反问道。

"我说的当然是真的,您赶紧吃吧。我保证您只要吃上一口,绝对会爱上这个味道的。"董依嫒又开始给尚夕玛洗脑了。

尚夕玛看了看董依嫒,心不甘情不愿地拿起筷子开始吃了,一口,两口,三口……直到一碗全吃完了,尚夕玛又给自己盛了一碗,还别说,这味道真好。董依嫒一边吃一边看他,心里偷着笑,这尚夕玛明明是觉得好吃,还不愿意说出来。

"怎么样?尚少爷,这不难吃吧?要不要我再做点别的?"

"咳,不要再做了!"尚夕玛几乎想掐死董依嫒,明明知道他都吃了两碗,还故意这么说,真是胆大包天的坏丫头。不过他还不好骂出来,谁让他刚刚死活都不吃,这会儿更不能说什么了。

咔咔咔,门锁的声音响起来了。董依嫒与尚夕玛同时看过去,以为家里遭贼了。一双白嫩的涂着深红色指甲油的手,推开了门。映入眼帘的是一头黑色的波浪大鬈发，脸上的烟熏妆，深红色的口红，映衬着粉白的脸。黑色V字形紧身衣包裹着D罩杯的上身，露出细白的长脖子，深灰色的包臀小短裙，黑色的丝袜，脚上踩着一双高跟皮靴，更显得身材苗条，举手投足之间尽显妩媚。这不是刘伊琳是谁。

"瑀啊，我好想你啊。"刘伊琳一开门就软绵绵地说了一句话，让董依嫒头皮发麻。

"你来了。"尚夕瑀应了一声。直到刘伊琳走进来一看，才发现尚夕瑀旁边有个包得像粽子一样的不明物体。"你是谁？"吓得刘伊琳退后一步。

董依嫒摘掉帽子，脱下衣服，讪讪地说道："是我，董依嫒。"

"董依嫒，你来瑀的公寓里干吗？"说完，又看向尚夕瑀，娇滴滴地说道，"瑀啊，她怎么会在这里？"

"我现在负责尚夕瑀的后勤管理，来执行任务！"董依嫒立刻一板一眼地回答刘伊琳，她真的不想让刘伊琳误会什么。

"什么东西！"刘伊琳一脸的反感：这个女人真是讨厌，都这么晚了还跑到瑀家里，看她那样子，长得真是丑，真是不要脸。

"那我先走了。"董依嫒快速将餐桌上的碗筷拿向厨房。"慢着，这是什么东西？给瑀吃的？"她指着还没吃完的面疙瘩问，董依嫒点点头。刘伊琳立即不客气地说："你就拿这种东西给瑀吃？你知道瑀从小是吃什么长大的吗？你就拿这种喂猪猪都不吃的东西给瑀吃？！你真是想死了是吧！真是个乡下丫头，一点都不讲究卫生，浑身脏兮兮的，一股子臭味。看了你都倒胃口，还能吃得下去饭？"

"我，我……"一时之间，董依嫒不知道说什么了，刘伊琳这是在赤裸裸地骂她啊！"你什么你，你还不赶紧把这些全都倒掉！"

"你放心，我以后不会再做了。你厉害，你给他做饭去吧。行了吧！"董依嫒真的是被这个大小姐气疯了：真是神经病啊，不就吃了我做的饭嘛，还能吃死了不成，他是有多娇气。要是吃死了也是他活该，老娘还不伺候了，谁爱做谁做去吧！董依嫒将脱下来的衣服往地上一扔，就往出走。

"回来，东西哪儿拿的放哪儿去！"尚夕瑀一时之间也没反应过来，刘伊琳已经说了一大堆话，身为男朋友他也不好说什么。见董依嫒将衣服扔在地上，这是他不能忍受的。

第二十一章 羞辱

"什么？尚夕瑀！"董依媛万万没想到，他不帮她说话也就罢了，居然跟着这个恶女人一起欺负她。她不可置信地看向尚夕瑀。

"捡起来！"尚夕瑀冷冷地说。他也怒了，这一个两个都把他当什么了，空气吗？

第二十二章　服装市场

"好！我捡！"说罢，董依嫒没骨气地回头捡起了地上的衣服，放到厨房里，才走了出来。

"看到了吗？我们瑀……"刘伊琳心里畅快得很，就差拍手叫好了。

"闭嘴。"尚夕瑀冷冷地呵斥。刘伊琳愣住了，委屈地看向尚夕瑀。

尚夕瑀指着董依嫒对刘伊琳说："向她道歉。"

"什么？瑀，你居然让我向她道歉。我不要！"刘伊琳根本没想到尚夕瑀居然为了一个不相干的死丫头让她道歉。

"我不道歉，我死也不要给这个死丫头道歉！"说完，刘伊琳哭着跑了出去。

见刘伊琳跑了出去，尚夕瑀气得拿起桌上的东西就砸了下去，将一个瓷杯摔得稀巴烂，硬是把董依嫒委屈的眼泪给逼了回去。

"你这是干吗？不会还想打我吧？"董依嫒吓得结结巴巴地说。

一听董依嫒说话，尚夕瑀的火又冒出来了："你是很想让我打你啊？"

"没有，没有。只要你不发脾气什么都好说。"董依嫒弱弱地说。

"行了，把地上收拾干净就走吧。今天委屈你了，我代她向你道歉！"尚夕瑀见她那副可怜巴巴的样子，话锋一转，看着她认真地说。

"我没事，没事。她是你女朋友，我知道。"董依嫒摇摇头，努力咽下心中的酸楚。尚夕瑀你可能永远也不知道，其实我也很喜欢你。

她用扫把扫起地上的碎碴子，放进垃圾桶，拖了地上的水渍。她看尚夕瑀站在窗边看着外面的夜景，便说："收拾完了，我走了，你早点睡吧！"

"嗯！"尚夕瑀点点头，头也没回。董依嫒说完换上鞋子，打开门走了出去。

董依嫒一路跑，她到底是做错了什么？她知道自己不能喜欢尚夕瑀，但是她的心忍不住为他跳动，见到他，她就开心。她到底要怎么办？她想要靠近他，她管不住自己的心。

尚夕玛隔着窗子看着在路灯下奔跑的董依媛，他的心情非常矛盾、复杂。一直到再也看不见她，他才拉上窗帘。

第二十二章 服装市场

第二天，十几辆大巴车一辆接一辆从学校开出去了。每年这个时候，都像这一两天一样忙碌。学生们大包小包地拿着出门要带的行李，由司机们开车送去火车站。

大部分学生老师都走了，偌大的校园变得空空荡荡的，中午去吃饭都没人排队了，三三两两，只剩下大一某些系的新生，还有一部分大四学生。

南荣沐阳跟着他们的导师，先是出发去北京，再去广州。对于中国的服装业而言，在北京、上海这些地方，原创服装才能真正大放异彩。在内地要做原创服装真的很难，最大的困难是没有市场，面料、辅料、工厂、版师、面料设计和再加工，连技艺高超的裁缝都没有。这些缺失让服装产业断链，也让内地的服装行业发展不起来，也更加培养不了设计师。偶尔会有一些个人工作室，但仅限于私人定制。从人们日益增长的消费需求来看，这是一块很大的市场。

在北京，服装市场非常庞大。不光有工厂，还有面料、辅料市场，更有服装设计师，服装产业链上的各个环节人才辈出。在每年的时装发布会上，各种原创品牌崭露头角，甚至站在世界的舞台上大放异彩。

去北京一方面是看看北京服装市场，另一方面是看看北京的繁华，感受大城市的氛围。很多原创设计师都是以前学校里的学生，现在已经是行业的领军人物。这也是学校此行的目的。

去广州就更不用说了，广州是整个中国最大的服装加工厂、服装生产基地，规模庞大，产业链完整。

魏纯儿向店长请了假，跟着他们组的导师和同学去了鄂尔多斯。鄂尔多斯市，是内蒙古自治区下辖的一个地级市，名字来自明朝时期的蒙古鄂尔多斯万户，城市形象标志为卡通形象大角牛。鄂尔多斯是全国文明城市、国家卫生城市，现已形成羊绒、煤炭、电力、冶金、化工五业并举，协同发展的经营格局。

鄂尔多斯也是改革开放四十年来的十八个典型地区之一，是内蒙古经济新兴城市、呼包鄂城市群的中心城市，被自治区政府定位为省域副中心城市之一。

在鄂尔多斯高原一带，有一种绒肉兼用型山羊——阿尔巴斯白山羊，这种羊因生长在鄂托克旗阿尔巴斯苏木境内，故名阿尔巴斯白山羊，简称阿白山羊。阿白山羊被列为中国20个优良品种之一。因阿白山羊体表生长着22～28厘米长的粗毛，对底绒产生很好的保护作用，因而净绒率高、梳绒量大、光泽良好、手感柔软。中国是世界上第一产绒大国，年产原绒8000～10000吨，占世界总产量的3/4，其中内蒙古产绒5342吨，占全国羊绒总产量的1/2多，质量居全国之首。

纯羊绒毛线在西安可以卖到三十到二百块钱一两，这种羊绒毛线非常柔软，细如丝线，做出来的针织衣服也比一般的毛线要好很多，细密、柔软、有光泽度。

这次去鄂尔多斯就是冲着羊绒去的，直接去羊绒原产地采集面料，更有选择性，顺便领略一番鄂尔多斯的美景、风土人情。鄂尔多斯旅游景点非常多，比较有历史的旅游景点要数成吉思汗陵园、秦直道、昭君坟、鄂尔多斯草原、恐龙足迹化石、郡王府等。

还有一些大四学生去了别的地方。陆思涵的导师带着他们去了刺绣之乡——苏州。在苏州可以看到最精湛的刺绣和镂空工艺，而苏绣是苏州地区刺绣产品的总称。在明朝中期还流行过一种叫顾绣的针法，深受整个上流社会喜爱，后来就慢慢衰落了。到了清朝，苏绣就成了皇家专供，清代是苏绣的全盛时期。苏州织造局专门制作皇室衣物，从头到脚，衣服到配饰，全都是出自江南。慈禧太后六十大寿的衣服是三十多位绣娘整整做了三个月才完成，极尽奢华与高贵。

在宿舍其他人去写生的同时，辛子琪和董依媛也没闲着。董依媛除了去咖啡馆工作，一有时间就和辛子琪去西安的面料市场。西安的面料市场主要集中在机具站和文艺路。文艺路以前是面料、辅料市场，由于城市规划，将整个文艺路的市场搬到了东郊机具站面料市场，虽然地方大，但是跟以往的文艺路是没办法相比的，显得空旷，生意惨淡。现在的文艺路成了沙发布艺窗帘市场，好点的裁缝都在文艺路附近，用于缝纫的小配件辅料在文艺路也可以买到。这两个地方虽然不如南方面料市场种类繁多，颜色时新，但满足一般的成衣制衣的面料、辅料还是可以的。

董依媛和辛子琪坐508路公交车，一个多小时才到机具站。她们来这里不是一次两次了，每次来都要买很多东西回去，有些东西华而不实，但买的时候却觉得非常有用。转遍了整个市场，买了一些能用到的辅料。她们这次来主要是寻找高级裁缝和面料加工厂，咨询了几家成衣店后，终于在机具站十字路口找到了一家满意的裁缝店，跑了一天总算有所收获。店家是一对老夫妻，他们主要做男女西装和大衣定制，已经做了三十多年的裁缝。董依媛和辛子琪看了看他们做的衣服成品，感觉还不错；交谈之后价钱也合适，三套衣服做下来也就七百多块钱。互相留了联系方式后，董依媛和辛子琪就回去了。

　　回去之后，两个人几乎瘫在了床上，董依媛先开口问："我们今天找的吴师傅，你觉得怎么样？"

　　"应该还不错吧，三十多年的经验，应该不差吧。总比咱们强吧！"辛子琪点点头，想着今天去他们小店里看到的情景，人来人往做衣服的还挺多的。

　　"可是，我听赵驰说，很多同学都找了七百块钱到一千块钱一套的裁缝。"董依媛有点担心，她是带着侥幸心理的，如果可以做好，那她就可以省点钱了。

　　辛子琪反驳道："那沐阳的就更贵了，一套做下来一千五百块钱，听说好像是咱们服装系的一个学长开的工作室。"她认为，裁缝好不好就是别人吹出来的，去做的人多了，价钱自然就高了。

　　"太黑心了，都是校友还这么坑。"董依媛忍不住吐槽。

　　"学生的钱不都好赚嘛，谁让我们这一级破天荒地赶上了一人做三套衣服。"辛子琪感慨着今年的倒霉，以往顶多也就做个两套，有一年还三四个人做一套，今年可倒好，一个人做三套。

　　"苦了我们这一级的学生了，本来就将近两百人，每人三套衣服，五百多套衣服，每套衣服花费最少一千块钱，算算这个数字真可怕。"董依媛继续道，"今年真的不好混，钱不少花，事还多，毕业都是问题，到最后肯定有人毕不了业。"细数他们这一年为西安服装行业贡献的人民币，再加上大学四年的各种采买，简直不敢算下去，学艺术就没有不费钱的。

　　"不说了，我们只能尽力了，赶紧睡觉吧！累死了！"辛子琪结束了这个话题，她们也只能抱怨，一切还得按照系里的意思来。

第二十三章　服装系汇报展

过了有五六天的时间，出去的人陆陆续续地回来了。魏纯儿是最先回来的，要问她最大的感受，就是冷，风大。她买了很多羊绒围巾，送给宿舍的几个女生。

"看看吧，我给大家每人带了一条羊绒围巾。在西安可能卖几百块，在鄂尔多斯只要九十八块钱。"魏纯儿开心地说。董依嫒选了白色的，辛子琪是浅粉色的，魏纯儿自己留了一条黑色的，给还没回来的南荣沐阳留了一条高级灰的，给陆思涵留了一条红白相间的。

"哇，确实不错。手感很好，感觉很暖和，谢谢纯姐！"董依嫒将自己挑好的围巾先围在了脖子上，对着镜子看了看，非常好看。

又过了一天，陆思涵也回来了。她整个人都胖了一圈，苏州吃的玩的比较多，她虽然是北方人，第一次尝过肉粽之后，就对它念念不忘了。这次最大的收获就是吃吃吃，买买买。买的基本上都是些手工刺绣单品，价格不菲，也就买了几块，供大家参考学习鉴赏。

"这次收获怎么样？"魏纯儿看着装扮一新的陆思涵问。"收获就是玩得开心啊！苏州真的挺好玩的，吃的更多。"

"看出来了，你这几天，整个人都肿了一圈。穿的衣服都有点民族风了！"董依嫒打趣着说。

陆思涵听了一阵激动："你们知道吗？那里有些小店里面的衣服真好看，料子又好，穿起来特别舒服。在那里真的能感受到那种江南水乡的感觉，突然就喜欢上中国风的衣服了。"

"你不会还买了旗袍吧？"董依嫒一想，立刻惊讶地问。

陆思涵的眼睛又亮了："知我者依嫒也！当当当，看看这件旗袍怎么样？"

她打开行李箱，从里面掏出了一件长款纯白底色、浅粉色刺绣的无袖立领高开衩旗袍。不同之处在于，这件旗袍的花色并没有那么鲜艳，整个花纹都是浅粉色的波浪花纹一圈圈压住。立领处有两层的设计，胸前的盘扣是白色的桃花形状，真的是一件非常好看的旗袍。

"不错，不错，确实挺好看的！"魏纯儿也赞赏着。

"怎么样，跟陈修赫送给子琪的那件相比呢？"陆思涵也是因为那次拍照，突然对旗袍有了兴趣，誓要给自己也整上一件。这次千挑万选终于挑到了一件自己满意的。

董依媛仔细摸了摸："不管是款式还是面料都非常好，还挺有弹性的。"那次拍完写真之后，陈修赫是打算将衣服都送给辛子琪的。可是她跑得太快了，什么都没拿就走了。陈修赫第二天打包给了董依媛，让她转交给辛子琪，董依媛当然非常愿意配合，直接拿回宿舍放到了辛子琪的床上。陈修赫与董依媛默契地达成了共识，只要对方能帮上忙的，二话不说全力以赴，这就是所谓的互惠互利。尚夕瑀对她态度转变这么大，陈修赫功不可没。

"那是当然啊，这可花了我将近一千块大洋！"陆思涵那语气简直高傲得不得了，终于在她们几个面前扬眉吐气了。

"不是吧？你可真舍得！"董依媛咋舌了，这女人狠起来也太猛了。

"这也没啥，有钱就花呗。你看看沐阳哪一件衣服低于一千块钱了？"魏纯儿撇撇嘴，好像她才是每次买一千块钱以上的衣服一样。

"没办法。有的人天生会投胎啊！咱们没那个本事，就老老实实打工吧！"陆思涵也没生气，风轻云淡地说。

"是是是，你们两个一前一后刚回来先歇会儿吧。谢谢纯姐带回来的围巾，我非常喜欢。"董依媛见气氛不对，连忙打圆场。以前是她和魏纯儿吵得最凶，打圆场的是陆思涵，今天也算是风水轮流转。"快看看纯姐给你留的围巾，怎么样？"辛子琪也赶忙跑过来拿出魏纯儿带给她们的礼物。陆思涵也不再说什么了，见那件红白相间的围巾确实不错，陆思涵也开口了："谢谢纯姐了！"这才缓和了两个人的情绪。

打电话问沐阳，她刚刚辗转去了广州，还要待几天才能回来。尚夕瑀也没有回来。生活又回归了正常，董依媛依旧去上课，去咖啡馆工作。

写生回来的第一节课，不管是老师还是同学，大家都非常激动，纷纷展示着这一次出去的成果。一张十米长、三米宽的打版木台上放满了面料小样。真丝绡、缎种类繁多，还有纯棉、亚麻、欧根纱等。每一块小样都贴着面料属性及店家的联系方式和地址，就像以前写生时做的面料册子一样。

张甜和几位老师将所有资源汇总在一起，招呼着学生们："这次我们采集了很多种类的面料，大家来看看，挑选下自己能用到的面料。"

几个组的同学都围了上去，仔细地看着。每个人挑选了自己所需要的面料，记下了厂家的联系方式。

董依媛和辛子琪也都看了一遍，从颜色到面料质感，认真地品评了一遍。根据之前做好的面料图，董依媛心中已经有了答案，向张甜说了自己所选的面料。张甜点点头，在册子上记录了董依媛所选的面料。

每个人拿到了店家的联系方式之后，就下课了。

三天之后，南荣沐阳坐飞机回来了。她提着大包小包，进了宿舍门。奇怪的是，这次居然是周悦帮她将东西搬上来的。

"姐妹们，我回来了！"南荣沐阳开心地说。

"回来了怎么不打招呼啊？我们好去接你啊。"魏纯儿正在洗衣服，见到南荣沐阳回来非常惊讶。

"就是啊，拿这么多东西啊！"董依媛也吃惊地说。

"对了，怎么是周悦帮你拿东西，昊森没有去接你吗？"魏纯儿随口问道。

"嗯，没有啊。"南荣沐阳随口应道，立刻转移了话题，"这次收获巨大啊。你们看看我带回来的辅料，在我们这边真的都买不到。"说完，将她带回来的东西一一展示在舍友面前。

董依媛连忙凑上去，看着眼前琳琅满目的各种配件，一眼相中了一小片亮晶晶又不同于水晶材质的东西："这是什么东西？真好看，很特别。"

"是挺好看的！"辛子琪也凑过来看了看。

"这是树脂。不过不是天然树脂，那可贵死了，这种是合成树脂。用来做衣服的装饰，大小不等，用毫米计算。"南荣沐阳用一个小镊子夹住了一片只有三毫米大小的透明树脂，对着好奇的董依媛解释着，"还有比这更小的，两毫米的。其实树脂就是塑料制品，不过是另外一种形式罢了。"

董依媛恍然大悟，她开始听着名字还以为是跟琥珀、虫胶类似的东西呢。虽然树脂产品在很多年前就有了，但这些亮晶晶的树脂饰品刷新了董依媛对塑料制品的认知。

服装系所有的外出团队已经回来了。设计稿已经敲定,系里针对这次外出写生举办了大型的汇报展,大二、大三到大四,集体展览。

两天时间内,整层工作室都在忙忙碌碌地布展,大三的较具花样性,T恤再造,用T台秀来展示。

汇报展当天,服装系的所有学生都集中在服装系的工作室里,大四的设计稿统一放在最大的打版桌子上,密密麻麻,各种风格和款式,还有些实在摆不开,分散在缝纫台上展示。大二的布堆画与剪纸被装裱在工作室的墙上,中间搭着T台。所有东西准备到位。前任系主任与两位副主任领头带着服装系的教授、副教授等一众老师,一边看,一边讨论进行打分,学生们也随意地走动、参观。T台上,服装表演班的美女学生们,一件件地展示着各种各样的T恤,随着音乐的节奏,带动了整个汇报展的气氛。

看完大三的展示,辛子琪和董依媛一步挨一步地看他们大四的设计手稿。说是设计手稿,但有的学生都已经画好了设计效果图,立马就在众多作品中脱颖而出。看了一圈作品,董依媛觉得自己的真的有点弱,必须要在成衣上下苦功才行。

魏纯儿跟着南荣沐阳走过来,站在董依媛她们身边。辛子琪率先开口:"沐阳、纯姐,你们来了啊!"

南荣沐阳问:"你们的作品在哪儿呢?"

董依媛指了指对面那边的打版剪裁桌:"在那边!"

四个人一起走了过去,围着大木桌挨个看了一圈,沐阳道:"还不错嘛!这一看就是子琪的风格。"辛子琪的设计手稿确实很好认,喜欢画漫画的她,不管是人物还是笔触、线条,非常干净、直白,有点小清新的感觉。

陆思涵带着同组的同学陈佳也跑过来:"你们都在这儿啊!"

魏纯儿笑着说:"我们四处看看,礼服组的在哪里?"

陆思涵开心地道:"走走走,带你们过去看看。"

一群人走走停停,魏纯儿感慨着:"大三大二的真是厉害啊!"

南荣沐阳也赞同地说:"是啊,可比当初的我们强多了!"

"对呀!"董依媛认同地点点头,对比自己以前做过的作品,真的觉得当初的自己挺差劲的。

第二十四章　感情危机

汇报展一结束，系里面就组织开会了，根据汇报展结果，紧急做出调整方案。刚开完会，张甜和几位导师就赶紧回来了，手上还拿着笔记本。张甜走到自己学生这边，四处看了看，为出样衣的同学提出修改意见。见到董依媛和辛子琪还坐在凳子上，走过来问道："你们两个怎么样了？"董依媛道："最近正在进行面料试验。"

张甜点点头说："下次上课带过来看看。你的设计稿，林教授觉得还不错。"

董依媛有点意外地说："林教授啊，他是不是认识我啊？"

张甜冷哼一声："系里那么多学生，教授能认识你？他只是看作品说话，所以，你给我好好做。"

董依媛点点头："好吧，我知道了！"

张甜看向辛子琪，继续问道："你怎么样了？"

辛子琪连忙说："面料已经下单购买了，我也先做面料试验。"董依媛补充道："我们这段时间已经找好了裁缝，这周应该能做好第一套衣服的样衣。"

张甜对她们点点头，看向全组的同学一边走一边说："咱们组，进度慢的几个同学都给我抓紧了，陈超现在成衣都已经做完了。大家不要差得太远了！"顿了一下又继续说："大家也看到了，你们的下一级、下下一级都很优秀。如果你们现在还不努力，明年毕业都是问题。"

同学们都点点头，整个组也就只有陈超一个男同学，他本来就是做得最好最快的，张甜每次都拿陈超当榜样，希望这群女生速度快点，不管是思维还是作品都跟上进度。

董依媛对这种毕不了业的话非常敏感，总觉得这话就像是对她说的。简直是字字诛心啊，心里别提有多酸楚了。

张甜说完话就跟系里的其他导师讨论去了。

回到座位上，辛子琪小声地对董依媛说："听说陈超正在考公务员。"

董依媛吃惊道："公务员？"

辛子琪点点头："嗯嗯，他家里人都支持他考啊！"

董依媛继续感叹："同样是人，怎么差别都这么大，他都去考公务员了，我还在为毕设而发愁！"

赵驰走过来说："别发愁了，你这不是还挺快的吗？"

董依媛："你怎么又突然出来了？最近没见你人啊。"

"老家的几个哥们儿来找我玩了，就没怎么上课。"赵驰笑着说。

"还是你潇洒啊，想做什么都行。"董依媛忍不住羡慕地说。

"你没看我毕设做得烂的啊，跟你一样才过稿。"赵驰说。

"有得有失嘛！我宁愿像你一样，每天开开心心地被老师催，而不是天天累死累活绞尽脑汁地被老师催。"说到这，董依媛心里就更加不平衡了。

"哈哈，那你来我们组啊！"赵驰开玩笑地说。

汇报展结束后，大家更忙了。忙着订面料，做样衣，有的还要做面料试验。南荣沐阳最近晚上几乎没怎么出去，都是跟着魏纯儿一块儿上下课，她们的课程安排在服装系教室，刚好在董依媛她们教室隔壁。

晚上，上课的回来了，出去兼职的也都回来了，忙着做毕业设计的也停了手，正是洗漱睡觉的时候。

"这几天怎么没见昊森来找你？"魏纯儿想了想还是问。

陆思涵也好奇地说："对啊，你最近好奇怪，每天深居简出的。"

这个问题南荣沐阳上次就避开了，没接话茬，这次见实在躲不过去，这才开口："别提了，他现在是越来越让人窒息了。"

"怎么了？"董依媛本来没在意，见居然有事情，立马追问着。

"因为一点小事，就跟我吵架，真是莫名其妙。"本来南荣沐阳不想说，见宿舍的女孩都看向她，索性就说出来了。

"到底是什么事啊？"魏纯儿继续问。

第二十四章 感情危机

103

"我和周悦根本什么事都没有，他非要让我把周悦拉黑了，成为陌生人。"吵架的起因就是因为这件事。

"你跟周悦？你们俩怎么了？"董依媛更加疑惑了。

南荣沐阳就继续说："就是出去写生的这段时间，我们两个一组，拍了几张照片被他看见了，就成这样了。"

"其实，周悦从大一开始就喜欢你，这是明眼人都能看出来的。"魏纯儿分析着说。

南荣沐阳对这个也是知道的："我知道，如果我跟他有可能，早就在一起了，何必等到现在。"

"男人啊，有时候也很小心眼的。"陆思涵想到了自己刚刚分手的那位，可不就是因为这些吗。只是聊聊天都不行。

"我看他就是不信任我，两个人之间连最基本的信任都没有了，那还在一起干什么？早早分手算了。"南荣沐阳这话已经明显带着气了。

"沐阳，你可不要学思涵啊，她这才刚分手，你可不要有样学样啊。"魏纯儿担忧地说。

"这不是一件小事，这是原则的问题。"南荣沐阳这次不打算妥协，跟昊森在一起也有一年多的时间了，她以为他们之间已经好到可以相互理解，相互包容。现在他居然为了这么一件小事就跟她闹。那天晚上，沐阳给昊森打电话让他来接她回学校，谁知他还拿周悦的事情威胁她，她气得直接摔了电话。

"这样吧，你先换位思考。如果你看见了昊森和一个喜欢他的女生在一起很亲密，还拍照吃饭在一起玩，你会怎么样？"董依媛想了想，劝说着。

"直接上去踹翻桌子，打上两个大嘴巴子。"南荣沐阳直接站起来，气势汹汹地说，仿佛真的看到了董依媛设想的这一幕一样。

"那不就得了。"魏纯儿说道。大家在南荣沐阳和昊森的这件事上意见是一致的，昊森是南荣沐阳不可错过的好归宿。

"那，那不一样啊。"南荣沐阳瞬间有点气短的感觉。

"有什么不一样嘛。只有互相在意、互相喜欢的人，才会因为对方的一些小事而吃醋发脾气呢。你呢，应该跟周悦保持距离，尽量不要单独在一起。这样就好了，快点跟你的男神和好吧。"魏纯儿继续劝说着，虽然没有谈过恋爱，但是她经

第二十四章 感情危机

常看韩剧，理论一套一套的，简直都能总结成一本教科书了。以前她没少跟董依媛和陆思涵探讨恋爱经验，两个人都对她的言论嗤之以鼻，恋爱白痴教她们怎么谈恋爱，简直是纸上谈兵。不过今天劝沐阳的话确实挺正确的。

"对呀，你们在一起都一年多了，应该互相包容，珍惜彼此。别因为一些小事就吵架，容易伤感情。"辛子琪也劝说着。

四个女生目光炯炯地看着沐阳，这种感觉让沐阳压力山大。南荣沐阳泄气了："好了，好了。我怕了你们了。先让我好好想想吧。"

"嗯嗯，你好好想想，别让他等太久了。否则他就真的伤心了。"众人都点点头，毕竟像她这样的天之骄女，让她轻易对谁低头有点难。

第二十五章　再次醉酒

很快10月就过去了，这一个月的时间对于董依媛来说也算是风平浪静。面料试验老师觉得还不错。样衣虽然做得十分粗糙，但是毕竟是样衣，不是成衣。11月没过几天就拿到了10月的工资，居然有两千多块，这真是大大出乎董依媛的意料，于是很轻松就把借辛子琪的钱给还了。但她总感觉生活少了点什么，但具体是什么，她也说不上来。

董依媛打卡下班，跟同事说再见，提着定制的甜点拦了一辆出租车。

"依媛，下班了吗？什么时候到？就等你了！"一上车就接到了辛子琪的电话。

"你们先开始，先开始，不用管我。我已经坐上出租车了，一会儿就到。"董依媛连忙说。今天是陈修赫的生日，去的人肯定多，她怎么好意思让那么多人等她呢。

一下车，董依媛就一路狂奔，在服务生的引导下进了他们订好的主题会馆。董依媛一进门，就看到一群男男女女围在餐桌上有说有笑的，连忙说道："对不起，对不起！我来晚了，让大家久等了！"她穿着一件黑色风衣，戴着白色的羊绒围巾，深蓝色牛仔裤，脚上穿着白色运动鞋。因为跑得急，脸蛋通红通红的，十分可爱。"依媛，过来这边坐！"辛子琪见她终于来了，赶紧拉着她向座位走去。

抬头一眼就看到尚夕瑀坐在他们当中，穿着桃红色毛衣，露出格子衬衫领口，这种穿搭更显得白净、青春，干净得就像天使一样。尚夕瑀见董依媛看向他，将脸转向一边也没有说话，刘伊琳在他耳边浅笑低语，抱着他的胳膊动作十分亲密。

陈修赫大笑着说："能来就是给我面子了！"

赵驰居然也来了，高兴地对董依媛招手："快过来这边坐啊！"

董依媛刚准备坐在辛子琪身边，仔细一看陈修赫就坐在她旁边，立马识趣地走向赵驰，对着陈淼和陈小漠微微笑了一下，算是打招呼。

孙天华这个唯恐天下不乱的人，立即开口道："来晚的人该怎么样？"尚夕瑀淡淡开口道："先自罚三杯吧！"

赵驰赶紧替董依媛说话："她还没吃饭呢！""对啊，她的酒量真的不好！"辛子琪见董依媛一来就有人起哄，皱着眉头看向陈修赫说。

"先吃点这个垫垫再喝也不迟！"陈小漠将一块比萨夹到了董依媛面前的空盘子里。董依媛感激地看向他："谢谢！"

尚夕瑀立刻不满了，冷若冰霜地说："让她自己说吧！"

董依媛见尚夕瑀冷着一张脸，明显是非常不高兴。她只好站起来笑着说："我自罚，自罚。祝大寿星陈帅生日快乐，以后也越来越帅。我先喝了！"说完立马仰头喝完了一杯啤酒。

陈修赫开心地鼓掌："哈哈哈，我今天太开心了，谢谢大家能为我过生日。我敬大家一杯。"

"先让她喝完！"尚夕瑀打断了陈修赫的解围，刘伊琳一愣，立刻了然，心里笑得很开心。那天之后有很长一段时间瑀都不理她，如果不是这次陈修赫过生日，还不知道他们怎么缓和。

"瑀？"陈小漠算是看出来了，尚夕瑀今天是故意针对董依媛的。

见尚夕瑀还不打算放过她，董依媛继续给自己倒上酒，两杯，三杯。"依媛！"辛子琪担忧地看着董依媛，瞪了陈修赫一眼，埋怨他不出声阻止。

孙天华开心地吹了个口哨："可以嘛，这酒量不错。再来几杯怎么样？"陈小漠碰了碰他的胳膊，示意他闭嘴，别再煽风点火。

陈修赫赶紧站起来："现在人也来齐了，我们集体喝一个吧！"

董依媛笑着和众人又喝了一杯："生日快乐！"

一场陈修赫的生日宴就在喝喝喝中度过，董依媛刚吃了两口菜，尚夕瑀和孙天华就变着法地让她喝酒。感情这么好喝一个，寿星敬酒喝一个，长得漂亮喝一个……到最后，董依媛只要听到喝就自己咕咚咕咚往口里灌了。"依媛别喝了，别喝了。"辛子琪在旁边劝都劝不住，最后只好把她扶到了沙发上。

董依媛迷迷糊糊地在洗手池边又开始狂吐起来，她再一次挂掉了，头晕目眩地

第二十五章 再次醉酒

蹲坐在洗手池边喘着粗气。这时，董依媛听到有人走了过来，抬头看了一眼，是尚夕瑀。尚夕瑀神情倨傲地俯视着她，她向前挪动了一下，抓住他的裤脚道："尚夕瑀，是你呀。我今天又挂掉了！"

尚夕瑀挣开她的"魔爪"，瞪了她一眼，慢慢蹲下身子："那你就在这儿好好坐着吧！"

他邪恶地笑了一下，然后站起来，向外走去，回到自己的座位上，慢慢坐下去。

辛子琪紧张地问道："尚夕瑀，有没有看到我们家媛媛？刚刚还在沙发上躺着，这会儿怎么不见了？"

尚夕瑀冷漠地说："死了！"

辛子琪一听立马愣住了："什么？死了？"说完立刻跑出去。

马路边上，辛子琪扶着董依媛，拦到一辆出租车，正要上去，陈修赫拉住她的胳膊："别走！"

辛子琪焦急地说："我得送她回去，这样把她一个人丢在车上出事了怎么办？"

陈修赫正想说什么，赵驰一屁股坐进车里，笑着说："没事，你们去玩吧，我送她回去！"

辛子琪心里打鼓："啊，你能行吗？"

赵驰认真地说："放心，保证完成任务。"

辛子琪想了想说："那好。到了宿舍楼下，给魏纯儿打电话。"

赵驰点点头说："好了，我知道了！先走了啊，抱歉各位！"说完车子快速开动了，很快就消失在茫茫夜色之中。辛子琪看着他们离去的方向发呆。

这时，尚夕瑀突然开口说："今天有点累了，你们好好玩，我先走了！"

刘伊琳感觉非常突然，今天尚夕瑀看起来怪得很："怎么了？瑀，你要去哪儿？"

尚夕瑀拦了一辆车，酷酷地道："回公寓！"说完立刻坐上了出租车，扬长而去。

刘伊琳在后面大喊："瑀，我怎么办啊？"

坐上出租车的尚夕瑀，立刻给董依媛打电话，一直打电话。沉睡中的董依媛感觉手机一直在振动，她迷迷糊糊地拿出手机，接通："喂！"

尚夕瑀语气不善："董依嫒，你给我清醒点，否则明天要你好看！"

董依嫒迷迷糊糊地应着："哦，我知道了，你是尚夕瑀啊！"

尚夕瑀立刻命令说："明天一早你给我过来一趟，房间太久没收拾了。"

董依嫒清醒了不少，坐起来道："哦，好，好，我知道了！"

赵驰一直在旁边听着，问道："是尚夕瑀？"董依嫒还有点迷糊："嗯？赵驰，你在呀！我们这是去哪儿？"

赵驰解释着："送你回学校！"

董依嫒拍了拍自己的头："啊，看我这脑子，头疼！"

孙天华见尚夕瑀都走了，而主角陈修赫一看就是要有事情发生的样子，便识趣地说："他们都走了，就我们几个人，还玩个什么劲。下次再出来啊！"

陈小漠点点头，看着尚夕瑀和董依嫒离去的方向："那今天就先到这儿了。赫，今晚玩得开心！"说完，两个人也拦了辆出租车走了。

刘伊琳看着只剩下四个人，气得直跺脚："尚夕瑀！"

陈淼对着刘伊琳挑挑眉，笑着说："走，我带你去玩！"刘伊琳看了陈淼一眼，也没说什么。

辛子琪见众人都走了，立马不淡定了："那我也回去了！"

陈修赫立刻拉住她的胳膊："你别走，我带你去个地方！"

辛子琪吃痛，不满地说："哎，疼啊！大晚上的，你要带我去哪儿啊？"

陈修赫二话不说就把她塞进出租车里，对着陈淼说："你们玩，我们先走了！"

陈淼见陈修赫话刚说完人就跑得没影了，冷哼一声："有异性没人性。"刘伊琳没耐心了："还不走？"

陈淼立马换了个表情，讨好地说："走走走！"说完就搂着刘伊琳的腰向前走去，刘伊琳也没有反抗，任凭他搂着。想起刚刚尚夕瑀那副模样，刘伊琳就气不打一处来，到底谁才是他的女朋友。她要报复！报复！

出租车上，辛子琪揉着自己的胳膊："你要带我去哪儿？"

"去了你就知道了。怎么样，弄疼你了？"陈修赫见辛子琪揉着胳膊，担忧地问。辛子琪冷哼一声，别过脸。陈修赫平时看起来嘻嘻哈哈的样子，现在感觉像个

第二十五章 再次醉酒

流氓一样粗鲁。

陈修赫小心地拉过她的胳膊哈了口气:"我看看,怎么样了?啊,都红了,我给你揉揉!"

正说着,陈修赫就亲了一口。辛子琪连忙抽出自己的胳膊,瞪了他一眼:"你别再过来了啊!"说完便把头转向车窗,与他保持距离,一张脸简直红到滴血。

陈修赫笑笑,拉着她的手,放在自己怀里,两个人十指相扣。辛子琪在心里咒骂着:无耻、流氓、不要脸,居然拉我的手。虽然如此,辛子琪却并没有挣开陈修赫的手。

第二十六章　嘴快的陈修赫

到了目的地，原来是陈修赫的摄影工作室。陈修赫开了门，打开灯，将辛子琪拉了进去，然后关上门。辛子琪诧异地问道："怎么又来这里了？"

陈修赫神神秘秘地说："给你看一样东西。"昏暗的灯光下，可能是喝了太多酒的原因，他的脸微微泛红，开心地看着辛子琪，他此刻的模样像极了给大人献宝的小孩。辛子琪心里也很好奇，忍不住问道："什么东西？"

陈修赫见成功地引起了辛子琪的好奇心，开心地说："你先闭上眼睛！"

辛子琪翻了个白眼，无奈地闭上双眼，要不是看他今天过生日，她才不会这么傻呢。陈修赫把她拉到沙发旁坐下来，用遥控器关上房间里所有的灯。一切准备就绪，陈修赫说："现在睁开眼睛。"

辛子琪睁开眼睛，陈修赫按下遥控，一个巨大的帷幕在墙上慢慢拉开，灯光齐聚在一点，画面慢慢露出来。随着光线越来越强，墙壁上渐渐现出一张照片，只见一个女孩穿着白色的纱衣，衣服随风飘起，她开心地笑着，站在一片绿色之中，快乐得就像一个精灵——这是辛子琪。

陈修赫又一一拉开其他帷幕，整间房子的墙壁上都是她的照片，照片四周是一圈射灯，可以清晰地看到墙壁上的照片。最后一个帷幕拉开，房间的灯全亮了。辛子琪惊讶得睁大了双眼，不可思议地看着他："这！"

陈修赫走到辛子琪面前，看着她的眼睛，动情地说："这里都是你。"又捂着自己的心说："我的这里也都是你，从第一眼见到你，我就知道你是我要找的女孩。虽然我以前多情莽撞，但自从遇见了你，我才明白自己的心到底在哪里。子琪，我喜欢你，我爱你。我希望你能和我在一起，现在在一起，以后在一起，一辈子在一起！"

这个男孩看起来一点都不靠谱，根本就不是那种值得托付的人，可是她的心，为什么不受控制地为他跳动着，她真的不知道怎么办。她怕，她真的觉得不可思议。听着他的告白，辛子琪不由自主地流眼泪了，二十多年来没听过一句这么动人的情话。泪水打湿了她的睫毛，她颤抖着说："我……"陈修赫一把将她拥入怀里，泪如雨下："你什么都不用说。你放心，从此你是我的，我是你的，永远都是！"

辛子琪在他怀里，心跳得不能控制：自己是喜欢他的。是啊，可能一开始，自己就喜欢他了。听到自己强烈的心跳，辛子琪点了点头。

陈修赫得到她的回应，激动地说："这么说你是答应了！"容不得辛子琪再说半个字，他立刻情不自禁地吻住了她的双唇，辛子琪也回吻着他，抱住他的腰。陈修赫想到之前董依嫒对自己说的话，董依嫒说辛子琪自己就是最好的礼物，这个果然没毛病。

一大早，董依嫒就被手机铃声吵醒，她摸着自己疼痛欲裂的头，声音沙哑地接通了电话："喂！"

尚夕瑀清冷的声音含着怒气穿过董依嫒的耳膜："你立刻给我死过来！"

董依嫒立马感觉清醒了许多，连忙答应着："啊，好！"尚夕瑀又说道："给你十分钟的时间。"说完立马就挂断了电话。

董依嫒看了看时间：上午十点半。他这是要杀人啊，每次叫她都这么火急火燎的。她立刻开始洗脸刷牙，也顾不上化妆什么的，收拾完刚要出门，又折回身拿上这几天做好的样衣。

几乎是争分夺秒地奔跑，她才踏着点赶到。正准备敲门，尚夕瑀仿佛有心灵感应似的打开了门："进来！"

董依嫒进门换上鞋子。尚夕瑀不喜欢迟到，她每次都跑着过来。现在感觉身体都好了很多，跑步都不喘气了，轻松了许多，更重要的是做事越来越干脆利落，连张甜都夸她。这些都要归功于尚夕瑀的"魔鬼式训练"，潜移默化中改掉了她的一些坏毛病。

仔细斟酌了一番，董依嫒才小心翼翼地开口："你找我有事吗？"

尚夕瑀面无表情地为董依嫒倒了一杯绿茶："喝了！"

董依嫒一愣："啊，好！"

第二十六章 嘴快的陈修赫

尚夕瑀坐在沙发上，也不理她，就静静地盯着她看，吓得她手一抖，差点将茶洒了，也不敢说话。

尚夕瑀冷冷地说道："知道自己哪儿错了？"

董依媛思索了一会儿，喝了一小口茶："嗯，我最近比较忙，不好意思啊，我今天立马将以前的都弥补上。"董依媛放下杯子，立刻开始行动。

尚夕瑀沙发一拍："坐过来！"

董依媛吓得一个激灵，颤抖着坐在他面前："我真的不是有意的！"

尚夕瑀声音更冷了："为什么一直挂我电话？"

董依媛虽然坐得离他更近了，但是如坐针毡，对尚夕瑀，她是真的害怕："那什么，这几天咖啡馆人太多有点忙，没时间接电话！"

尚夕瑀瞥了一眼她带过来的衣服，完全不吃她这一套："晚上为什么不回电话？我看嘛，你还是重新找模特吧！"天知道自从发生了那件事以后，董依媛就尽量避开他，更不敢在晚上给他打电话了。她不想被人骂，也不想再打扰尚夕瑀的生活。

董依媛心痛万分："别呀，千万别呀，这样衣可都是给你量身定做的，现在让我去找谁呀？求求你发发善心吧，饶了我吧，我发誓以后一定会随叫随到。"尚夕瑀想了想："原谅你也行，你必须答应我一件事。"

"什么事？你说吧！"只要这位大爷不要少爷脾气罢工，就算是去洗厕所她也愿意。

尚夕瑀一时也想不到要她做什么，只好说："等我想到了再说吧，先欠着！"

董依媛舒了一口气："好好好，我知道了！"还好还好，只是个空头支票，有事再兑现。

尚夕瑀仿佛知道董依媛是怎么想的，好心地提醒道："别高兴得太早，我已经录音了！"董依媛怎么能忘了这茬，这家伙太精明了，她能怎么办？没一点办法。她差点忘了一件大事，连忙说道："这是我刚做出来的样衣，你赶紧帮我试试！"

尚夕瑀接过粗糙的白织坯布做的衣服，一脸嫌弃："你就拿这个给我穿？"

"不是，这只是个样子，如果裁剪尺寸都没问题，就正式做成衣了。"董依媛连忙解释着。

尚夕瑀将样衣扔给她，一点都不留情面："那就等你什么时候做好成衣了，再给我穿吧！"

董依媛忙说："别啊，你不试我怎么知道效果到底好不好？"

"同样的话，我不想说第二遍！"这件事在尚夕瑀这儿就没得商量，免谈。

"好吧！那这样吧，我给你量下三围尺寸，这总可以吧？"董依媛一计不成，再生一计，总是要达到自己此行的目的。

"改天吧，今天有些累了！"尚夕瑀说完就打着哈欠。

董依媛看着他这个样子，心中万马奔腾：他就是报复我这段时间挂了他几个电话，有气就直说嘛，还装模作样地说累了。不过，董依媛连尚夕瑀到底什么时候回来的都不知道，看样子他黑了一点，也瘦了一点。既然这次不行，董依媛也只好作罢，回到宿舍，继续补觉。

辛子琪直到晚上才回到宿舍。她一路上遮遮掩掩，生怕别人发现她，仿佛做了什么亏心事，快到宿舍的时候更是大气都不敢喘一下。幸好宿舍的灯是关着的，太好了！拿出钥匙开门，奇怪，居然没锁，刚推开门，宿舍的灯一下子就全亮了起来，四个女生一个不少，都表情严肃地看着她。

"老实交代吧，昨晚干什么去了？"魏纯儿首先出声，气势汹汹地看着她。

"对呀，都第二天的晚上了才回来。"陆思涵说完更是一把抢了她的手机。

辛子琪一时之间没反应过来，支支吾吾地说："我……我……我什么也没干啊！"

"说吧，送依媛上车之后，你和陈修赫干什么去了？"魏纯儿继续发问。

"你自己做了什么你自己不知道吗？"南荣沐阳也一本正经地问道。

"我们什么都没干啊，就陪他过了生日。"辛子琪立马回道。她这一路上都在想，怎么跟宿舍里面的几位大佛解释，万万没想到这比她想象中还要可怕，弄得她一时之间都没办法招架，只好向董依媛投去求助的目光。董依媛摇摇头，她也没办法说什么，这几个娘儿们都不信。

正在辛子琪盘算着怎么将这个谎圆下去的时候，陈修赫的电话打了过来，陆思涵赶紧接通，按下免提键，电话中立刻传来陈修赫喜悦中带着意犹未尽的声音："亲爱的，到宿舍了吗？"

"嗯，到了！"辛子琪在众人的"淫威"之下只能小声地应着，希望这个该死的陈修赫能够聪明点，听出她的异样。

第二十六章 嘴快的陈修赫

"我告诉你啊,要是哪里不舒服就好好休息啊,毕竟第一次嘛!"

"什么?"众人一片哗然,一晚上就把事给办了。董依媛也是一脸蒙圈,她万万没想到,这个消息这么劲爆。

"陈修赫,你给老娘滚!"辛子琪现在恨不得立刻就把陈修赫那张臭嘴给撕碎了。

"事到如今,还是老实交代吧!"众姐妹一齐说。

第二十七章　报复

三堂会审过后，姐妹们一致决定把陈修赫这小子叫出来，给他点警告。她们服装系的女生是这么好欺负的吗？

陈修赫一接辛子琪的电话，立刻就知道大事不好了，都怪自己这张臭嘴啊。不过事情已经捅破，畏缩就不是男人了。可他还是怕那几个女生把他吃了，于是请了一帮好哥们儿为自己助阵。陈小漠和孙天华一起来了，尚夕瑀和陈淼因为有事没来。

五个女生坐一排，三个男生坐对面，这一桌可谓是画风清奇，众人纷纷看了过来。八个人谁也没先开口说话，连一向话多的孙天华也只顾着低头玩手机。

"咳咳，各位姐妹们，大家好！"陈修赫先打破这个沉默的气氛，"我先做个自我介绍，我叫陈修赫，现在正式成为辛子琪的男朋友！"

辛子琪听他这么说，立马感到非常不自在，不过也没吭声。

"听说你以前非常风流多情，那这次呢？"南荣沐阳一点也不含糊，直接掀他老底。

没想到南荣沐阳第一句话就这么狠，连孙天华和陈小漠都吃了一惊，难怪陈修赫这家伙要找他们助阵了。

"姐妹们啊，他们的事情让他们自己谈嘛！"孙天华也适时地开口了。

"他们自己谈，那你来凑什么热闹？"南荣沐阳反问道。

孙天华瞬间闭嘴，这娘儿们太犀利了，让他这个霸王都不知道怎么接话了，再说下去她就要发火了，那就坏事了，赫这个小子肯定会收拾他。他赶紧假装看一下周围，叫道："服务员，上菜啊！"

董依媛在旁边看着，心里乐开了花，这个死小子当初是怎么整她的，现在吃瘪了。她就差拍手叫好了，但还是忍住了。

见孙天华也没能帮自己挡住这第一刀，陈修赫只能亲自出马："以前年少不懂事，谈恋爱就是凭自己开心，但是现在我只希望子琪每天都能开心。对她，我真的是认真的，绝不掺一点假！"

"你会为了她放弃整片森林？"陆思涵又问道。

"好听的话我不想说，我只想告诉你们，她是我认定的人，就算你们现在都不同意，我也会一直赖着她，缠着她。子琪，我对你是认真的。你答应做我女朋友吗？"陈修赫深情地看着辛子琪，在他的心里眼里都是她的影子，连他自己都不知道为什么。

……

那天在座的几个人都被石化了，陈修赫这表面浪荡的花花公子居然会在大庭广众之下向辛子琪表白，他们一直以为这位爷不过是玩玩就算了，没想到他还来真的。

南荣沐阳经过这件事，也重新审视了她和昊森之间的感情问题。打了一通电话，见了面好好谈了一次，就什么事都解决了。僵持了这么久，其实都有和好的意思，但是谁都不愿意先拉下脸来，很多时候还会导致彼此就这么错过了。

这天下午，董依嫒和魏纯儿下班早，六点就下班了，回去的路上两个人买了些吃的，有说有笑地向学校走。刚走到学校门口就被眼前的一幕惊呆了，只见学校的大门口上拉着一条红色的横幅，横幅上写着"婊子董依嫒为了钱陪老头睡狠心甩男友"。

经过的学生都兴致勃勃地看着，议论纷纷。董依嫒瞬间呆住了，满脑充血，不知这到底是怎么回事。魏纯儿也十分震惊，连忙问："怎么回事？是谁？"

人群中正在大肆宣扬的任煜泉，一看到董依嫒，立刻走过来大叫道："看，这就是董依嫒。就是她！"

众人一齐看向董依嫒，立刻窃窃私语："这就是董依嫒啊！"

一个女生吃惊地说："她真的为了钱陪老头睡觉，甩了男朋友？"

董依嫒浑身颤抖地站在原地，这种状况她连想都没有想过，面对同学和路人的指指点点，她根本就不知道要怎么应对。魏纯儿猛地拉住她的手，向学校走去，魏纯儿此时的想法是不能留在这里。仿佛是魏纯儿的这只手给了董依嫒力量，她看向

第二十七章　报复

魏纯儿，跟着魏纯儿的步伐穿过人群向前走。可任煜泉却不打算就这么放过她们，追着跑上去，抓住董依媛的衣角："依媛啊，我是爱你的，你怎么能那么狠心！"看热闹的学生议论纷纷："这就是那个可怜的男生啊！""怎么会喜欢这种女人啊！"

董依媛冷冷地甩开他的手，怒道："滚！"说完大步向前走去。任煜泉却再次上前抱住她的腿，一瞬间泪如雨下："你不要走，不要离开我，我没有你真的不行呀！"董依媛生气地看着他说："你是故意来恶心我的吗？"她万万没有想到拿了钱的任煜泉还不肯罢休，居然跑到学校来羞辱她，还嫌不够恶心她吗？

周围的人又是一阵议论："怎么能这样呢？""都这样了，还爱她，真是可怜啊！"

大门外，尚夕瑀等人也看到了大横幅。陈修赫惊讶道："董依媛？""看那边！"陈小漠指着学校展览馆的门口，一堆人聚集在一起，还隐约听到了一个男生的声音。"这怎么回事啊？"孙天华纳闷了。

尚夕瑀眉头一皱，看到人群中那个熟悉的身影，董依媛正被人群包围着。

"出事了！"陈小漠说了一句话，就跑进学校，其他人也跟上去。陈小漠拨开人群："让开，让开！"

孙天华走在最后面小声地嘀咕："这可不关我们的事啊！我说你们啊！哎！"说完也只好跟上去。

陈小漠看着被一个男人死死纠缠的董依媛脸上的反感，肯定是这个家伙搞的事，他轻轻叫了声："董依媛！"董依媛已经在失控的边缘，她恨不得把任煜泉立刻就掐死，听见声音转头一看，居然是陈小漠。她正准备说话，就听到尚夕瑀清冷中带着焦急的声音："怎么回事？"

董依媛抬起头来，居然是尚夕瑀，她看着站在人群中高贵清冷的尚夕瑀，不知道该哭还是该笑。

任煜泉见这么多人都来了，哭得更加声嘶力竭："他是谁呀，上次不是他啊，你到底有几个人啊？"魏纯儿看见尚夕瑀来了，顿时松了一口气，现在这个情况她也不知道该怎么办了。

尚夕瑀这才看到一个男人居然抱着董依媛的腿，他冷冷地说："放开你的狗爪，我女朋友也是你随便碰的？"

陈修赫瞪大了眼睛，陈小漠和孙天华更是一脸的不可思议。这家伙疯了吗？真的是越来越莫名其妙了。

人群中沸腾了："什么情况？""是尚夕瑀呀！""尚夕瑀喜欢她？"

任煜泉被吓得浑身一哆嗦，放开了董依媛的腿，惨叫道："依媛！"

董依媛也惊讶地看着尚夕瑀，他就像是个拯救自己的英雄，居高临下地看着小丑一般的任煜泉。

尚夕瑀完全无视众人的惊讶，继续说道："请你以后不要用这种卑鄙的手段来诋毁她，你对她的过分追求已经让我感到困扰。如果你还要继续纠缠不清，那么我不介意用法律手段来解决！"

尚夕瑀说完看也不看任煜泉一眼，拉着董依媛的胳膊走出人群。董依媛看了魏纯儿一眼，魏纯儿虽然惊讶于尚夕瑀的话，但还是点点头。只要人没事就好。

陈修赫等人很自觉地将任煜泉围起来，对其他同学说道："都散了吧，这里没什么事了！"

"散了散了！"孙天华也说着。

刚刚赶过来的赵驰，站在人群外只能眼看着董依媛被尚夕瑀带走，直到人群都散了也没有回过神来。他还是错过了，尽管他一听到消息就赶过来了，还是没能在她最需要的时候出现。

已经是夜晚，校外的一个角落里，陈修赫等人将任煜泉连同那条大横幅丢在一起。任煜泉站起来，有些害怕地后退着说："你们想要干什么？"

陈修赫邪笑道："干什么？你小子也太胆大了，居然跑到我们学校来闹事，也不看看这是谁的地盘！"任煜泉吓得说话磕磕巴巴的："我……我……"

孙天华说："你什么你，欺负谁都行……"话还没说完，陈小漠便怒气冲冲地接过话："欺负女人就不行！简直就不是个男人！"

一想到一大群人围着董依媛一个女孩子指指点点，还有眼前这个人的故意诋毁，陈小漠就气不打一处来，世界上真是什么样的人都有。名誉对一个女孩来说有多重要，那是可以用生命来捍卫的东西，更何况这人渣还自称是她的前男友。

"看来今天要好好教训你一顿了！"陈修赫捏了捏好久没活动的关节，笑着说。开玩笑，董依媛怎么说也是他的红娘，而且她现在也是尚夕瑀的朋友，不好好教训一顿任煜泉怎么都说不过去。

任煜泉见软的不行,只能威胁着说:"你们不要过来啊,再过来我就报警了!"

孙天华冷哼一声:"那你倒是报啊!"他这人最是听不得别人威胁他了,长这么大他还真没怕过什么。

说完,几个人就不约而同冲了上去,只听到一阵阵惨叫,惊得树上的鸟都扇着翅膀飞走了。

第二十八章　孔明灯

　　尚夕瑀带着董依媛一路穿过教学楼，穿过操场，出了学校后门，回到小区公寓里。他坐在沙发上，微微颤抖的手指暴露了此刻他的愤怒。然而他自己都不知道自己在生气什么，最该生气，最该发脾气，最该失控的应该是董依媛才对。

　　尚夕瑀示意董依媛坐下，然后淡淡地问："怎么回事？"

　　董依媛垂着眼，无力地说："前男友！"尚夕瑀点点头："继续说！"

　　"他甩了我！"

　　尚夕瑀忍不住追问着："那现在怎么回事？"董依媛情绪几乎失控了："不知道，神经病，犯贱了！"

　　尚夕瑀拍拍她的肩膀让她冷静点："你恨他吗？"董依媛看着尚夕瑀痛心疾首地说："与其说恨，不如说厌恶，或者恶心！"

　　尚夕瑀见董依媛这样，反而心情一下子好了："那就忘了他吧。"董依媛眼泪一滴滴往下掉："我倒是想忘，你看看今天这个样子，我怎么还有脸在学校待下去！"

　　董依媛满脸泪痕地看向尚夕瑀的眼睛："你说怎么办啊？"尚夕瑀想了想："不用管，让他们说去吧！大家是有多无聊，整天议论别人的八卦！"董依媛委屈地说："他再这样缠着我，我真的会疯掉的！"

　　尚夕瑀不会说别的话，只能转移下话题："别想了，那样做的又不止你一个，这都是心照不宣的事！"

　　董依媛立刻站起了身子，看着尚夕瑀愤怒地说："什么，你说什么？"现在谁跟她提这个她跟谁急，长这么大第一次被人这么在大庭广众之下羞辱，她想死的心都有了。

121

尚夕瑀没想到她这么大反应，尴尬地咳嗽了一下："咳，没什么，我没说什么。"

"什么没什么？这话是乱说的吗？啊？"董依媛步步紧逼，口气生冷。尚夕瑀自知理亏，站起来不断后退，背靠在墙上，董依媛愤怒地一手撑着墙，一手握紧拳头，站在尚夕瑀面前，直视他的双眼。尚夕瑀被这双猩红又充满杀气的眼睛盯得不自然，头转向一边，用手推开她："你靠我太近了！"

董依媛被尚夕瑀推开，瘫坐在沙发上。此刻，她才意识到刚刚他们挨得有多近，她刚刚的动作有多粗鲁，感觉像是要把尚夕瑀给扑倒了。她躺在沙发上，看着房顶，脸瞬间通红，眼泪也顾不上流了。

见董依媛没有了动静，尚夕瑀以为把她撞疼了，连忙看向她，只见她睁着一双大眼睛一动不动，尚夕瑀用腿碰了碰她的胳膊："喂，你没事吧？"

"咳咳咳，我没事！"董依媛坐起来，擦擦挂在脸颊的泪水，吸吸鼻子，委屈地说："你以后能不能不要这么凶啊？"

尚夕瑀听到"凶"这个字有点意外，自己很凶吗？他摸了摸鼻子，没有再说话，坐在一旁的单人靠背沙发上。尚夕瑀喝了一口水，沉默了一会儿道："放心吧，他以后再也不敢了！"

见尚夕瑀不说话，董依媛以为他生气了，还想着说点什么呢，尚夕瑀就开口了，她连忙问道："为什么？"

尚夕瑀挑挑眉："我自然有我的办法！"

董依媛不可思议地看着尚夕瑀："什么办法？"

尚夕瑀不想再说什么："没什么！你只要等结果就行了！"

董依媛点点头，渐渐红了眼圈，她真的觉得自己很委屈，不明白那个人为什么要伤害自己。她趴在尚夕瑀腿上哭着说："尚夕瑀，尚夕瑀，呜呜呜！"

尚夕瑀看着趴在他腿上痛哭流涕的董依媛，突然很无措，想要抚摸她的头发安慰她，又放下手，在茶几上取了一张纸巾，轻轻地碰了碰她，说："别哭了！我的裤子！"

董依媛抬起头看着尚夕瑀手里的纸巾，接过来擦了擦眼泪，又很不优雅地擦了鼻涕。再看向他的裤子，已经被蹂躏得不成样子了。"对不起啊！"董依媛弱弱地说。

第二十八章 孔明灯

尚夕瑀很想发脾气，要是放以前，尚夕瑀早就把她踢出去了，但是此时此刻却发不出脾气。算了算了，一会儿换一条裤子，反正都是董依媛去洗。

尚夕瑀想了想说："好点了没？我带你去个地方！"

董依媛忙问："什么地方？"

尚夕瑀立马站起来，进了卧室。一阵忙乱之后，门开了，他换上了一身黑色的衣服，又去了娱乐室，手上还提了个袋子。

尚夕瑀二话不说拉着她的胳膊向外走。砰一声关上门后，董依媛忍不住问："咱们这是要去哪儿？"

尚夕瑀一边下楼一边说："去了就知道了！"

董依媛跟着尚夕瑀慢慢爬到学校后面的小山坡上，从小山坡上向远处看格外清晰明亮，校园里灯火通明。这个时候的小山坡，一般都是情侣扎堆的地方，董依媛不禁低着头，不敢到处乱瞟，就怕一不小心看到什么不该看的。

董依媛看着还一直向前走的尚夕瑀，疑惑地问："我们来这里做什么？"

尚夕瑀找了一处制高点，停下来，从手中提的袋子里拿出来一个东西。

董依媛疑惑地问："这个是？"

"孔明灯！"

原来还真是孔明灯！董依媛还以为自己看错了，尚夕瑀居然要在这里放孔明灯："孔明灯？你要在这里放？"

尚夕瑀不置可否，蹲下来打开包装袋。董依媛小声地说："这里可是学校啊，被发现了怎么办？"她虽然知道这是什么东西，但是从来没有买过，也从来没有放过。

尚夕瑀觉得她问题太多了，立马说道："闭嘴！"董依媛立刻闭上嘴不再说话。尚夕瑀掏出打火机，董依媛乖乖地配合着他将油脂点燃，看着孔明灯一点点地明亮。尚夕瑀递给她一支笔，说："把你所有不开心的事都写下来吧，它会随着风带走你所有的烦恼和痛苦！"看着尚夕瑀在灯火下异常认真的脸，董依媛心怦怦直跳。她接过笔，看着灯火下尚夕瑀专注的脸，勾唇一笑，在自己这一面写着："尚夕瑀，我喜欢你，很喜欢你！"尚夕瑀已经写完了，低头看她："写好了吗？"董依媛点点头。尚夕瑀说："那我数一、二、三，我们一起放！"

"嗯！好。"

123

尚夕瑀轻声说："一、二、三！"

他们同时松开手，孔明灯挣脱了束缚，缓缓上升，越飞越远，飞过了教学楼，飞向了月亮，变成了一个白点，最后什么也看不见了。董依媛认真地看着，微微笑着，尚夕瑀看着她的笑容浅浅地勾了勾唇。连他自己都没发现，有一刻他是因为她的微笑而笑。手机一直在振动，尚夕瑀看到来电显示是琳宝，犹豫了一会儿，不做理会，直接关掉了手机。

董依媛晚上是笑着入睡的，没想到尚夕瑀这样的人会用这种方式安慰女孩。

尚夕瑀外出写生了一段时间，那幅画即将完成却被耽误了。周末又是尚夕瑀一个人，他安静地坐在工作室画画，戴着耳机，一边听歌一边画。教授那天无意中发现了他这幅画，建议他去参加全国美术作品展（以下简称全国美展）。教授觉得相对于他的风景画，这幅作品更有感情，但尚夕瑀还不知道要给这幅画取什么名字。

尚夕瑀的导师是美院油画系的教授郭一鸣，在油画界算是数一数二，一幅画能卖到三四百万元。有一年，他的作品还被小偷惦记上了，作品直接被清空搬走了。事发之后，他立马报了警，最后查到这是一起熟人作案。很多人都以鉴赏画作之名来他家参观学习，其中有些人就心怀不轨，趁着他外出就下手了。从此以后，郭教授就更加谨慎了，深居简出，一心钻研画作。对于自己带出的得意门生——尚夕瑀，郭教授非常喜爱。因为他跟尚夕瑀的父亲很早就相熟，尚夕瑀算是郭教授一手带出来的学生。郭教授对他是倾囊相授，有问必答，经常带他参加全国美展。虽然尚夕瑀不愿意听家里人的话，但是对于郭教授的话，还是非常愿意听的。

这时，刘伊琳突然推开门，站在门口气势汹汹地看着他，尚夕瑀快速将画作用布盖起来。

刘伊琳见了尚夕瑀，立刻变了态度，忍住自己的脾气问道："瑀，昨天为什么不接我电话？为什么还关机？"

尚夕瑀撒谎道："我最近有点忙。"

刘伊琳慢慢走过来，撒娇地说："可是我好想你。"

尚夕瑀回避她的眼神，掩饰地说："是我疏忽了。"

刘伊琳直接坐在他大腿上，抱住他，手伸进他的衣服里："我想让你陪我去逛街。"

尚夕瑀快速掏出她不安分的手，说："今天不行，我要赶作品。"

刘伊琳在他耳边吹着气："可是人家都想你了，你难道不想我吗？"

尚夕瑀立刻推开她，站了起来，道："别闹了，这是在教室。"

刘伊琳从他身上站起来不满地说："怕什么呀，这里又没有别人。"

尚夕瑀见刘伊琳这样，站起来背对着她，淡淡地说："我还要忙，你先走吧！"

第二十八章 孔明灯

第二十九章　写论文

　　刘伊琳气急了，不知道从什么时候开始，尚夕瑀就躲着她，几乎干什么事都把她屏蔽了。他们怎么了？他怎么了？打电话不接，找他人找不到，她真的要发疯了！她气得一把将遮在画作上的白布扯下来，大喊着："你这一天到底在干什么？"

　　白布落下，只见黄昏之中，一个女孩安静地坐在凳子上看书，美丽、纯净、娴静，一切美好的词都可以用来形容她。这个女孩居然就是董依媛。

　　刘伊琳简直不敢相信自己的眼睛，她几乎抓狂了："你画的是谁？董依媛？你为什么要画她？啊？为什么要为她解围？为什么当着全校同学的面说她是你女朋友？那我算什么？尚夕瑀，你说，你给我说清楚！"她心中十分不平：为什么要画这个女人？就是为了这个女人他现在都不愿意见自己吗？凭什么？她到底有什么好？没胸没屁股还没自己长得漂亮，更没有自己家世好。她越想越气，冲上去准备撕掉这幅画。

　　尚夕瑀看着刘伊琳几乎发疯的状态，还要伸手去撕他的作品，他立即上前抓住她的胳膊："你闹够了吗？这是我的作品，我的作品！你看清楚了吗？"

　　刘伊琳大哭起来，指着尚夕瑀说："尚夕瑀，你敢说你不是喜欢她？你为什么喜欢这种女生？她有什么能比得上我的啊？你说啊！"

　　"我说了，她只是我的朋友！我不想再说第二遍。"面对刘伊琳的问题，尚夕瑀居然真的有一瞬间感到迷茫，自己真的喜欢董依媛吗？不，不可能，不会的。他们只是朋友，只是朋友。

　　"不，我不相信，我不相信！你别骗我，尚夕瑀！我爱你，你知道吗？"刘伊琳不相信他的话，同时自己更心痛。她又说道："我们以后好好的吧。我们都静静，我希望明天我们就可以回到以前的样子！"她擦擦眼泪，又笑了起来，然后快步走出工作室。她知道尚夕瑀喜欢温柔、懂事的女生，不喜欢她疯狂的样子。她要忍住，拼命地忍住。

尚夕瑀伸出手想要去拉她，最后还是慢慢收回了自己的手。

第二十九章 写论文

样衣尚夕瑀连试穿都不配合，董依媛只好又去东郊找裁缝做了成衣。整整一天的时间，看着裁缝打版裁剪、缝制，回去的时候都八九点了。

好不容易第二天上课拿着做好的成衣给导师看，导师痛批质量太差，连版型都不过关，好好的面料就这么给糟蹋了。这不光是面料，还有时间和精力，还有她给裁缝的钱。第一套工艺太差，第二套版型不对，第三套根本就是半成品，来来回回折腾了一个月，居然又回到了原点。

辛子琪的情况也好不到哪儿去，就第一套衣服勉强过关，还需要面料再造，后期细节上还要处理，但是第二套也被导师毙掉了。第三套她直接退了钱不做了。董依媛不信邪啊，整个三套全试了一遍，自己还跟着吴师傅一起打版，就这样还全军覆没了，真是让她想哭都哭不出声。

大四上学期的课程已经接近尾声，董依媛觉得自己恍恍惚惚地，用尽全力却做成了这样。辛子琪虽然学业上有点欠缺，但是她收获了爱情。魏纯儿一直四平八稳地，生活、学习都在自己的掌控之中，她合理地安排自己的时间，交际、工作、学习一样都没落下，虽然做毕业设计和在咖啡馆工作占用大部分时间，但是外出游玩、休闲娱乐这些一样没少。陆思涵虽然花费在学业上的时间很少，但是毕业设计同样做得游刃有余，更多的时间放在娱乐、工作和对以后的规划上。南荣沐阳安稳地谈恋爱，快乐地做着毕业设计，也算比较平稳顺利。

快放寒假了，尚夕瑀变得忙碌起来，一边准备参加全国美展的事情，一边还要写各门学科的结课论文，他最讨厌写这个写那个。尚夕瑀参加全国美展的作品除了那幅在工作室完成的画，还选了写生那段时间画的一些出色的作品。他的画风色彩明亮、干净，给人一种阳光的感觉；结构奇特，同一场景却用了不同的表现手法，对于上色更是喜欢十字形架构。

"在忙吗？不忙，来帮我写论文！我在信息室等你！"

看着尚夕瑀发来的微信，董依媛撇撇嘴说道："哼，现在用到我了。前段时间，试个衣服都不愿意，害我花了冤枉钱，做了一大堆废品，被张甜骂惨了。我要

我遇见你是在深秋

是现在过去也太没面子了，不去，不去，坚决不去。"

董依媛自我挣扎了几分钟，还是没骨气地去了。在信息室找了一圈才看到尚夕瑀在角落的一台电脑前坐着。她轻拍他的肩膀："你在这里干吗？"

"等你啊！"尚夕瑀看了她一眼，再指指电脑屏幕上的Word文档，上面写了四行字，又继续说，"这是四门课结课的论文要求，你帮我写好啊。下周就要全交了！"说完就站了起来。

"什么啊？你真叫我来写论文？"董依媛抓狂了。

"当然啊，我哪次说话不是认真的？"尚夕瑀勾了勾唇，友情提示着，"快点写吧，今天是星期五，离下个星期还有三天时间哦！"

"可是我真的不会写，不会写！"董依媛头摇得像个拨浪鼓一样，她是一千个一万个不愿意写，她下午还要去咖啡馆上班，没时间，更不会写啊。

"乖乖听话吧，除非你不想让我继续帮你了！"尚夕瑀半开玩笑地说。

董依媛很无奈，因为这件事让她一直只能乖乖服从尚夕瑀。她认命地坐下来，看了一眼电脑屏幕。刚想问尚夕瑀问题，回头一看尚夕瑀人已经走出两米远了。董依媛大喊："这些课程我学都没学过，让我怎么写吗？"

"书都在左边放着，不会了找度娘啊。我先走了，赫他们几个还等着我打球呢！"说完，尚夕瑀对着董依媛眨了眨眼睛，一脸轻松地出了信息室。他突然发现董依媛也不是那么一无是处嘛，至少这个时候就派上用场了。还是他聪明啊，专业的事找专业的人干。没毛病！

董依媛心想：这家伙还真是提前算计好了，他怎么知道自己学习比较好？对了，应该是那次聊天要证明自己，把自己的优势统统给暴露了。悔不当初啊！董依媛只好一边学习，一边思考该怎么写，偶尔还会问尚夕瑀一些关于老师上课的特色和风格之类的问题，结果一问全都是没听、不知道，还真不如不问呢。这也从侧面刷新了她对尚夕瑀的认知，这个男生不是好孩子，一看从小就不爱学习。

用了三天的时间，董依媛上午一边看书一边上网查资料，下午去咖啡馆工作，晚上写，总算在周一下午将几门学科的结课论文完成了。

"也算解决了一件大事，周末我请你吃饭！"论文传过去之后，尚夕瑀在微信上总算慷慨地说了一次要请她吃饭的话。那次去中大国际买衣服的时候不算。

董依媛想了想回复道："吃饭就算了，您老抽个时间让我给您把三围量了才是正事！"她觉得这次成衣失败的原因，一方面是打版和缝纫的问题，另一方面是模特尺寸的问题。

"行吧。饭也吃，三围也量！"尚夕瑀考虑了一下回复道。

看着尚夕瑀发过来的话，董依媛还是挺开心的。

自从被导师毙掉成衣之后，董依媛就一直不在状态，她真的不知道如何解决这件事。硬着头皮去上课，张甜问她这周的进度，她支支吾吾地回答不出个所以然。

"你不能这样啊！好不容易有了点进度，现在就停滞不前了？裁缝不行就换裁缝，听到了没有？"张甜对着她厉声说道。

"哦！换，换裁缝！"董依媛点点头，算是回答了。

"不要舍不得花钱，如果你一开始就找对了，现在是不是可以省下钱了？我说的你好好考虑，你知道吗？我们组的大部分同学都是在李师傅那儿做的。"见董依媛还是那副样子，张甜忍不住又说道，"在缝纫工艺上，有一些面料不仅挑机器，更挑人。真丝面料一般的师傅是做不好的，这种工艺南方市场多一点，北方这方面做得好的屈指可数，价钱方面肯定也高点。"

在赵曼组的赵驰也听到张甜对董依媛说的话了，他放下手里正在做的麂皮绒试验，悄悄地将董依媛和辛子琪拉到一边问："怎么回事啊？"

"你都听到了？"董依媛没精打采地问。

"事情是这样的……"辛子琪把她们的情况大概复述了一遍。"我建议啊，还是去李师傅那儿吧，既然张甜已经开口了，你们去哪里都不合适了！"赵驰分析了所有情况提议道，"我之前说过，我也是在那边做的。咱们学校百分之六十的人都在那儿做的，工艺确实不错。李师傅一年只做毕业设计，所以在态度和时间上都可以放心。制版和样衣都不需要另外收费，从某种程度上来说还是比较省钱的，离学校也比较近，就在文艺路！"

"你确定你没收人家钱？说得这么好，跟拉皮条的一样！"董依媛听完，由上而下看了他一眼笑着说。

"哈哈哈，我还说我嘴笨呢，你说我像拉皮条的！"赵驰一脸的惊恐，最后又开始大笑。

辛子琪点点头："我剩下的两套也去那边做吧，吴师傅那边确实做不好萧缎这种面料！"

第二十九章　写论文

第三十章 不一样的尚夕瑀

拿了皮尺和草纸，董依媛将自己收拾打扮了一番，便去了和尚夕瑀约好的地方——阳阳国际。上了二楼，感觉装修还不错，挺有氛围，下午人也不是很多。

问了问服务员，尚夕瑀人还没到。这家伙不喜欢别人迟到，他自己却迟到了。董依媛便给尚夕瑀打了个电话："喂，你人呢？还没来啊？"

"在楼下呢，让你等我一次，就这么大反应？"尚夕瑀皱眉。他最近也很忙啊，每次参赛都各种杂七杂八的事情，报名啊，填资料啊，郭老头还时不时找他谈天说地，让他去家里吃个饭什么的。

坐着电梯上了二楼，走进餐厅，服务员向他问好。董依媛立马向他招招手。他突然发现这小丫头今天有点不一样，感觉哪里怪怪的。

"你怎么一直盯着我看，有哪里不对劲吗？"董依媛被看得不太自在，连忙整理了一下衣服。

尚夕瑀坐下来之后，想了想说道："你今天涂了口红？"董依媛满心欢喜，今天比以往多涂了个大红唇，就被他发现了。谁知道他又说："真难看！"

董依媛瞬间尴尬到死，本来她就觉得涂口红不太自然，结果还被他发现了，发现了也就罢了，还说难看。

"您好，请问要点什么餐？"还好这时服务员拿着菜单走上前礼貌地问道。

"喜欢吃什么就点吧。"尚夕瑀看也不看菜单，就对董依媛说。董依媛翻了翻菜单，点了几道自己喜欢吃的菜，将菜单推给了尚夕瑀："你看你还要吃什么？"

"来个红烧排骨吧！"尚夕瑀想了想说。

"点过了！""我点了！"董依媛和服务员同时说。

"那就行了！"尚夕瑀点点头，"饮料就不要了，来点玉米糊糊吧！"

这真的有点让董依嫒大跌眼镜，尚夕瑀居然喜欢喝最家常的玉米糊糊，真是令人难以置信。

"不要这么看着我，我就是想家里做的饭了！"见董依嫒像看怪物一样看着他，尚夕瑀不高兴了。

"好，趁着等上菜这空当，我们是不是得做点什么？"董依嫒可没有忘记这次的正事，将皮尺从包里掏出来。

本来还没明白董依嫒说的是什么意思，见她掏出来皮尺，尚夕瑀瞬间明白了："就不能吃了饭再量吗？"

"吃了饭，你变胖了怎么办？快点吧，废话少说了！"董依嫒没发现自己说着说着语气都变了，要是放以前她怎么敢对尚夕瑀说这种话。

尚夕瑀没办法，只好站起身来："好吧，来吧！"

"外套脱了吧！"见尚夕瑀瞪着眼看她，董依嫒连忙补充道，"不然我怎么量啊？"

尚夕瑀没办法，脱掉了那件白色运动外套，只穿了一件白色印花打底衫。董依嫒拿着皮尺量了起来，袖长四十五厘米，腰围七十厘米，没想到他的腰这么细。量臀围是有一点尴尬，但还得硬着头皮量，臀围八十七厘米。这个胸围就难办了，董依嫒踮着脚，努力让肩膀和他的胸持平，胸围八十九厘米。量肩宽只能踩在凳子上了，肩宽四十五厘米。

量完后，董依嫒问道："你净身高多少啊？""一米八九。"

"哇，那再加上鞋子，可能有一米九二这么高，简直逆天了。那你腿长多少？"

"想知道？自己量。"

董依嫒说干就干，立马蹲下来，拉着皮尺。一米，一米一，一米二，"哇，一米二七，真的堪比韩国的长腿欧巴啊！"董依嫒忍不住尖叫，这身材完美爆了。

"花痴！"尚夕瑀忍不住吐槽。

"你不知道啊，最近流行长腿欧巴。现在判别男神都不是颜值了，是身材，是腿长。"

"腿长能当饭吃啊？"尚夕瑀坐在了沙发上，这时饭菜一一端上来了。"这不，饭菜都来了！"董依嫒得意地说。

第三十章 不一样的尚夕瑀

131

尚夕瑀忍不住又开始毒舌了："一天心思不放在学业上，整天男神、长腿欧巴的！"

董依媛赶紧说："停停停，你别说了，不然我就叫你长腿欧巴。"

"那我现在就走！"尚夕瑀不为所动。

"行行行，我投降啊！"董依媛赶紧拿起筷子夹了一块红烧排骨，一边吃一边点头，"嗯嗯，味道不错！"

"那就多吃点吧，不够再加碗米饭。"尚夕瑀见她已经吃开了，自己也夹了块红烧排骨。味道确实不错，有小时候吃的那种感觉。

"那什么，一碗就够。"在这么个大帅哥面前吃两碗米饭，太不文雅了，还是要忍着，多吃点菜就行。

"这次谢谢你啊，我这学期算是顺利过关了。"尚夕瑀憋了半天才说出来这么一句话。总该对董依媛的辛苦付出表示表示，不管是行动上的还是语言上的，这些总是要有的。

"谢什么啊？这个词从你嘴里说出来我还不习惯。我应该谢你啊，那个人渣没有再来缠着我。"董依媛觉得能从尚夕瑀的嘴里听到"谢"这个字已经很难得了，说真的，她是真的应该感谢尚夕瑀。

尚夕瑀像个长辈似的说道："没缠着你就好！下次交朋友自己长点心！"

"哦，我知道了。时间过得真快呀，下个星期我们就放寒假了！"董依媛不想在这个问题上多说，下次交朋友还不知道是什么时候呢。

"嗯，是挺快的！"尚夕瑀点点头，喝起他点的玉米糊糊。

"两个多月的超级豪华寒假，简直爽翻天。"说起他们学校的寒假，还真是让人羡慕，从每年的12月21日左右一直到来年的3月初。这中间有七十天的时间，但是暑假就相对短一点。

"你寒假打算做什么？"尚夕瑀突然问。

"我啊，还是在咖啡馆工作吧！"刚好趁着这几个月多赚点钱，把赵驰的钱赶紧还了。

"嗯。"尚夕瑀点点头，"你记得你答应过我一件事吗？"

"是吗？"董依媛看着尚夕瑀可怕的眼神，"好像是有那么一点印象！"

"你最好记清楚了，我可能随时要让你兑现承诺！"尚夕瑀好心提醒道。

董依媛连忙点头："好的，没问题。只要不是什么上刀山下火海的事情，其他都可以！"

这个学期的最后一个星期，赵驰带着董依媛和辛子琪去了文艺路李师傅的工作室，是李师傅自己的房子，李师傅把房子分成生活区和工作区，一进去就能看到鱼缸和李师傅精心培养的盆栽。沙发上还坐着两个他们系的学生，大家互相打了招呼。赵驰向李师傅介绍道："李姐，这是我大四的同学，也想在你这里做成衣！"

"嗯，那好啊！有效果图吗？我看看！"李师傅停下正在熨烫衣服的工作，对着董依媛和辛子琪说。

"有啊，这是我们画的设计图！面料也都带来了！"董依媛连忙将自己带的东西一一拿出来。李师傅看了看董依媛的设计作品，点点头。"您看我做下来一套得多少钱？"董依媛问道。

"你这个就给一千块钱吧！"李师傅说。

赵驰连忙说："李姐您看啊，她们的情况我都跟您说了，就给算便宜点吧！"

李师傅想了想说："是你介绍过来的，那就一套八百，不能再少了！"

董依媛提前做好了心理准备，虽然贵，但是只要能细心认真做出来，她也不至于像第一次一样跑前跑后，跟着师傅一起打版，费事不说，关键老师傅也没时间给改来改去的，那么这钱花得也值。

李师傅又看了看她带来的面料，写上名字后将效果图和面料一起放在墙边的柜子里锁好。接着，李师傅看了看辛子琪的效果图，这套算下来一共一千五百块钱，再加第一套的修改费三百，一共是一千八百块钱，这也是辛子琪可以接受的。

"这衣服年前是不能做了，我这儿还排了二十多个人的，有五六个年前就要做完。光你们学校的就有十几个，还有几个纺院的，不过他们学校还没有催。"李师傅把现在这个情况给他们说了一下。

"嗯，那行吧。年后来也可以做！"董依媛点点头，现在也只能这么办。

董依媛看了看李师傅的真丝绡锁边工艺，光那个机器就和外面的不一样，李师傅的工艺更是没得说，居然能锁出来两毫米的边，这比吴师傅那一厘米的边高了不止一个档次。再看了看李师傅做出来的成品，董依媛彻底放心了。就在这儿做了，不管是版型还是工艺，都不用她操心了。

第三十章 不一样的尚夕瑀

133

这边才安顿好，结果没过几天那个神秘又充满挑战的任务就来了。电话里传来董依媛一阵撕心裂肺的声音："什么？蹦极？"

　　"没错，就25号，你好好准备一下，到时候我去接你！"尚夕瑀不管电话对面的董依媛是有多么抓狂，他说完自己要说的话，就挂了电话。

　　这其实是他预谋很久的事情，本来前些年他就想找赫他们几个人一起去，谁知道他们几个平时看着一副狂傲不羁、胆大包天的样子，没想到听到他的提议之后，竟然找了各种理由推脱。什么他不能听到太大声的尖叫，什么他的女朋友不想让他去容易跟别的女生擦出火花的地方运动，还有什么他妈担心他的安全。于是这件事情就这么不了了之了。不过最近他突然觉得，找男生一块儿去不如换个女生试试。现成摆在眼前的就是董依媛了，更何况她一副天不怕地不怕的样子，他就想看看到时候她能吓成什么样子。

第三十一章　挑战极限

有没有搞错啊,过圣诞节陪他去蹦极,天哪,她整个人都不好了。她不能去,不能去。

董侬媛编好了信息给尚夕瑀发了过去:"大少爷,我这几天那什么来了,不方便去!"这是陆思涵帮她想好的说辞,她们就不信了,这样他大少爷还有什么可说的。

"不想去是吧?"尚夕瑀反问了这么一句。

"没有啊,我说的是真的!"董侬媛回道。

过了几分钟,尚夕瑀又发来一条信息:"很好啊,明年我们就互相不认识啊!"

"大姐啊,你不是说这办法狠吗?你看他更狠!"董侬媛又败阵了,只要她还需要尚夕瑀帮忙,那么她就一直要妥协下去,没有任何办法。

"那我能怎么办?我也很绝望啊。我认怂!"陆思涵一副爱莫能助的样子。

"那现在怎么办?"董侬媛一脸愁相。

"还能怎么办啊?还是赶紧把这话圆回去。"陆思涵也没有其他办法。

已经放假了,沐阳前两天就被昊森接回家了,辛子琪和魏纯儿在昨天一前一后买票回家了。"思涵啊,你寒假不回家?"董侬媛一边想怎么跟尚夕瑀解释,一边问正化着妆的陆思涵。

"我这几天报了驾校,下学期就毕业了,先把驾照拿到手再说!"

"那你这几天怎么打扮得这么漂亮?"这才是董侬媛不明白的。

"女人出门当然要打扮漂亮啊!"陆思涵理所当然地说。

尽管她这么说,但董侬媛还是觉得她最近跟平时不太一样。她穿得更成熟性感

135

了，高跟鞋都买了两款，嘴唇更是时时刻刻都鲜艳欲滴。而且最近都是早出晚归，问她什么都不说。董依媛心想：这娘儿们不会是谈恋爱了吧？要不然怎么全身都散发着雌性激素呢？有奸情！

董依媛赶紧想好怎么回复尚夕瑀："我突然觉得，蹦极真是一件一生之中必须要尝试的美妙体验，尤其是由一位顶级大帅哥亲自邀请，我深感荣幸！"这些话简直不能再看第二眼，董依媛闭着眼睛发出去了。正所谓千穿万穿马屁不穿，果不其然，一会儿看到尚夕瑀的回复："你知道最好！"

仅仅过了一天就到了约定的日子。整个西安唯一一处可以蹦极的地方在北郊的未央湖，开车过去实在是太远了，董依媛建议尚夕瑀跟她坐地铁再打车过去，省时间。董依媛因为害怕，事先做足了准备。

尚夕瑀也没坚持。两个人在地铁站，尚夕瑀都不知道怎么走，过安检买票，刷卡过电闸，都是看董依媛怎么做的。不过二号线上的人真是太多了，连等了三趟车都是爆满，尚夕瑀一看这个情况止不住地向后靠。最后还是因为后面排的人太多了，后面的大叔大姐们直接把他们推上去了。

长这么大，尚夕瑀什么时候见过这种情况，直接就蒙了，这才知道西安的地铁是这么挤，人这么多。他几乎已经贴在前面的女孩身上，因为个高还抓着扶手，董依媛就贴着他站着，连扶都不用扶。地面上已经很挤了，地下还是这么挤，人是越疏解越多，不会越来越少。

他本来想说，这就是你让我坐的地铁？我从小到大还没跟这么多人一起待过。不过见地铁上的人无一例外地都仰头看着他，只好将要发作的怒气生生忍住，等下了车再跟她算账。

还好，过了几站之后人少了很多，到最后还有座位了，可屁股还没坐热又要出站了。

"怎么样，大少爷，坐地铁有什么感受？"一出站董依媛就问他。

尚夕瑀差点暴走，生气地说："你还好意思问我，人这么多来挤什么地铁？车厢里的气味难闻死了！"除了人身上的各种气味不说，还有早上不知道是谁吃了大蒜还是韭菜盒子的味，这对有洁癖的尚夕瑀来说简直无法忍受。

"哈哈哈，我知道，各种味嘛，习惯就好。这也算是你的第一次嘛，值得好好回味。"见尚夕瑀吃瘪的样子，董依媛实在是太畅快了，他这点尴尬比起她一会儿要面临的恐惧真的一点都不算什么。

　　见她笑得那么畅快，尚夕瑀也没计较什么，伸手拦了一辆出租车，一路向未央湖驶去。从南郊到北郊，地铁加出租车差不多得一个小时的时间。

　　到了未央湖，董依媛就开始哆嗦，一想到要站在那么高的地方跳下去，真的是太害怕了。

　　"快点走吧！磨磨蹭蹭干什么？"尚夕瑀感觉身后的董依媛越走越慢，转过头一看，她居然落下了将近十米。

　　"我害怕呀！"董依媛弱弱地说。

　　"怕什么啊，我也是第一次去！"尚夕瑀走回去，拉着她的胳膊向前走。随后开始了尚式洗脑："你啊，一会儿就闭上眼睛往下一跳就行了，然后什么事都没有了！"

　　董依媛被尚夕瑀拉着走，一路所过之处都有百分百的回头率，实在是尚夕瑀的颜值太过出众，在人群之中想不被注意都难。董依媛开始还是被拉着走，后来也就跟在他身后走了。尚夕瑀觉得后面的阻力小了，也没有松开自己的手，一路跟着指示牌向蹦极区走去。

　　"我们能不能两个人一起跳啊，我害怕！"到了收费区，董依媛小声地说。她虽然一路在催眠自己，但是看到八十米高的跳台，心都跳到了嗓子眼。

　　尚夕瑀看着她那脸色发白，小腿不由自主抖动的样子，心一软，买了张双人蹦极票。

　　站在高高的跳台上，风声呼啸。一阵一阵的尖叫声响彻云霄，在他们前面还有一个来体验的。尚夕瑀已经穿好了装备，董依媛哆哆嗦嗦地让工作人员帮她穿装备。

　　"您这个安全吗？"董依媛担心地问道。

　　"放心吧，我们这里是经过国家认证的。"工作人员微笑着回答。

　　董依媛这才觉得没有那么害怕了。两个人一起站在跳口，被安全带紧紧缠绕在一起，董依媛闻到他身上好闻的香气。董依媛低头向下望去，一阵晕眩，两腿发软。她闭着眼睛，大喊着："师傅，你一定要检查好设备啊，人命关天呢！"

　　工作人员笑着说："放心吧，底下有我们的人呢！"

　　工作人员再次询问道："准备好了吗？"

第三十一章　挑战极限

尚夕瑀道："好了！"

董依媛还没回答就被人用力推了下去，冷不防被人推下去，董依媛一声惨叫"啊——"！她紧紧地搂住了尚夕瑀的腰。巨大的冲力、呼啸的风声、强大的压迫感，这些都让她感觉非常刺激。她睁开眼睛，却只能看到尚夕瑀的衣服，他的喊声是畅快的、毫无压力的。

等落到地面上，解下了装备，董依媛才恍恍惚惚缓过劲来："天哪，我还活着呀！"

尚夕瑀用手拍拍董依媛的脸，问："你没事吧？"

触碰到尚夕瑀冰凉的手，董依媛转过头笑着对他摇摇头："我没事！尚夕瑀，我感觉又活过来了，真好！"

"没事就好！"尚夕瑀见她没事，小脸蛋上红扑扑的，这才放下手。

董依媛开心地抓住他冰凉的手："真的挺刺激的，呼呼！你感觉怎么样呢？"尚夕瑀只觉得她的手很柔软，还很暖和，感觉好像有一股暖流划过，让他有一阵失神。

"我还好，总算是圆了我这个梦！"尚夕瑀有点尴尬地抽回自己的手，"走吧，我带你吃点好吃的！"

董依媛这才意识到自己因为太兴奋了，居然抓住了尚夕瑀的手，他的手很白很凉，是她见过最好看的手。她的脸瞬间又通红了，自己怎么能这么囧、这么二呢？激动地抓住人家的手这算怎么回事啊！想让他更讨厌你吗？真是个白痴，没见他刚才都有点不高兴了。

见尚夕瑀已经大步离开了，董依媛赶紧追上去。

董依媛感觉今天是最开心的一天，他们在未央湖玩了整整一天，不认识他们的人一定以为他们是一对情侣。她终于知道，为什么说恋爱中的人最幸福最快乐。这种默默喜欢、偷偷爱着的感觉，也是最开心的。虽然没有说出口，但是对她来说这些足够了。她喜欢他，她自己知道就足够了。原来尚夕瑀也可以笑得很夸张，他真的是那种令人一见误终身的男神。遇见尚夕瑀是她此生最大的荣幸。

等他们回到学校已经快晚上八点了，他们在学校的岔路口分手，临走时，尚夕瑀发自内心地说："今天谢谢你！"

董依媛有点恍惚："谢什么啊？今天玩得很开心！"

"后天，我就跟家人去国外了。年后再见！"尚夕瑀说完就转身向学校后门走去。

"嗯，年后再见！"董依媛看着他点点头，向他挥挥手，直到看不到他的背影，她才转身向女生宿舍楼走去。

此时的学校每天都有学生离开，欢闹的声音小了很多，今天就是平安夜。这西方的节日说是不去过，但还是会有所期待。每一年如此，每一年让人伤感。

董依媛正走着，突然看到一个熟悉的身影从二号女生宿舍楼里出来，穿着高跟长筒靴，黑色打底裤，浅色的呢子大衣，围着红白相间的围巾，黄色的大波浪鬈发，化着精致的妆，在昏暗的灯光下，那红唇更加耀眼。这不是陆思涵吗？

第三十二章　争吵

陆思涵挎着前两天刚买的大红包，慢慢走到一个人面前站定，看着那个人，她的脸像绽放的花一样。董依媛借着灯光仔细地看了看，原来是孙天华。这怎么可能啊？！董依媛简直不敢相信自己的眼睛。

没想到陆思涵对着他甜蜜地说了几句话，孙天华在她的嘴上轻啄了一口，陆思涵开心地挽着他的胳膊，两个人向校外走去。董依媛站在原地都看傻了，这是什么情况啊？他们这是什么情况？这是什么时候搞到一起的？

董依媛一个人回到宿舍打开灯，躺在床上感觉屁股疼，这应该是蹦极时安全带扯的。她就纳闷了，孙天华和陆思涵不应该有交集啊。

她左思右想都觉得不对呀，孙天华就是个典型的花花公子，最是不着调。比起陈修赫那种表面上的花心，他才是彻彻底底的花心。就算是沉默寡言稳重的陈小漠也很好啊。这半年的时间，孙天华身边的女伴每次都不一样，而且一个个都长得如花似玉的。陆思涵虽然长得还不错，但是跟他过往的那些女伴相比，简直都不够看的啊！

陆思涵怎么会想到要跟他在一起呢？这么大的学校难道没有男孩了吗？董依媛一晚上都在思索这件事，让她脑子里乱七八糟的，她最终还是决定先跟陆思涵好好谈谈。

第二天一早，她就冒着严寒去咖啡馆上班了，一进到咖啡馆里就感觉暖和多了。忙忙碌碌的工作让她没时间想别的。因为是圣诞节，咖啡馆里更换了主题，凡是情侣来咖啡馆都有买一杯第二杯半价的优惠。

中午，天上飘起了雪花，飘飘洒洒地落在路人的衣服上、头发上。店长丰林突然出现在董依媛的背后，说："你们学校放假了？"

正看着雪花出神的董依媛被吓了一跳，一见是店长，连忙说："是啊，学校里的学生都走得差不多了！"

"那你什么时候回去？"丰林端着一杯水问。

"我啊，不着急，这段时间我全职。等到快过年吧，我家比较近！"董依媛笑着说。

"嗯，好啊。魏纯儿什么时候走的？"丰林点点头，又问道。

"那天刚给你说了之后，第二天就买票回家了！"董依媛又笑了，"我听说啊，她家里人让她早点回去相亲呢！"

"哦，是吗？没听她说啊！"丰林感到很意外。

"这种事情要怎么说啊？她家在外地，家里人肯定要让她找个他们本地的小伙结婚呀！"董依媛分析道。

"一定要找本地的吗？难道你们女生都这么想吗？"丰林今天的话显得非常多，又继续问。

"这个也不一定，每个人的想法都不一样啊。如果两个异地的人互相喜欢，那谁也挡不住啊。关键纯姐现在都没有对象，明年我们都要毕业了，当然要找家里的啊！"既然店长这么好奇，董依媛也就继续说。中午这会儿也不是很忙，大家都轮流着去吃饭。

"这样啊，她在学校都没有追求的对象吗？"丰林的话越问越奇怪，一个念头在董依媛心里闪过，她继续说："应该没有吧，如果有也不会一直是单身了！纯姐真的希望有一个人真心实意地喜欢她！"董依媛说完，立马偷偷去看丰林，不错过他的任何一个表情。看他若有所思又欲言又止的样子，董依媛忙问："店长，你有喜欢的人吗？"

丰林一下子被问得脸红心跳，两抹红云爬上了他的脸，他慌忙说了句："女孩子怎么这么八卦呢！"然后快速地走开了。

有戏啊，她以前怎么没看出来丰林喜欢魏纯儿呢？丰林斯斯文文、彬彬有礼，脾气还挺好，店里谁一有事就立马出面解决，平时也不会批评谁。而且他洁身自好，没有什么恶习，烟酒几乎不碰，是个不错的小伙，跟魏纯儿这种强势的女生在一起也挺般配的。

晚上，董依媛回到宿舍，终于看到了陆思涵的身影。陆思涵买回来一大堆吃的东西，摆满了两张桌子，她见到董依嫒十分开心："嫒嫒啊，你回来了。看我买了一大堆吃的东西。"董依嫒一见她，立刻注意到陆思涵身上又多了几件东西，闪亮的耳坠、新款的羽绒服，还有十分性感的打底衫，身上散发的香水味是香奈尔的山茶花香，给人一种暴发户的感觉。以前每到发工资时她也会这么庆祝，但是没有现在这么豪气冲天。

"哇，买了好多东西啊！"董依嫒赶紧应道。

"这个是给你吃的，这个，还有这个，都是你爱吃的！"陆思涵将午餐肉、薯条、火腿等都放在董依嫒手里。

董依嫒看着这一大堆东西，连同陆思涵身上一系列的变化，就知道这是孙天华买来讨她欢心的。董依嫒实在是忍不住了，放下手里的东西说道："你今天怎么这么奇怪呢？"

"怎么奇怪了？"正在兴高采烈地跟董依嫒分享好东西的陆思涵一下子就不高兴了。

"怎么买这么多东西？"董依嫒指了指她所有新添加的东西。

陆思涵笑着说："最近心情好，就取悦下自己！"

"花了多少钱啊？"董依嫒随口问道。

陆思涵很快从这话中听出不对味了："什么意思？你什么意思啊？花你钱了？"

"没花我钱。"董依嫒平静地说，"我都看到了！"

"你看到什么了？"陆思涵生气地问道。

"你和孙天华，搂在一起，亲嘴！"董依嫒都不知道怎么把这话说出口了。

"对呀！我和他，我们两个好了！"既然董依嫒都看到了，陆思涵索性都承认了，"你也看到了，他给我买了很多东西。我们在一起很好，你不应该恭喜我吗？"

"你跟他在一起，让我怎么祝福你们？"董依嫒声音提高了八个度。

"跟他在一起怎么了？跟他在一起你就不知道怎么祝福了？"陆思涵立马就不开心了，站起来跟董依嫒理论。

"你难道不知道他是出了名的花花公子啊？玩弄过多少女人？莎莎、崔阳、小罗，你不知道吗？"董依嫒痛心疾首地说着孙天华的花花事迹。

第三十二章 争吵

"我知道，我知道他花心，他玩弄别人。但是我不一样，他对我是真心的。"陆思涵听到这些心中一顿，她都知道，他的一切她都知道，可是听别人说和自己知道是两码事。

董依媛见她还是这么执迷不悟，继续说道："他对你真心，他对别的女孩不也都是真心的吗？你看不出他是什么样的人吗？你怎么这么傻？！"

"我就是傻，我就是犯贱。就只能辛子琪和陈修赫在一起，我和孙天华在一起就不行了吗？"陆思涵也发怒了，口不择言地回道，"我知道，你就是不喜欢孙天华，因为他以前捉弄过你。你现在看我跟他在一起，不开心了吗？"

董依媛气得发抖，她好心提醒陆思涵远离孙天华难道有错吗？她的火一下子蹿了上来："你是不是神经病啊？我讨厌他是我的事，跟你有关系吗？我在乎你，我才反对你们在一起，你是猪吗？"

"是是是，我是猪！你讨厌他，在乎我，不希望我跟他在一起，那你有没有考虑过我的感受？我喜欢他，我就愿意跟他在一起，我离不开他！你能把我怎么样？"见董依媛对她不依不饶，陆思涵更加火了，两个人就差没有动手了，将这些年攒下来的难听话都说了出来。

"你简直疯了，脑子被狗吃了吧！"董依媛指着她说，气得在宿舍里走来走去，真想把什么东西砸了泄愤。

"我就是疯了，要你管啊！"陆思涵说着就拎起刚买的包，气冲冲地走出去，将门砰的一声甩上了。

"行行行，我不管，以后被甩了，跟我有什么关系！"董依媛也被气得不轻，见陆思涵走了，她气得坐在床上呼呼地喘气。真是见鬼了，她明明是想劝陆思涵赶紧跟那个花花少爷孙天华分手，结果事情发展成这个样子。她在心中又把孙天华祖宗十八代都问候了一遍。

董依媛不禁在想，她是不是做错了？她们应该心平气和地来说这件事，怎么能将事情搞成这个样子？

已经是九点多钟了，陆思涵现在肯定又跟孙天华在一起，这不是变相害了她吗？心情无法平静的董依媛，正准备给辛子琪打电话，辛子琪的电话就已经过来了。

"怎么回事啊？"一接通电话，就听见辛子琪焦急的声音。

"你都知道了？"董依媛不答反问。

"大概知道了，思涵打电话过来哭得震天动地，我好不容易安慰她找了个宾馆先住下来。到底是怎么回事？她说你骂她，还想打她。"辛子琪大概说了下她知道的情况。

"我是骂她了！"董依媛先承认了。

"啊！为什么啊？"辛子琪吃惊地问。

第三十三章　新年快乐

"她有没有跟你说,她和孙天华在一起了?"董依媛问道。

"没有啊!什么?孙天华?怎么回事啊?"辛子琪一听也非常吃惊,她不相信董依媛和陆思涵会吵架,她俩感情一直很好。要说董依媛跟魏纯儿吵架倒是见怪不怪,但一般吵架也就鸡毛蒜皮的那些小事。

董依媛将事情的经过说了一遍,辛子琪也感到不可思议。事已至此,争吵也起不了什么作用。辛子琪说:"现在已经这样了,我们都不好说什么了,就只能希望她好吧!"

"也是我太冲动了,谈恋爱的人怎么能被人说她不好呢?"董依媛已经平静了下来,"我只希望,孙天华不至于像我想象的那么糟糕!"

"希望吧,不过孙天华真的是不咋地!"辛子琪多多少少也从陈修赫的嘴里知道一些事情。

"那我们就等着吧!"董依媛叹了一口气,无奈地说。

"你早点休息吧,有什么事就跟我说啊!"辛子琪叮嘱了一下董依媛后就挂上了电话。

从那天之后,董依媛很多天都没有看到陆思涵的影子。某天晚上回去之后,发现她的很多东西都拿走了。整个宿舍空荡荡的,就只剩下董依媛一个人,虽然对着几个空荡荡的床位,董依媛也没有想太多,该吃吃该睡睡,白天上班,晚上看电视剧,或者看小说。实在无聊了就拉着别的宿舍的几个人聊聊天。一个多月的日子还算过得充实,难得这么轻松愉快。

转眼就临近过年,董依媛是大年三十晚上回家的,她向咖啡馆请了十天假。想早早过来工作,顺便看看服装的进度。

145

一回家，爸妈已经准备好了年夜饭，一家人就等着她了。

"可算回来了！"她一进门，妈妈就笑吟吟地说。

"老爸，老妈，老哥，新年快乐！"董依媛放下行李箱开心地说。

"都这个点儿了，我一直担心已经没有回来的车了！"老爸也担心地说。

"我回来了，车确实挺难坐的，还好咱家不远！"董依媛一边说一边洗手，"今天准备了什么好吃的啊？"

"很多好吃的，大鱼大肉什么都有！"哥哥见她回来也很高兴。

"那好啊，饿死我啦！"董依媛夸张地说。

"赶紧去吃饭，你妈听你说马上回来，这菜刚刚又热了一遍，再不吃又要凉了！"爸爸赶紧招呼着她吃饭。

一家人全都上了桌，春晚如约而至，虽然大家总觉得过年越来越没年味，但是春晚却年年如期而至，年年还是有所期待。

家里做的饭就是好吃，妈妈的手艺虽然不如外面大饭店的专业，但是吃着让人觉得温暖，就像记忆中小时候最饿的时候吃的一碗面条。从小吃到大的味道，是专属于妈妈的味道。现在就算饿着肚子吃到撑也吃不了多少东西，十道菜，四个人都没吃掉一半，只能放冰箱里，第二天继续吃。

看着这几年来为了自己的学费勤勤恳恳工作的父母，董依媛觉得酸楚极了。哥哥早早就出去工作，平常也会给她零花钱，虽然董依媛每次都说不要，但事后发现哥哥把钱都存到了她的银行卡里。对于家里人的默默支持和关爱，董依媛万分感动和感谢。跟家里人热热闹闹地吃了年夜饭，一边看春晚一边聊天。

说到这一年来家里发生的大事小事，爸爸激动得喝红了脸，他们的小女儿终于要毕业了，以后走向工作岗位，就是个真正的大人了。妈妈也说着她小时候的一些糗事。哥哥虽然小时候常常欺负她，但是长大了就知道保护她、照顾她了。

聊着聊着到了十一点多了，董依媛实在困得不行，就上楼睡觉了。她看了看手机，收到了很多人的短信、微信祝福，她一一回了过去。很多朋友都在朋友圈里晒着自家的年夜饭，董依媛躺在自己的小床上，津津有味地看着。各种各样的年夜饭，种类繁多，吃的时间都不一样。翻着翻着就看到尚夕瑀在晚上十点左右发了一张图片，沙滩上的桌子上摆着各种吃的东西，最引人注目的还是桌子正中央摆着的生日蛋糕，插着二十一支蜡烛，图上配了一段话："生日快乐！"地点显示在夏威夷。

原来尚夕瑀是大年三十出生的啊！之前也听说过他每年都在不同的地方过生日。因为每年都在不同的地方过年，所以每年的生日都在不同的地方过，原来是这样。

眼看着快十二点了，董依媛赶紧在那条朋友圈底下评论："生日快乐，新年快乐！"

接着又守到十二点整给他微信上发了一条消息："新年快乐！尚夕瑀！"

尚夕瑀没有回复。第二天，董依媛一睡醒就打开手机看消息，尚夕瑀依然没有回复她。董依媛懊恼地说："我在期待什么？"说罢，摇摇头就去洗漱了。

这一年的新年过得跟往常一样，回到家董依媛也没什么朋友，老家的小学同学、初中同学基本上已经结婚的结婚，生孩子的生孩子，就算待在一起也没有共同语言。她宁愿一个人待着也不愿出去。

十天时间除了必要的走亲访友，基本上就是在吃吃睡睡看电视中度过，吃得最多的就是臊子面，各种炒菜年年都是如此吃，就觉得索然无味了。长大了之后，你会发现以前向往的假期，让你待不上两天就闲得发慌。但是除此之外，真的没事可做。爸妈每天都有娱乐活动，牌友们聚在一起打打牌。有时候还为一点点小事情就散伙，回来还说着麻将桌上的事：老王玩不起，一输钱就散伙；老李喜欢欠账，到最后清桌都算不清楚账等，也就是一百块以内的小场子。老哥也没闲着，跟着他那群哥们儿打扑克，喝酒吹牛，一玩就是一通宵，第二天接着玩。

很快，董依媛又收拾东西，匆匆去了学校，每天仍旧去咖啡馆上班。回去之后，董依媛发现很多人都变了，新衣服新鞋子，还有新发型，感觉从头到脚焕然一新，好像换了一个人一样。再看看自己，衣服还是以前的衣服，鞋子也还是以前的鞋子，发型就更没变了。不过她也没在意这些，等到毕业了，好好找份工作，从头到脚再换新的也不迟，现在她是一点都不讲究。

董依媛没想到新年之后见到的第一个人不是魏纯儿，不是辛子琪，也不是赵驰，居然是陈小漠。

见到陈小漠出现在咖啡馆，董依媛非常惊讶，这已经是她第三次在这里见到陈小漠了。

"怎么这么早就来学校了？"董依媛好奇地问。

"我家就在这附近,所以没事就喜欢来这里坐坐!"陈小漠解释着说。

"哦,我说呢,怎么会经常看见你。"董依媛点点头。

陈小漠见董依媛就要离开了,赶紧开口说:"今天下班没事吧?我请你吃饭!今天是元宵节哦!"

"好啊,我正想找你问点事情,还不知道怎么开口呢。"这大大出乎了董依媛的意料啊,她本来就打算问问陈小漠关于陆思涵和孙天华的情况,谁知道陈小漠先开口了。

"好啊,我等你下班,我们再聊!"陈小漠爽朗地笑着对董依媛说道。

一下午的时间很快就过去了,六点董依媛就下班了。她从来没跟陈小漠单独出去过,一时间还不知道说什么,倒是陈小漠先开了口:"走吧,带你去吃好吃的。我知道这附近有一家不错的餐馆!"

董依媛跟着陈小漠去了阳阳国际东北角的一家餐馆,点了份双人套餐,还加了一份培根石锅拌饭。饭摆了一大桌,牛排、比萨、沙拉、汤、红酒。这真是董依媛最近一段时间吃的比较新鲜的一顿饭了。董依媛没想到第一个跟她一起吃烛光晚餐的人居然是陈小漠。

虽然意外,但是面对美食,董依媛也就不拘小节了,拿起刀叉就随便用了。见她这么直率可爱,陈小漠笑了笑,也没有出口指正她。

"谢谢你请我吃饭,陈小漠同学!"董依媛端起红酒杯说道。

陈小漠笑着说:"谢什么啊!我们是朋友,叫我小漠就行。今天是正月十五,节日快乐!""好,小漠!节日快乐!"

两个人碰完杯,喝了一口酒。董依媛便开口问道:"小漠啊,你知道孙天华和我舍友陆思涵在一起的事情吗?"

"这件事啊,前几天天华说他想去山东找他女朋友玩,让我跟他一起去,我说我不去。今天听你这么一说,我才知道他的女朋友居然是你舍友!"陈小漠恍然大悟,就说董依媛找自己谈什么呢。

"你也是才知道吗?"董依媛挺吃惊的,"我也不知道他们怎么在一起的,年前我们还因为这件事吵了一架!"

"吵架?为什么吵架?"陈小漠不理解地问。

"我说了你别介意啊!"见陈小漠点点头,董依媛这才继续说,"你知道的,孙天华这个人比较花心,我担心我舍友受伤害,就劝她不要跟孙天华在一起,就为这个吵架的!"

"哦!"陈小漠点点头,也确实不知道说什么好。孙天华名声在外,事实也是如此,真的是挺让人担忧的。但是作为好哥们儿,孙天华还是不错的。

第三十三章 新年快乐

第三十四章　庆祝

"我没有别的意思，你不要多想啊！"见陈小漠有点尴尬，董依媛连忙说。

"没关系，我知道你的意思。"陈小漠笑着，"你担心的事情我能理解。天华吧，比较贪玩，追求刺激，性格就是这样。这些年换过的女朋友数都数不过来。我们都劝过他，没用！我是想着，只要不偷不抢不沾染黄赌毒，就还算好哥们儿！"

董依媛一边听一边点头，觉得他能把他们几个之间的关系看得这么透彻，真的很难得。

"我们几个从小就认识，我虽然平常话不太多，但是什么我都看在眼里。我最近再提点提点他，但是不能说得太过，你明白吗？"陈小漠看向董依媛。

董依媛连忙点头："嗯，明白！明白！我知道你不是当事人，说再多都没有用！我也是没有办法，只能乱投医了！"

"放心吧，只要一有什么情况我就告诉你！"陈小漠能做的也就这么多了，感情的事，关系再好的人也不能过多干预。

"嗯嗯，我知道。谢谢你，小漠！"虽然不能做什么，但是她只要不是最后一个知道消息的就好。对于陈小漠的帮助，她更是感激万分。

"没事，谢什么呀，大家都是朋友！"陈小漠又强调道。不知道为什么，对于董依媛，他总忍不住想要帮助她，更不想让她受到伤害，他也说不清这到底是为什么。

董依媛一个人冷冷清清地过了几天，学校里陆陆续续有学生回来了。陈小漠告诉董依媛，孙天华和陆思涵从山东回来了。犹豫了半天，董依媛还是决定给陆思涵打个电话，很久之后电话才接通。

两个人沉默了有一分钟，董依媛先开口问："你回西安了吗？"

第三十四章 庆祝

"嗯,回来了!"陆思涵回答道。

"那就赶紧回学校吧!"董依媛知道她心里肯定还憋着一口气呢,也不想跟她再纠结那个问题了。

"嗯!"陆思涵轻轻嗯了一声,两个人一时之间也不知道说什么了,陆思涵继续说,"没事我就先挂了!"

董依媛点点头:"嗯,好!"随即挂掉了电话,心中顿时松了一口气。

宿舍里第一个回来的是魏纯儿,她从老家带来了很多土特产,驴肉火烧、咸鸭蛋、刘伶醉,这些全都是当地最出名的特产。

驴肉火烧就跟西安的肉夹馍一样久负盛名,也是河北人日常最爱吃的小吃。游完白洋淀湿地公园,再带回来点咸鸭蛋,才不辜负出去旅游一次。刘伶醉更是有一千多年的历史了,相传"竹林七贤"之一的刘伶因不满当时统治阶层的专权横暴,千里迢迢来到河北省徐水访友张华。张华以当地佳酿款待,刘伶喝了之后,就不能忘怀了。刘伶死后葬在徐水,后来就将这种酒称为刘伶醉。

董依媛先拿了驴肉火烧,魏纯儿赶紧说:"都放了一夜了,是凉的,想办法热热再吃!"

"没事,我一边吃一边喝热水!"董依媛说完就咬了一口,还别说,虽没有肉夹馍那么松脆溢满油香,但是驴肉本身的筋道和火烧的酥脆结合在一起,非常好吃。

"怎么样?好吃吧!"见董依媛吃了第一口,立马开心地吃第二口,魏纯儿问道。

"嗯嗯,不错,我终于吃到正宗的驴肉火烧了!"董依媛连忙称赞。

"那可不,在西安哪有什么正宗的,能有几家就不错了!"魏纯儿听了十分开心,为自己家乡的美味感到自豪,也不枉她千里迢迢地拿这么一大堆东西过来。

"那你可得给丰林尝尝啊!他平时待你也不错!"董依媛立马想到了什么,赶紧说。

"可是我就带了这几个,没多余的了!"魏纯儿虽然有心但是无力啊。

董依媛连忙劝说着:"你下午就把这给丰林带过去,她们一个个都不见得什么时候回来,这东西多放几天也都不好吃了!"

魏纯儿点点头,董依媛说的一点都没错,这本来就隔了一夜了,宿舍里也没个冰箱，再等几天早就搁臭了。"嗯，好，那我下午就拿过去，反正还拿了这么多东西。可惜她们没口福了！"魏纯儿遗憾地说。

"那也没办法，总不能都放坏吧！"董依媛一点都不觉得可惜，这驴肉火烧还是得现做现吃才好，她吃着都硬邦邦的。让魏纯儿给丰林送过去，不过是给他们创造一点相处的机会，她只能做这么多了，希望丰林能够好好把握住机会呀！

"对了，你这次回去相亲相得怎么样了？"董依媛差点忘了最重要的问题。

"就那样呗，见了一两个，感觉都不咋样。反正我也不着急。"魏纯儿撇撇嘴说道。

"哦，这谈对象就是不能太着急了，指望一两面就能知根知底太难了！"董依媛连忙安慰着，"还是要找个互相有感觉，能谈到一起，彼此都了解的人才行，这可是一辈子的大事啊！"

"我这次回来怎么感觉你说话怪怪的？"魏纯儿有点纳闷，董依媛这大道理讲的是一套一套的，让她都有点错愕，这还是她原来认识的那个人吗？

董依媛连忙否认："没有啊，我一直就是这样。行了，收拾差不多了，我们去吃个饭，然后一起去咖啡馆，我去上班，你带着吃的去找丰林！"

"店里那么多人，我怎么给丰店长啊？"魏纯儿又有点犹豫了。

"那你把他直接叫出来得了，然后再说说你什么时候上班！"董依媛脑子一转，就出了个主意。

"那也行吧，反正我还有很多事情要问问他呢！"魏纯儿点点头，觉得这样安排还可以。

"好，那我们快点出发吧！"董依媛拿上自己的手机，快速地换上鞋子。

魏纯儿点点头，也快速地收拾了东西，跟着董依媛一起出门了。

辛子琪第二天就回来了，是陈修赫开车到城南客运站接回来的。她家在陕西安康市的紫阳县。紫阳县名字的由来跟紫阳真人有关系，最出名的还是紫阳富硒茶，大二的时候辛子琪就已经带过了。小吃有洋糖饺子、浆巴馍、酥炕炕、椒盐饼子、油糍等，不过这些她都没带过。小吃种类太多，恐怕她自己都说不全。拿的最多的就是零食，平常在宿舍的时候，辛子琪的零食就没有断过，但令人羡慕的是她怎么吃都吃不胖，属于光吃不胖的人。

说了一大通话之后，辛子琪就说陈修赫邀请宿舍的几个女生一起吃饭，毕竟刚刚过完年，大家都比较开心。晚上陈修赫带着她们去了一家不错的海鲜餐厅，令人意外的是陈小漠也来了，更让人意外的是最后出现的孙天华和陆思涵。

见他们两个人举止十分亲密，最惊讶的莫过于魏纯儿，她压根什么都不知道，没有人告诉她这是怎么回事。她悄悄拉了拉董依媛的袖子，看着她的眼睛，无声询问："这是怎么回事？"董依媛小声说："一会儿回去跟你说！"魏纯儿点点头，尽管满肚子疑问，硬是让她生生给压住了。

陆思涵见到宿舍里的几个姐妹也明显不自在，她都不知道陈修赫居然请了这么多人，还都是熟人，她简直不知道怎么应对。

辛子琪疑惑地看着陈修赫，小声地问："这是怎么回事？不是说只请我们几个吗？怎么还叫了这么多人？"陈修赫眨眨眼睛，笑着摸了摸她的头。见几个女孩大眼瞪小眼，都不说话了，他笑盈盈地说："都站着干什么，快点找地方坐啊！"

陈修赫接着说："大家都点菜啊，今天我们人多热闹。都不是第一次见了啊，我先祝大家新年快乐！"大家已经坐好了，服务员在旁边等着点菜，另一个服务员忙着给他们端茶倒水。

陈小漠笑着说："刚过完年，今天就狠狠地宰这小子一顿，敞开肚子吃！"这么一说立马打破了之前的尴尬，然后他又说道："我先点菜啊，害怕这些女孩子都不好意思。欧洲鲍鱼来一个，小龙虾先上两盘。"

"哇，你小子也太会点了吧！"陈修赫一拳捶在他肩上。陈小漠吃痛："喂，一年到头好不容易坑你一次，要不要这么小气？"

"好啊，我小气，下次你请啊！"陈修赫一听立马就不开心了。

"你俩少嘚瑟一会儿，下次我请客行了吧！"一直没找着机会开口的孙天华这才算是打开了话匣子，他刚一来也被这场面震惊了，该来的几乎全来了，这大大出乎他的意料啊。

不过他很快就知道了，是这俩臭小子安排的鸿门宴啊。不过他才不怕呢，长这么大就没怕过什么。

董依媛和辛子琪两个人接过菜单，全都看了一遍，窃窃私语："这个，这个，看起来好吃！"

"嗯嗯，这个也不错啊！"

"好吃就点啊，我们这么多人呢！"陈小漠笑着说。

第三十四章 庆祝

153

"我说啊,点一份三文鱼刺身!"孙天华大声对着服务员喊道。服务员点点头,连忙输进系统里。

"对了,皇尚什么时候回来啊?"孙天华看向陈修赫和陈小漠。

"快了吧,应该就在这几天了!"陈小漠应着。

董依嫒听到这忍不住抬头看向陈小漠,尚夕瑀快要回来了。

第三十五章　成衣

不一会儿，海鲜上了整整一大桌。看着面前的海鲜盛宴，董依媛心里一阵感叹，这得她打工多久才能赚到，幸好不是她付钱，否则她得多肉疼啊。

"来，我们先干一杯！新年快乐！"陈小漠先站起来喊道。众人纷纷举杯站起来说道："新年快乐！"

随后就开始动筷子，陈修赫看了看众人，最后视线又回到孙天华身上，笑着说："华子，今年开始就是新气象啊，还不快跟大家介绍介绍！"

"对呀，我们都挺好奇的！"陈小漠也应和着说。

孙天华见这两个死党串通一气地让他出头，再看看那边几个女生的眼神，虽然都表现得挺平和，但是他却觉得莫名地发寒。陆思涵这边也是非常期待地看着他，孙天华见推脱不过去，便硬着头皮站起来说："今天我告诉大家一个好消息，我和思涵正式成为男女朋友！"

啪啪啪一阵掌声；陈修赫又说道："你这小子什么时候背着我们找女朋友了？"

"我没有背着呀，我们这是正常发展的！"孙天华立马否定。

"说吧，好了多久了？"陈小漠又继续问道。

"也没多久吧，三个月左右！"一直没有开口的陆思涵，算了算日子小声说道。

"什么？都三个月了！"众人更加吃惊了，这一群人还都不知道怎么回事，他俩就已经在一起这么长时间了。

辛子琪想了想她和陈修赫在一起的日子，两个人互相看了一眼，从对方的眼中看出了震惊，他们在一起也才三个多月。这么说也就是在他们在一起之后没多久，

155

孙天华和陆思涵就在一起了。

"都吃饭吃饭，看着我们做什么？男女之间交往有什么好好奇的！"孙天华说完将坐在自己身边的陆思涵一把搂住，然后给她碗里夹了点菜，宠溺地说："宝贝，吃吧！"

董依媛咽了口唾沫，这真是大大地出乎了她的意料啊，看他们这甜蜜的样子，比起辛子琪和陈修赫之间的眉目传情，有过之而无不及。难道她真的是杞人忧天吗？

一顿饭表面上开开心心，实则宿舍里的每个女生都各怀心事，只不过没人在饭桌上说什么。吃完饭，董依媛和魏纯儿跟他们道了别，就向学校走去。辛子琪刚刚回学校，陈修赫说什么也不让她回宿舍，而陆思涵压根没有要回去的意思。

因为吃得太饱，董依媛和魏纯儿两个人是一路走着回去的。走在路上，魏纯儿道："你是什么时候知道的？"

"就是刚放寒假的那会儿。"董依媛说。

魏纯儿有点不开心了："怎么都没跟我说啊？"

"那会儿因为这事跟她在宿舍大吵了一架，所以就没说了。"董依媛一边走一边说，"现在事情变成这样，你迟早都会知道。"

听董依媛这么一说，魏纯儿也不知道说什么了，她早知道又能怎么样呢？知不知道都没有什么关系，她们都没有办法阻止陆思涵。

"突然感觉我那会儿太冲动了，她这样也挺好的，毕竟谈恋爱会让人快乐！"董依媛只能无奈地叹息了一声。

两个人一路无语，回到了宿舍还是只有她们两个人。魏纯儿这才明白当初为什么董依媛不让她留什么吃的了，原来那会儿她就知道会是这样。这次过完寒假回来，她突然发现大家都变了好多好多，只有她自己什么都没变。

再过三天就正式开学了，尚夕瑀还没有回来。董依媛回到西安后的第二天，正月十二就去找了李师傅，让李师傅加急，赶开学做好第一套成衣，因为成衣做好之后还要手工去做很多东西。李师傅这天打来电话，说衣服已经做好了，让董依媛来取。辛子琪听董依媛这么说也要跟着去看看她的第一套衣服改得怎么样了，陈修赫二话不说就开车载着她们去了文艺路。

三个人一起去了李师傅的工作室，陈修赫跟李师傅打了招呼就坐在沙发上看电视了。

李师傅将改好的衣服拿给董依嫒说:"这套衣服已经做好了,尺寸是你给的尺寸。你先拿回去给你们导师看看,如果后面还有什么地方要改的,你再拿过来给我说。"

董依嫒看着跟自己效果图相差无几的成衣,非常开心,连忙点头:"好的,我知道了,谢谢李师傅!"

"没事,没事!"李师傅笑着说。

"哦,对了。这套衣服的钱还没给呢!"董依嫒突然想到这个问题,连忙从包里拿出准备好的现金交给李师傅。

李师傅收好钱之后,辛子琪这才问道:"李师傅,我的那套衣服您改好了吗?"

"还没呢,你还没说什么时候改,要怎么改。"李师傅将辛子琪的衣服从柜子里拿出来。

辛子琪点点头,她只是寒假之前来过一次,年后还是第一次来:"哦,那现在能做吗?我那套衣服挺简单的。"

"哦,我想想啊!"李师傅看了看自己手头紧要的活,说道,"那行吧,你们要是没事可以在这儿等会。"

"好,那太谢谢了。主要是马上开学了,如果没有进度,实在是说不过去!"辛子琪连忙解释着说。

"那好,你先给我说说,这个具体要怎么改。"李师傅问道。

"嗯,好。我这个版型有问题,裁剪也有问题。我可以给您试试看,您就知道了!"辛子琪一边说,一边将衣服展开,披在自己身上,转了一个圈。

李师傅看了看衣服,再看看效果图,点点头,便已经知道了所有的问题。

"你没什么事吧?"辛子琪看着靠在沙发上昏昏欲睡的董依嫒问。

董依嫒摇摇头说:"暂时没什么,下午六点去咖啡馆!"

"哦,应该差不多,我们赶在六点之前回去!"辛子琪看向正在认真踩着缝纫机的李师傅说。

"嗯,好的!"董依嫒说着就闭上了眼睛。

辛子琪跟陈修赫一边聊天一边看电视,李师傅偶尔也聊几句。时间不知不觉就

第三十五章 成衣

157

到了下午两点半，董依媛一直在睡觉。终于，李师傅将辛子琪的那套女装改完了："衣服改好了，你再试试看？"

辛子琪开心地站起来："好啊，太好了！"董依媛闻声也起来了。辛子琪披上衣服来回转了一圈，衣服长短都合适，版型也贴身，非常对称。针脚细密，拆过线的针孔也都看不到，这让辛子琪非常满意。

"那行，就这样了！今天太谢谢您了！"辛子琪连忙说道。

装好衣服，陈修赫也站了起来："李师傅您辛苦了，这会儿都两点多了，我们一块儿吃饭吧！"

"对，我们一起去吃饭！"董依媛也说着。

"不了，不了，你们去吧。家里还有吃的，再不吃就放坏了！"李师傅连忙拒绝。

"走吧，都这会儿了！"辛子琪也劝说着。

"你们去吧，我快点吃完，还要做别的衣服，你们快点去吧！"李师傅坚持不跟他们出去吃饭。见李师傅坚持不去，三个人拿好东西就下楼了。

"你们想吃什么呀？"陈修赫一边走一边问道。

"不知道啊，好饿啊！"辛子琪看着陈修赫说道。

陈修赫摸着她的头："想吃什么我带你们去吃！"

辛子琪看向董依媛问道："你想吃什么？"

"随便吃吧，能吃饱就行，我不挑食。"董依媛也不太好说什么，作为蹭饭的，只能客随主便。

"那我们随便走走，看看再说！"陈修赫心想还是他做决定吧。

出了李师傅家小区，他们一路向文艺路十字走去，看见了一家装修不错，人还挺多的店，陈修赫二话不说就率先走进去了："就在这家吃！"

"您好，需要点什么？"女服务员见他们进来马上迎上来。菜品就在桌上的点单牌上。

三个人叫了三菜一汤，都是平常喜欢吃的。三个人一边聊天一边吃饭，作为电灯泡的董依媛没有一点电灯泡的觉悟，该吃吃该喝喝，反正吃饱就行了。见吃得差不多了，陈修赫说道："瑀明天就回来了，你可以先让他试试你的衣服！"

"他明天就回来了？"董依媛一听到尚夕瑀的消息，一下子就来了精神。

"嗯，今天下午的飞机，飞回来就到明天了。"陈修赫看着董依嫒说。

"哦，那我还是后天再找他吧，飞那么久肯定很累！"董依嫒想了想说。

陈修赫点点头笑着说："嗯，也对。还是你想得周到！"

吃完饭，陈修赫开车送她们回学校，到了咖啡店的位置，董依嫒就下了车直接去工作了，衣服让辛子琪带回宿舍。

董依嫒上完这一天班就发工资了，她算了算这两个月的工资，有四千多，再加上家里给的钱，除去做衣服的七百，勉强能凑够还赵驰的五千块钱。剩下的一个月只能勒紧裤腰带过日子了，日后还有花钱的地方，她庆幸那个时候迫于无奈来咖啡馆工作了。

第三十五章 成衣

第三十六章 再次伤害

第二天发完工资，董依嫒就给赵驰打了个电话，要请他吃饭。赵驰刚好下午回学校，就约到晚上一起吃饭。

晚上，两个人去了一家不错的火锅店。刚过3月，厚衣服还没脱下来，两个人吃得满头大汗。聊了聊回家过年的小趣事，赵驰过年这段时间又去了浙江一趟，一个月的时间基本上把浙江转了个遍。作为旅游达人，赵驰的钱大部分都花在了旅游上，对于去全国各地，甚至是世界各地旅游，他有着莫名的执着。每每跟董依嫒谈起，她都特别羡慕，但是也只能是羡慕而已，她没有办法像赵驰一样有时间有足够的人民币和一个人说走就走的勇气，总是在羡慕，总是在犹豫。

又聊到开学之后即将要面对的事情，服装制作、论文等，赵驰让她放宽心，再难的事情总会慢慢过去。董依嫒说了些感谢的话，就将准备好的钱递给了他，总算是了结了心头一件大事。董依嫒特别不想欠别人人情，尤其是真心帮助她的人，更别说是钱了，一定要想方设法第一时间给人还了才行。有些钱还得起，有些情欠不起。

"我不是说了嘛，不着急！你怎么这么着急？我又没催你！"赵驰有些无奈地看着她。

"当然是我有钱了才给你呀！"董依嫒理所当然地说，这是她计划了很久的事情。

这钱肯定是东拼西凑出来的，赵驰连问都不用问："那你这个月怎么办？还有钱生活吗？"

"有呢，你就不用管了！"董依嫒撒了谎。实际上她身上只剩下三百多，请完这顿饭之后，就剩一百多了。

"行吧，那我先拿四千，剩下的你下个月再给我！"赵驰二话不说，数出了一千块给董依嫒说。

董依嫒摆手说道："给你你就拿着吧！"

"这次我说了算，就这样了！"赵驰说完就起身去柜台结账了。

董依嫒见他这样连忙又追上去抢着去付钱："说好了我请你吃饭，干什么呢？"

赵驰见她追上来，立马将钱递给收银员，对董依嫒说："你坐着就好了，又没多少钱，等你赚大钱了，再请我吃好的！"

董依嫒无奈地叹了口气，也没再强求，坐回了原位。等赵驰结完账，便跟着他一起回了学校。

临睡前，董依嫒想了很久，还是在微信里给尚夕瑀发了条信息："尚夕瑀，你回来了吗？"我想你了，她在心里默默加上这句话。她这段时间好几次做梦都梦到与尚夕瑀相关的事情，她想她是真的喜欢上尚夕瑀了。从见到他的第一眼，从给他做第一顿饭，从第一次坐他的车，从他们相拥着跳下了高达八十米高的跳台。他每一个眼神，每一句话，都让她心动。每一个瞬间她都深深地记在心里，当然也只能在心里。

过了很久，直到董依嫒以为他不会回消息了，尚夕瑀发来信息："嗯，我回来了！"

"那你早点休息，明天说！"董依嫒赶紧回道。

"嗯！"尚夕瑀回道。此刻的他刚从父母那儿吃完饭回来，洗完了澡，正在擦拭着头发，看到了董依嫒发的信息，就回复了。这段时间他去了美国的很多地方，虽然每年都会去不同的地方，但是今年总感觉哪里有点不一样，他的心一直都焦躁不安，仿佛有什么事情没做一样，让他时时刻刻有一种想立刻回来的冲动，但是他确定他真的没有别的事情要做。就在董依嫒发来消息之后，他的心突然安定了。有个人已经悄悄住进了他的心里，而他却丝毫没有察觉。

看着尚夕瑀的回复，董依嫒说不在乎那是假的，晚上睡觉都抱着手机，脸上的笑容是挡也挡不住的。

见到尚夕瑀的时候是下午，他一回来就跟陈修赫、陈小漠、孙天华还有陈淼一起打球。篮球场上，尚夕瑀不管是身高还是颜值绝对是最最耀眼的那一个。陆思涵

第三十六章 再次伤害

我遇见你是在深秋

拿着衣服坐在一边的休息凳上等着孙天华，董依媛站在辛子琪旁边，不错眼地看着尚夕瑀的投球、奔跑、抢球，每一个动作和表情都帅到极致，引来周围的女同学一圈圈地围观。

刚刚打完球，辛子琪和陆思涵都迎向自己的男朋友，董依媛看向尚夕瑀，尚夕瑀也正好看向董依媛，两个人四目相对。就在董依媛想上前的时候，刘伊琳突然扑上来，把没有准备的尚夕瑀差点扑倒在地，尚夕瑀后退了两步才站住身子。

"瑀，你终于回来了，我真的好想你！"刘伊琳踮着脚抱着尚夕瑀的脖子委屈巴巴地说，"听他们说你在这儿打球，我就过来了，原来你真的在这里，你回来为什么不告诉我？"

"你先放开我！"尚夕瑀不自在地挣脱开刘伊琳的双手，余光又看向董依媛。她正在和陈小漠开心地说着话。尚夕瑀瞬间就不开心了，转过头走向董依媛和陈小漠，他倒是很想知道，他们之间什么时候这么熟悉了。

刘伊琳很尴尬地被忽略了，她的脸瞬间就垮下来了，顺着尚夕瑀的方向看过去，原来是董依媛。又是她，怎么又是她！刘伊琳几乎气得发狂，怒气冲冲地走过去，一巴掌拍向董依媛，每个人都被这突然的一幕吓到了，谁都没有反应过来。就在她的手就要打到董依媛的时候，陈小漠抓住了她的手："伊琳，你想做什么？"此时刚刚站在陈小漠和董依媛面前的尚夕瑀也完全没有料到这突如其来的变故。

"你为什么挡我，你没看见瑀看她的眼神都变了吗？难道你们都不知道她是狐狸精吗？"一巴掌没有拍到董依媛的刘伊琳非常气愤，尤其是被好朋友陈小漠挡住了。

"你在说什么？"尚夕瑀目光冰冷地看向她。

"我说你被这个狐狸精迷住了，你难道不知道你的女朋友是我吗？"刘伊琳歇斯底里地大叫着，完全不顾及在场那么多看热闹的同学。

董依媛愣在当场，又一次在这么多人面前被指责，这次又变成了勾引人的狐狸精。一时之间，只觉得脸蛋发烫，她飞也似的跑了出去。她只是看了看尚夕瑀，她只是听话地来等他。她真的什么企图都没有，只是看了一眼。

"依媛！"辛子琪大叫着追了上去。陆思涵也放下衣服追了上去。

"你太过分了。哎，瑀，你自己处理！"陈小漠想责怪刘伊琳却不知道怎么说，见董依媛难过地跑开，他放心不下，也跟了过去。

"瑀，难道你还不明白吗……"刘伊琳见董依媛走了，一句话还没说完就被尚夕瑀打断了。

"闹够了没有？"

"什么？"刘伊琳没想到尚夕瑀不仅不解释，还来质问她。

"你又一次伤害了她，这是最后一次。"尚夕瑀说完就毫不留情地走开了。

"瑀！"刘伊琳实在没想到几个月没见他，居然一见面就这样对她，让她成为同学们的笑话。呵呵，真是个笑话。

陈修赫见状也不好说什么，也跟着尚夕瑀走了。孙天华面对这种场面更不想管了，女人就是麻烦，不过皇尚确实不对，放着这么漂亮的女朋友不关心，反倒是对那个野丫头十分上心，真是搞不懂。

陈淼上前来，拍了拍刘伊琳的肩膀："别伤心了，你还不知道尚夕瑀的性格？"陈淼叹息一声，"我早说过了，你不听。我们已经……"

"别说了，你别说了！"刘伊琳红肿着双眼，那浓艳的妆几乎都花了。

"好了，我不说了。他们都走了，我们也走吧。你看看你眼妆都花了，这样不好，女孩子哭了就不好看了……"陈淼一边说，一边扶着刘伊琳走开了。事实上也是陈淼告诉刘伊琳尚夕瑀回来了，他们在一起打球，而刘伊琳这段时间一直跟陈淼在一起。

尚夕瑀本来想安慰董依媛一番，却不知道以什么样的立场，他其实也怕面对董依媛，这已经是刘伊琳第二次伤害她了。陈修赫和孙天华跟在他身后走着，尚夕瑀知道他们有话要说，开口说："有什么话就说吧！"陈修赫憋了半天这才开口："到底是怎么回事？"

"对呀，今天怎么这么不对味啊？"孙天华也问道。

"没怎么回事，她这样已经不是一次两次了！"尚夕瑀说的是刘伊琳。

孙天华不可置信地说："难道你真的喜欢上那个姓董的丫头了？"

"没有！"尚夕瑀矢口否认。

"那伊琳为什么会这样？她虽然贪玩，但也是真心爱你的！"陈修赫反问道。

"对呀，都说女人的直觉是很准的。要不然刘伊琳怎么会无缘无故跟疯子一样，简直是可怕！"孙天华这会儿想起来还一阵哆嗦。

"我不知道！"尚夕瑀也很矛盾，也不知道到底是怎么了，他知道刘伊琳是他

第三十六章 再次伤害

从小认识又相处了两年的女朋友，可是他就是见不得董依媛受一点委屈，那样，他就会难受。

"你啊，肯定是喜欢上依媛了，伊琳说得很对，你看她的眼神都不对。"作为旁观者和尚夕瑀的好朋友，对于他的变化，陈修赫一眼就看出来了。

"不可能，不可能！我怎么会喜欢上她？"见陈修赫一语道破，尚夕瑀摇头否认，他很清楚父母喜欢什么样的女孩，喜欢什么样的家世，他们之间不可能。

第三十七章　调侃陈小漠

"出去喝两杯吧，我请客！"尚夕瑀转移了话题，他实在不想再继续谈论这个话题。

陈修赫也不想再纠结这个话题，尚夕瑀现在还没想通，那就不问好了，于是他立马说道："可以啊，我没事！跟子琪说一声就行了！"

"走吧，咱们也好长时间没见了！"孙天华也说道，虽然他不看好董依媛，但是只要是尚夕瑀的决定他都支持。

"漠呢？他刚才也跟着去了？"陈修赫在周围看了一圈也没发现陈小漠的影子。

"不知道啊，那女人的事，他去凑什么热闹？奇了怪了！"孙天华更纳闷了，怎么一个两个都对董依媛那个丫头这么上心？

"谁知道啊？漠似乎和依媛关系不错！"陈修赫想了想说，陈小漠最近跟他说话，好几次都提到了董依媛。

没人注意到此刻尚夕瑀的脸色变了又变，董依媛什么时候跟漠关系好了，他怎么就不知道呢？"给他打电话吧！让他过来！"连尚夕瑀也没觉察到自己的语气差得不能再差，完全不像平时的语气。

"那伊琳呢？"孙天华问道，他还在想着怎么让他们缓和关系呢。

"不用叫她，今天就我们几个人！"尚夕瑀连想都没想地说，他现在最不想见的人就是刘伊琳，简直不可理喻，更不想跟她说话，一句话都不想说。

孙天华撇撇嘴，这几个人都变得这么奇怪，这都是怎么了？

尚夕瑀大步向学校门外走去，孙天华跟着，陈修赫一边给陈小漠打电话，一边跟着走。

到了他们经常喝酒的地方，还是常坐的那个位置，老板一看见他们来了，立刻就迎了上来。点的都是经常点的菜和酒，没一会儿，陈小漠就来了。

四个人很有默契地对下午的事情闭口不谈，聊的都是寒假这段时间的经历。孙天华也坦言，他是在陈修赫和辛子琪确定关系的第二天就联系上了陆思涵，那天喝酒没过瘾，第二天就找陆思涵接着喝，结果一喝就喝出事了。他本来打算就这么不了了之，谁知道有了第一次就有第二次，慢慢地他不想承认都不行了，只能发展到男女朋友关系。而且他觉得陆思涵非常豪爽，说话办事都说一不二，约会也是非常准时，对他也没有太多干涉，他也渐渐地接受了这个事实，于是就出现了后面发生的这些事情。

听完了孙天华的这段感情经历，陈小漠适时说道："华子，你是该收收心了！"

"你看我像是玩的人吗？"孙天华看了众人一圈反问道。

"像！"三人不约而同地说。在这件事情上，几个人都达成了共识。这些年孙天华换过的女朋友，让身边的几个男生都数不过来，他自己恐怕都数不清了。而陈小漠一直洁身自好，有过一段初恋经历之后，就再也没有谈过女朋友，让陈修赫一度以为他性取向有问题。陈修赫是那种表面上对各种女孩都很感兴趣，嘴上爱占点便宜的人。至于倾尽真心还真没有，直到遇见辛子琪，他似乎变成了一个十佳好男人，以前的坏习惯都改了。尚夕玛是天生的王子，但是上天赋予他这么优质的条件，他却对男欢女爱无动于衷，对于他来讲，跟谁在一起都行，只要不麻烦就行。他最想做的事情就是画画，不可能成为毕加索、莫奈、凡·高那样具有划时代意义的画家，起码也要像郭教授那样成为知名的画家。

"漠，现在除了你，我们都是有家室的人了，你也该找个伴了！"陈修赫把胳膊搭在陈小漠的肩膀上语重心长地说。尚夕玛也眼睛一眨不眨地看着陈小漠。

陈小漠连忙摆手说："我啊，不着急，不着急！"

"你该不会真的喜欢我们其中一个吧？"陈修赫见陈小漠这个样子，打趣着说道。

陈小漠立马将陈修赫的胳膊弹开："说什么屁话呢？我性取向很正常！"

"哈哈哈！"孙天华大笑，"除了皇尚长得雌雄莫辨，就属你长得最像女生了！要不咱俩试试？"陈小漠拿起一个喝完的易拉罐就向孙天华砸了过去："你过来试试看！"尚夕瑀和陈修赫一阵大笑。

"她怎么样了？"尚夕瑀到底还是问出了这句话。

虽然很突然，但是陈小漠知道尚夕瑀说的是谁。于是回答："她没事了，她让我把这个给你，她今天就是过来送这个的！"说完将一边放着的袋子递给尚夕瑀。尚夕瑀接过之后看了一眼就放在了旁边的凳子上。第一套衣服已经做好了吗？时间过得真快，再过几个月她们就要毕业了吧？

"这样已经不是一次两次了，估计都习惯了吧！"陈修赫故意这么说道，就是想看看尚夕瑀有什么反应。他用余光注意着尚夕瑀的一举一动，尚夕瑀的眉头皱了皱，也不接话，看起来跟以前没什么两样，难道是他想多了？倒是孙天华无所谓地笑着说："也是脸皮厚，要是搁一般女生还不早羞得不知道怎么见人了！"

没人知道桌子底下尚夕瑀紧紧握着的拳头暴露了他的真实情绪，他仰头喝了一杯闷酒。陈小漠听了非常生气地说道："你呀，嘴巴太烂了。依媛那么好的女生，你没事天天挤对她干吗？"

"有些女生就是天生让人讨厌，我就是不喜欢她！"孙天华懒洋洋地说道，"要身材没身材，要长相没长相，还那么矮，穿的更是朴素得不能再朴素，怎么当女人的，如果不是留着长头发恐怕都没人知道她是女人。"

"人家也没招你惹你啊！"陈小漠见他这样更气愤了，"以后你收敛点吧！"

孙天华立马就不开心了，不客气地说："我怎么就没收敛了？要不是看在我家思涵的面子上，我是连站都不想跟她站一起！"

"你！"陈小漠几乎要被气爆了。

"行了，都少说两句，喝完酒早点回去睡觉，明天就正式上课了！"尚夕瑀拍了拍桌子说。

陈修赫劝着说道："对呀，有什么可吵的，什么事不能好好说！"之前他担心的是尚夕瑀喜欢上了董依媛，现在看样子，陈小漠对董依媛的感情也不浅。

"我算是知道了，自从认识了她们这帮女生，我们就没消停过。"孙天华说完，猛喝了一瓶啤酒，就站起来走了。剩下的三个人情绪都不是很好，简单地说了几句话就散了。这么多年，像这种情况少之又少。

尚夕瑀回到自己的公寓里，打开灯，躺在沙发上，看着天花板想了很多事情。他拿起手机给董依媛发了一条信息："今天没事吧？你哭了吗？"

尚夕瑀发完消息迟迟不见董依媛回复，心烦意乱的他脱了外套，就去浴室洗澡了。出来之后他看到沙发上的那个袋子，从袋子里拿出那套衣服，一件件地穿到身上，穿好后走到卧室里的穿衣镜前，看着镜子里的衣服，不管是做工还是款式都跟效果图里的一样，面料质感也非常好，穿在他身上尺寸也非常合适。不得不说，这套衣服还不错。

尚夕瑀脱下那套衣服换上了宽大的睡衣，临睡前他拿出手机，有一条信息发过来了。他点开微信，是董依媛发来的：“我没事！”

想了想，尚夕瑀回复道：“衣服不错，尺寸刚好！”"那太好了，谢谢你，尚夕瑀！"刚发出去没几秒董依媛就回复了，尚夕瑀看着董依媛回的消息，喃喃自语："她也没睡吗？"

另一边的董依媛，在离开篮球场之后就委屈地哭了，她没想到无缘无故就被骂了。而她根本不想争辩什么，不是她不敢，只是她不想那么狼狈，更不想看到尚夕瑀站在她的对立面。

辛子琪追上来抱着她："你没事吧？别在意她怎么说，你就当被狗咬了！真是的，什么人啊，怎么那么过分！"

随后陆思涵也追了上来："依媛，你没事吧？你放心，这个仇我一定给你报！"陆思涵的眼神中充满了关心，就像当初一样。这几个月，虽然她俩几乎没有说过一句话，但是在最关键的时候她还是出现了。董依媛红肿着眼睛看着她，点点头。

等陈小漠追过来，就已经是姐妹情深的画面了，三个女生紧紧拥抱在一起。

"思涵，你回来吧！"董依媛擦了擦眼泪说道。陆思涵点点头，算是答应了。

"依媛，你没事吧？"虽然觉得此刻说话有点不合时宜，陈小漠还是开了口。看到陈小漠来了，三个人放开了手。董依媛摇摇头："没事了，谢谢你来看我！"

"说什么谢不谢的，我们是朋友啊！"陈小漠见董依媛脸上还挂着泪痕，继续说，"没事就好，她那个人就是那样。我相信你！"

"我相信你！"这几个字深深打动了董依媛的心，被一个男生毫无保留地信任，这让她感到非常兴奋和开心。虽然她没有在行为上做出什么，但是她的心犯错了，喜欢上了不该喜欢的人，今天这样可能也是活该。

第三十八章　惊恐

"我知道，你不用安慰我了！"董依媛感觉自己的手上还有东西，才想到最重要的事情，"你帮我带一样东西给尚夕玛吧！这是我做好的第一套衣服。"说完将袋子递给了陈小漠。

陈小漠接过袋子看了看："嗯，好，我知道了！"

"那就谢谢你了！"董依媛看着陈小漠，给了他一个大大的笑容，仿佛刚才什么事都没有发生过一样。陈小漠笑着说："谢什么呢，看你没事我就放心了。那我先走了，有什么事记得电话呼我！"

"好，我会的！"董依媛笑着跟他摆摆手，陈小漠也笑着对她摆摆手，转身走开。

陈小漠一走开，董依媛她们就向宿舍走去，辛子琪问董依媛："你什么时候跟陈小漠这么熟了？"

陆思涵也好奇地问："对呀，我们都不知道。"

"我也不知道，有好几次都在咖啡馆里遇见他，有次他还帮我解围。"董依媛也不知道怎么说，就那么跟陈小漠熟悉了。

"陈小漠确实不错。"陆思涵想了想说。

辛子琪也非常赞同地说："你可以考虑考虑！"

董依媛感觉头大，连忙说道："你们想太多了，他家条件那么好，怎么会看上我呢？"

陆思涵立马反驳："现在都什么年代了，还看什么条件。只要两个人有感觉就行了！"

"那最大的问题就是，我们没有感觉，我们只是朋友！"董依媛再次强调

169

着说，她跟陈小漠真的就只是普通的朋友，连了解都谈不上，更何况她心里有一个人。

"好吧，不说了，快回去吧！"到了宿舍楼底下，辛子琪拉着她的手说。三人一起进了宿舍。不一会儿，孙天华和陈修赫分别给自己的女朋友打了电话过来，说是晚上要和哥们儿一起喝酒，正巧两个女生也没有出去的打算。这是那天董依媛和陆思涵吵架之后，陆思涵第一次回宿舍。其实那天吃过饭之后，陆思涵就想回来了，但是她没办法说出口，如果不是这次董依媛受委屈，她都不知道什么时候能回来。

宿舍的样子没一点变化，而陆思涵的心在这几个月却百转千回，再次回来心情变了很多。她的决定到底是对是错呢？对于孙天华的为人，她到底了解多少，连她自己也没有把握。

没一会儿，魏纯儿就从咖啡馆回来了，晚上她们几个女生一合计就点了外卖，点了一大桌好吃的，一边聊天一边喝酒。谁知外卖刚到，南荣沐阳居然也回来了。"惊不惊喜，意不意外！"南荣沐阳拖着自己的小行李箱一进门就说道。宿舍里的姑娘都围在一张桌子旁，四颗脑袋一齐看向她。"你不是说明天上课才回来的吗？"魏纯儿忙问道。

"提前说了，哪有什么惊喜啊！"南荣沐阳看着众人的反应心情大好，"哇，你们还叫了这么多好吃的，我还说回来了请大家一起吃饭呢！"

"那太好了，咱们宿舍的人都全了，我们今天好好聊聊天！"陆思涵站起来笑着说。

"好啊！"南荣沐阳放下自己的东西，一边收拾床铺一边笑着说。寒假两个多月没见面，几个女生攒了一肚子的话，一边吃喝一边聊天，聊到凌晨两点多才迷迷糊糊睡着了。当尚夕瑀的信息发过来的时候，她们还正在聊天，三个人很有默契地对于下午的事情闭口不谈，毕竟在篮球场的只是少部分人，更何况还没正式开学。有些事情只要自己放下，就真的是放下了。

第二学期正式开课了，这是大四最后的一个学期了。除了紧张的毕业设计，更重要的是就业问题，很多学生在寒假就已经找到了公司去实习。

董依媛的第一套成衣款式已经通过，后面就是进行面料再造，加入中国元素。第二套服装也在紧张的制作之中。

第三十八章 惊恐

"呕，呕！"一阵阵干呕声从卫生间传来，哗哗啦啦，冲水过后，陆思涵从卫生间里走出来。

此时正是中午，宿舍其他女生都要吃饭了，董依媛出门买了一趟东西就带饭回来吃了。一见陆思涵出来，董依媛停下吃砂锅的动作抬头看向她，见她嘴唇发白，脸上也没什么血色，感觉很虚弱的样子。

"你怎么了？这几天不舒服吗？"董依媛担忧地问。

"没事！可能是有点累吧！"陆思涵一边擦嘴一边走着，直接倒在了床上。

"中午吃什么？我打电话让子琪给你带？"董依媛走到她床边问。

"不了，我好像没什么胃口。最近吃什么吐什么，头还发晕，应该是感冒了吧！"陆思涵摇摇头，虚弱地说。

"那这样怎么能行呢？要不去医院看看？"董依媛伸出右手放在了她的额头上，左手放在了自己的额头上，"嗯，不烫，没有发烧！"

"不想去，不想动！"陆思涵感觉自己特别难受，怎样都不舒服，心里也烦躁得很。

见她这个样子，董依媛眼睛一转，立马问道："你例假多久没来了？"

陆思涵一听，闭着的眼睛猛然睁开了："例假？你是说怀孕了？"董依媛点点头，看她这个样子很像孕期反应。

"不可能吧！"陆思涵摇摇头，"我才一个月没来，以前也有过这种情况啊！"

"要不我们买试纸看看？"董依媛也不太确定，建议道。

"唉，也是疯了。如果是怎么办？"陆思涵捂着头，反问道。"看这个就是以防万一！不是那就最好了。"董依媛将自己的想法说了出来。

"好吧，你说得对。可是怎么办？我没买过这个东西。"陆思涵一想也对，但是对于要买的东西就有点难堪了。这就像小时候去买卫生巾一样让人难为情，生怕被别人看到，总是遮遮掩掩的。

"我也没有过啊，确实挺让人难为情的。"董依媛转而一想说，"你买杜蕾斯的时候就不尴尬吗？"

"哎呀，你别说了，丢死人了！陪我一起去买好吗？"对于这种事情，天不怕地不怕的陆思涵也难为情了。

"唉，好吧！"董侬媛沉重地叹了一口气，这种"第一次"居然是奉献给了别人，真是啊。

吃完砂锅土豆粉，处理了垃圾，董侬媛问陆思涵："那我们什么时候去呀？"

"当然是晚上啊，这件事你可千万不要告诉别人啊。保密！"陆思涵压低了声音说道。

不知道为什么，她有预感，这次估计真的中标了。天哪，她越想越害怕，这该怎么办？要不要告诉孙天华？他知道了会是个什么反应？这么想着想着，她居然睡着了。一觉醒来已经是下午六点多了，这期间孙天华打了很多的电话，她都没接到。犹豫到底要不要回过去，想了想，还是算了，等结果出来再说。

陆思涵下床整理好衣服对董侬媛说："我们走吧！"

正在进行面料再造的董侬媛说："等下啊，我把这些绣完！"这套衣服除了造型的大胆创新，还加入了中国风元素，董侬媛采用刺绣和贴花的方式把两者融为一体，将山水图刺绣于服装上。

"你们要去哪里啊？"一边画漫画一边听歌的辛子琪连忙问道。

"出去一趟啊！"陆思涵有点心虚地说。"带我一起吧，这会儿正是饭点，我们一起去吃饭吧！"辛子琪停下手中的笔说。

"哦，你不去找陈修赫吗？"陆思涵反问。"他啊，今天约了朋友去玩，可能要到晚上才回来。"辛子琪撇撇嘴说。这几个月几乎都跟陈修赫朝夕相处，偶尔看不见他还真有点不习惯，真的是可怕。

"哦，这样啊。"陆思涵不知道怎么办了，难道跟她说我不想你去吗？"子琪，你就在这儿安心画画吧，我们一会儿带饭给你。我们要先去小寨一趟，回来才吃饭！"董侬媛赶紧插嘴说，她知道只要是太远太麻烦的事情，辛子琪一定不会去。

"啊，这样啊，那我就不去了，还要去那么远。你们记得回来给我带吃的啊！"辛子琪一听，果然不去了。她就喜欢小范围活动，大范围的活动除非是有必要，做好充分准备她才会去。

陆思涵默默地松了一口气，说道："好啊，想吃什么，给你带！"

"随便吧，你们吃什么就给我带什么吧！"辛子琪无所谓地说。大家在一起住了将近四年，肯定都知道她的喜好。

董依媛快速地收拾好做了一半的衣服，整理了一下自己的衣服，拿上包就和陆思涵出门了。

"刚才真是吓死我了，我都不知道怎么说了。"一出宿舍，陆思涵就对董依媛说道。

"你啊，是太紧张了。平常的你，一两句话就能摆平一切！"董依媛无奈地摇了摇头。

"可能是吧，最近感觉自己的思维都迟钝了。"陆思涵叹口气，转而更加心事重重，"怎么办呢？我真的怕！"

"唉，先看看再说吧，我们先去药店买试纸！"董依媛也不知道该怎么办，这要是真的，就太难办了。

第三十九章　意外

两个人去了一家离学校远点的药店，进门之后随便看了一圈，见这会儿还没有什么人，董依媛撞了撞陆思涵，陆思涵装作若无其事的样子说："有测孕纸吗？"

"有。请问要什么规格的？"女店员见怪不怪地问道。

"就差不多的就行了！"陆思涵说道。

女店员转身在放女性用品的位置，拿出了一款试纸，说："那就这款吧，价格适中，质量也还可以！"

"那行，就这个，多少钱？"陆思涵直接就拿了。店员说过价钱之后，付了钱两个人就快速出去了。

"这个东西要怎么用？我们不能在宿舍里！"陆思涵已经将东西装进包里了，不过又开始担忧了。

"那我们找一间公共厕所吧，然后看说明是怎么用。"董依媛赶紧出主意。

"嗯，好！"

就在附近的十字路口找了一间公共厕所，两个人进了同一间，按照使用说明上画的图一步步操作，等陆思涵有了尿意之后赶紧测试。没一会儿就出了结果，试纸上真的是两条红杠。陆思涵吓得手哆嗦着将试纸扔在了地上，大哭起来："啊，怎么办？怎么办？真的，是真的。我居然怀孕了！呜呜呜……"

"你冷静点，别哭了，小心外面的人听到！"董依媛压低声音劝说着，然后捡起掉下去的试纸赶紧拍了一张照片，完事直接将所有用过的东西扔进垃圾桶，"走吧，我们先出去再想办法！"董依媛拉着陆思涵往外走去。

陆思涵现在什么办法也没有，只能跟着董依媛出了公共厕所。走了一会儿，董依媛说："赶紧给孙天华打电话，看他是什么意思。"

"这个孩子不能要,不能要!"陆思涵喃喃地说。

"你想清楚了?"董依媛问道。

"难道你想让我生吗?不可能,我的人生才刚刚开始,我还在上学,我还没有机会去外面看看,怎么能要呢?"陆思涵一阵失态之后,坚定了自己的想法。

"那也得告诉他啊,他自己做的事就要负责任!"董依媛也坚持自己的态度。

陆思涵听完冷冷地说:"哼,男人就是下半身思考的动物,你让他负责?开什么玩笑!"

"你?"董依媛不明白了,既然是互相喜欢,为什么不能真心相待?

":我没说错。你之前反对我们在一起的原因我知道,我也清楚他是个什么样的人。这种事情他会负什么责任?我不过是他众多女伴之一,充其量只是时间长一点而已!"陆思涵自嘲地笑了,笑容苦涩,眼角隐隐闪动着泪光,看着让人心疼。

"那你?"董依媛看陆思涵这样,忍不住问。

"为什么?我也不知道为什么?也许是为了那些奢侈品,也许是想找个有钱的男朋友,谁知道呢?连我自己都不明白!"还没等董依媛问完,陆思涵自己先说了,她是那样清楚地知道一切,却选择什么都不知道,任由自己残破毁灭,是因为什么?一种叫爱情的东西的挑衅?董依媛自己也迷茫了,爱情,到底是什么?

"走吧,我们回去吧!明天陪我去医院吧!"陆思涵挽着董依媛的胳膊向前走去,她的步伐那么坚定,那么优雅,仿佛刚才的慌张、恐惧、失魂落魄都不复存在了。董依媛借着路边昏黄的灯光看到陆思涵闪着泪光的眼角,忍不住地心疼。

晚上回去,陆思涵就在网上预约了一家妇科医院,董依媛第二天向咖啡馆请了假,陪着陆思涵做了全套的检查,根据主治医生的推荐,选择了最佳的手术方案,前前后后各种检查、化验以及治疗、手术费用,花了五六千。还好陆思涵这段时间存了不少钱,否则真的连这些费用都付不起。

这些天,孙天华的电话陆思涵一个都没有接过。她知道孙天华从没爱过她,而她自己也一样,两个人不过是各取所需、逢场作戏罢了。天下没有不散的筵席,这段放纵的感情是时候结束了。

虚弱不堪的陆思涵整整一个星期没有上课,这段不该有的感情不光是身体上的伤害,更是心理上的伤害。她什么人都不恨,路是自己走出来的,后果也由她自己一个人承担。在这段感情里,她是有私心的,忘不了一个人,就应该重新接受另

第三十九章 意外

一个人，这就是她的私心。这四个月的时间里，她也快乐过，笑过，拥有过很多东西，这已经足够了。

对于陆思涵突然的反常行为，大家觉得奇怪，也不敢直接问她。董依媛告诉她们，陆思涵跟孙天华已经分手了，至于原因她也不清楚。这是她俩之间的小秘密，她会一直保密下去。

剩下的两套衣服董依媛已经全都弄好了，老师对于版型也很满意，露出了肯定的笑容，鼓励她接下来要更加努力。这段时间她一直在进行最后的面料再造，去咖啡馆的频率也没有开始那么高了，还好是兼职，也不用担心什么。

大家的服装设计都已经进入最后的修饰创意阶段，魏纯儿的针织设计没那么复杂，再搭配上合适的饰品和风格统一的鞋子就完成了。辛子琪每天要不停地在布料上扎出面料肌理来，耗时耗力，跟董依媛的刺绣相差无几，这段时间她也很少出去跟陈修赫约会。陆思涵自从元气大伤之后，也将注意力转移到了礼服设计上。她以前想着这件衣服会是自己的婚纱，想法是好的，要实现却很难，丝网绣花的工艺就差强人意，整个礼服不是那种纯白，而是有点发黄，造型也不尽如人意，她找的裁缝也是非常便宜的那种，所以做工也不行。南荣沐阳的设计风格跟她的气质一样，简约大气，全都是长款设计，面料和做工全都是最好的，花的钱也不少。

"气死我了！真的是气死了！"上完星期四的课，辛子琪难得有空，就约陈修赫一起去吃饭，出去还没一个小时，就又回到了宿舍，脸上是从未有过的伤心和愤怒，满脸通红。

"怎么了这是？"魏纯儿吃着自己刚做好的鸡蛋饼夹咸菜问道。

"怎么办？我想分手，分手！"将自己扔到床上，辛子琪一边说着，一边痛苦地哭了起来。

陆思涵正在摆弄自己的那套婚纱，停下来问道："到底是怎么回事啊？你们两个不是好好的吗？"

"不好了，已经不好了！"辛子琪哭着说，"他今天对我态度冷淡，想跟他吃饭，他居然说他有事叫我自己去。"

"他有事嘛，是你自己想太多了吧？"魏纯儿安慰着说。

"今天不一样，他接了一个电话后，就突然说让我自己一个人去的。其间我拉他的手，他都避开了！"辛子琪想着刚刚发生的事情，只觉得万箭穿心，她怎么也想不到陈修赫有一天会这么对她，而且变得这么快。

两个人一听，也不知道说什么了，这明显是有大问题啊。"到底怎么回事啊？"魏纯儿也纳闷了。

"等依媛回来让她问问其他人吧！"陆思涵只能想到这个方法了，可不巧的是，董依媛上完课就回了家，她哥哥要结婚了，她要回去三四天。

"那这几天就别见面了，好好做设计吧！"魏纯儿说道。

"我只给他一天时间，如果还是这个样子，我们就彻底分手！"对于感情的事，再糊涂的辛子琪也有自己的原则，她不可能无休止地等下去，也不能原谅他不说一句话的冷漠。

初夏的夜晚，微风阵阵，空气清新，星光璀璨。操场和明湖都是学生和老师夜晚最喜欢遛弯放松的地方。走在这些地方，感觉心都静下来了，所有不开心的事情都淡忘了。操场上的学生们，要么躺在草地上聊天，要么三三两两散步，要么在健身器材上锻炼，也有情侣在操场上看星星看月亮。

尚夕瑀和陈小漠两个人在操场上一边跑步一边聊天，操场上的学生都被高颜值的两个人吸引了。他俩已经在操场上持续奔跑八圈了，两个人的步伐还像开始那样均匀，气息也还算稳定。每一年体育测试期间，晚上奔跑锻炼的学生都特别多。在规定的四五分钟之内，男生跑一千米，女生跑八百米。每次测试完都会有不及格的学生，大家一跑完就瘫在操场上，上气不接下气，更有甚者，直接就吐了。操场一圈四百米，每次一到考试，学生们都恨不得生出一双翅膀。学生们对于上体育课都产生了前所未有的恐惧，体育测试如同地狱，而这都是长期不锻炼身体的结果。

正跑着呢，尚夕瑀的手机响了起来，他拿出手机一看，是郭教授。尚夕瑀停了下来，接通了电话："喂，郭大大。"

"叫我叔叔！"郭教授无语了，不过他也没有执着于这个问题，继续说，"你的几幅画都已经入围了，不出意料的话，那幅画会是这一届的冠军！"

第三十九章 意外

第四十章　试衣

"你是说那幅画？"尚夕瑀问道，脑子里立马就想起董依媛当模特时画的那幅画。创作的过程历历在目。

"对呀，就是那幅少女图《热爱》，这幅作品一旦获奖，你的绘画生涯就又上了一个高度，保研的名单里肯定会有你的名字……"

"郭叔叔，我还有事先挂了！"尚夕瑀赶紧打断他对未来的畅想。

"好吧，你有事先忙吧！我就只是告诉你这个好消息！"郭教授还打算继续说下去，被打断的他也很无奈。这个得意门生好不容易年纪轻轻就可以有这么大的成绩，他能不感到骄傲自豪？

"先别告诉我爸啊！"尚夕瑀赶紧说道。

"啊？可是，我已经说了！"郭教授第一个打电话通知的不是尚夕瑀，而是他的好兄弟，毕竟这算是一个给自己长脸的好机会。

"算了，那就这样。我明天请您吃饭！"说完尚夕瑀就挂掉了电话。

陈小漠在旁边也隐隐约约听到了，但看见尚夕瑀的表情又感到很奇怪："怎么了，能够获奖你不开心吗？"

"没什么！"尚夕瑀摇摇头，并不打算告诉陈小漠什么。当初那幅画本就是一时兴起画的，但是却耗费了他整整两个月的时间。偶然被郭教授看到，这才有了参展这回事。当时为那幅画的名字绞尽了脑汁，本打算玩玩，没想到还入围了，还得到了这么大的肯定。他现在又后悔了。

"你不说我就不问了，你在油画上的天赋是有目共睹的，好好努力吧，未来的大画家！"陈小漠拍着尚夕瑀的肩膀笑着说。

"你这小子，埋汰我呢，什么大画家，我们还不都是一样！"说着，尚夕瑀打了陈小漠一拳。

"怎么能一样呢？"陈小漠这就不赞同了，"人和人天赋不一样，你的作品我们都是有目共睹的。我呢，当初要不是你，也不会学画画，以后能在雕塑领域混口饭吃就不错了！"

"瞎说什么？雕塑系要求有多严格我能不知道？"尚夕瑀不同意陈小漠的说法，他可是知道的，雕塑系每年招生不超过三十个。

"行了，不说这个了！我们还跑吗？"陈小漠赶紧转移了话题。

"再跑两圈，回去洗澡睡觉！"尚夕瑀说完就率先跑了起来。

"好，那我们比赛吧，最后这两圈！"陈小漠也跟上去跑起来，说完立刻加快了速度。"还没开始你就先跑了。"尚夕瑀没反应呢，就被陈小漠超了过去。

"你腿长，得让着我！"陈小漠一边跑一边说。

尚夕瑀加速奔跑："想得美！"很快，操场上刮过一阵阵清风，两个人不分上下，一会儿你在前，一会儿他在前。很多正在奔跑的男孩，一见他们加速，不自觉也都开始加速奔跑，整个操场进入比赛模式，一旁漫步的女学生则赶紧让开跑道，观看他们比赛，场面好不热闹。

尚夕瑀跑完步回到公寓，洗了个热水澡，想起郭教授说的话，陷入了沉思。第二天一早，他就做出了决定。

等董依媛从家回来，辛子琪已经跟陈修赫分了手。这几天，陈修赫一直在给辛子琪打电话，辛子琪都没有接，后来索性将陈修赫的微信、QQ、电话全部都拉黑了。她告诉自己不能心软，绝不能。

董依媛立即给陈小漠打电话询问情况，陈小漠告诉她，陈修赫的初恋女友回来了，现在来找他了。董依媛立马就怒了："那他到底是什么意思？"

"这个我也不知道，他俩是从小一个院子玩泥巴长大的。具体什么情况我也不清楚。"陈小漠只知道这么多了，"那我这两天找机会问问他。"

"嗯，那就麻烦你了，小漠！"董依媛点点头感谢地说。

"没关系，刚好我想问华子和你舍友到底是怎么回事？"陈小漠接着问道。

"这件事我也不太清楚，他们分手了！"董依媛不想说太多。

"好吧，我知道了。难怪他最近又换了几个女朋友！"陈小漠了然，看来华子注定只能是个花花公子。

第四十章 试衣

挂了电话，董依媛看着辛子琪说："我们去找他！"

"找他做什么？"辛子琪停下手中的活看了她一眼，然后继续做衣服。

"找他算账！"董依媛霸气地说，这一帮都是些什么人，难道就没有一个好的吗？

"算了吧，多一事不如少一事，我们马上毕业了。分手了也好，免得以后再分开！"辛子琪摇摇头说，她这几天想得很清楚了，他们之间存在着太多的问题。她马上就要毕业了，要面临择业的问题，而西安根本没有服装设计的生存市场，留在这里肯定要失业。而陈修赫还有一年的时间才毕业，难道他们要异地恋吗？这不现实。更何况，她不觉得自己有多么优秀值得陈修赫等待，就当这是一场青春的葬礼。

董依媛头大了："你们怎么一个两个都这样？""你就别管了，他们的事情他们自己解决！"魏纯儿开口说道，"都是成年人了，子琪有自己的想法！"宿舍里四个人都非常忙碌地做着自己的衣服，董依媛叹了口气也去做自己的事情了。

董依媛的衣服已经在做最后的调整和细节处理，导师让她将模特带来试衣服。董依媛迅速给尚夕瑀打电话。此时的尚夕瑀正在上文化课，看到是董依媛的电话，先挂断，之后又发了一条信息。

"怎么了？上课着呢！"

"啊，上课啊。一会儿有时间来我们工作室吗？老师让你来帮我试衣服！"董依媛只能感慨她的不凑巧。

"那你等会儿吧，我上完这节课就过去！"尚夕瑀想了想，回复道。

董依媛给张甜说了情况之后，就等着尚夕瑀过来。

尚夕瑀一下课就给董依媛打电话，按照她的提示向服装系工作室走去。董依媛站在六楼电梯口，一见他出电梯，立即迎上去开心地说："你来了啊！"

"嗯！"尚夕瑀点点头。"跟我来！"董依媛带着尚夕瑀走向工作室，尚夕瑀一进门，立即引起全场的关注，有好些人都认识他，冲着他打招呼，尚夕瑀礼貌地笑了笑，跟在董依媛身后走到了张甜身边。

董依媛开心地给张甜介绍道："老师，这就是尚夕瑀。我的男模！"

张甜上下打量了一番尚夕瑀，点点头："嗯，各方面条件都不错，去试衣服吧！"董依媛拿着自己的衣服拉着尚夕瑀去更衣室换衣服。董依媛站在帘子后面，尚夕瑀进了更衣室里面。不一会儿，尚夕瑀喊道："你进来！"

董依媛问："啊，怎么了？"

尚夕瑀闷闷地说道："这件衣服我不知道怎么穿。"

董依媛点点头："哦，我看看！"她在做完成衣之后略微改动了一些。董依媛走进更衣室，看见衣服卡在尚夕瑀的脖子上，下半身还没穿裤子，用一件衣服挡着。董依媛一阵尴尬，红着脸说："你低点，后背转过来。"

尚夕瑀转过背，半蹲着身子，董依媛将衣服一层层拉开，纽扣解开，衣服瞬间就套了在他的身上。董依媛把裤子递给他道："这件也穿上！"

尚夕瑀大囧，为什么自己不先穿裤子呢？董依媛帮他整理好衣服，拿着他换下的衣服走出了更衣室。尚夕瑀随后出来在穿衣镜前看了看，见没什么不妥，就跟着董依媛来到张甜面前。

张甜转过身来，其他同学的目光瞬间也被吸引了过来。黎盼盼和赵曼也慢慢走过来。张甜围着尚夕瑀看了一圈，这才说："衣服袖子有点宽松，再紧一些，下摆过长了，到膝盖上面就差不多了，后面可以保持不变。"董依媛一边点头，一边做着笔记："好！"

黎盼盼和赵曼看着尚夕瑀身上的衣服也频频点头。

张甜开心地说："整体效果很不错，再换下一套衣服。"

一连换了三套衣服，张甜提出了要修改的小细节，末了对董依媛说："看得出来这几套衣服你是下了功夫了，再好好完善就好了！还有，你的模特选得非常不错！"

董依媛点点头："谢谢老师的肯定！"心里也乐开了花。开玩笑！这是她千辛万苦淘来的宝贝，也是连续打扫了一个学期的屋子才换来的，而且设计灵感都是源自他，这些衣服都是为他专门设计的。

见老师看完了所有衣服，尚夕瑀赶忙换回自己的衣服，准备去上课。每到第二学期，都会有结课考试，搞不好就要挂科，他可不想大四的时候还要补考。"谢谢了！"站在更衣室外，董依媛小声地说。尚夕瑀笑了笑，真是个傻丫头。不过看到她在老师面前畏畏缩缩的样子，确实挺可怜的，能帮到她，这种心情也不错。

"你的学生一个比一个厉害！"尚夕瑀一走，赵曼就对张甜说道。

"这都是慢慢打磨出来的！"张甜见自己的学生被夸，非常开心，但说话也非

第四十章 试衣

181

常低调。不过她说的也是实话，一开始的时候，董侬媛和辛子琪两个人确实让她操碎了心。

"那几套衣服都挺不错的，设计感强，中西融合也非常自然，很特别的服装！"黎盼盼也忍不住说道。

"这一届学生整体都还不错，不过有的学生确实挺让人担忧的！"张甜看了一圈，又想到那个已经半学期没来的学生，虽然沟通了很多次了，但现在还是连面都没见到。

第四十一章　原谅

上完课，董依媛接到尚夕瑀的电话，说她好久都没过去打扫公寓了，董依媛想想也是，回宿舍放了衣服就去了尚夕瑀的公寓。

到了尚夕瑀的公寓门口，门是开着的，董依媛刚进去换上鞋子，就听到尚夕瑀的声音。

"你要找的人来了！"尚夕瑀一边说一边看着董依媛。

董依媛抬头一看，这才看到尚夕瑀旁边还站着陈修赫，有点不明白地问道："你找我做什么？"

"你能帮我吗？"陈修赫看到董依媛立马上前抓住她的衣服，情绪非常激动。

董依媛不明所以，被他的举动吓着了："我能帮你什么啊？"

尚夕瑀一把将董依媛拉到背后："你见她激动个什么劲啊，你自己做的事情你自己不能解决？"

"现在我的电话、微信、QQ全都被子琪拉黑了，就算我换个电话打给她，只要一开口她就挂了。我也试着去学校里找她，可根本找不到！"陈修赫无措地说道，"我现在真的是没办法了！"

"那也是你活该！"董依媛不客气地说道，说到这个就来气了，一个两个的都不是东西。尚夕瑀看到董依媛一副尖酸刻薄的样子，一阵好笑，没想到这丫头损起人来也这么狠，他就坐在一边看两个人怎么唱这出戏吧。尚夕瑀悄悄坐回了沙发，眼睛一眨不眨地盯着他们两个看，董依媛这个样子要多可爱有多可爱。对，是可爱！

"是我活该！"陈修赫失落地说，"是我自己没有处理好我们之间的关系。"

"你是说你的初恋女友吗？怎么，没有复合，就又想来找子琪了？"董依媛听到他忏悔的话无动于衷。男人啊，真是太贪得无厌。

陈修赫急忙解释着说："不是那样的。当时她刚从国外回来，就来找我了。我真的没想跟她复合，但是因为一些事情，我不得不陪她玩几天！"说到最后他又沉默了。这都是以前留下的恶果。

"因为什么事情？那你为什么不跟子琪说清楚？"听到这，董依媛更加不理解了，难道情侣之间还有什么事情是不能说的吗？

"唉，我说不出口。我害怕她误会。"陈修赫叹了口气。

"有什么说不出口的，无非就是以前你们一起睡了，然后现在你们又搞在一起了！"董依媛冷笑着。

"没有，没有！你们不要误会，这次我们什么都没有发生，只是去了我们小时候玩过的地方，然后她就又去外地旅游了！我们已经说清楚了，以后彼此都只是朋友，祝对方能够找到最终的幸福！"陈修赫见话已经挑开了，索性就全讲了。陈修赫的初恋杨辰和陈修赫从小一起长大，他俩比尚夕瑀和刘伊琳的关系还要亲密，是从记事起就在一块儿玩的好朋友。上高中的时候他们确定了恋爱关系，直到高三毕业发生了关系，等陈修赫上大学的时候，杨辰却被父母送去了国外上学，此后一年多的时间还一直保持着异地恋，直到大一的暑假她没有回来，谈了一个外国籍的男朋友，两个人便分手了。

"可是你不知道，她用你的手机还给子琪打过电话，说你爱的人是她，而且你们已经在一起了！"董依媛这才说，如果陈修赫没有撒谎，那么就是这个叫杨辰的女孩故意要搅黄他们这对情侣。

陈修赫翻了翻自己的手机："是哪一天啊？我这里的记录太多了，我没注意！"

董依媛也摇摇头："我也不知道，子琪没有说。"

"那现在怎么办？"陈修赫又苦恼了，他就说怎么突然之间什么都变了，让他都摸不着头脑。他开始也气得不轻，他不知道子琪一个人受了这么大的委屈，都是他的错，他疏忽了。

陈修赫立马给杨辰打了一个电话，好半天那头才接通了："亲爱的，你这么快就想我了吗？"

"杨辰，你简直太过分了。为什么要给我女朋友打电话？我告诉你，你是不可

第四十一章 原谅

能拆散我们的。像你这种坏女人是不会幸福的！"陈修赫说完这种对女生来说绝对算得上是恶毒的话就挂掉了电话。他真的是太生气了，费了很大力气才追到的女朋友就因为她一个电话搞没了，而他自己就跟一个傻子一样，这多么憋屈。

一会儿，电话又响起来，陈修赫一看是杨辰，立马接了电话。

"陈修赫你个王八蛋，你才这辈子都不会幸福呢。哼，我就是故意，谁让你比我过得好！"这个杨辰骂完也挂了，害得陈修赫准备了一大堆脏话就是没处发泄："天哪，这个死丫头，下次再见到她非掐死她不可！"

"行了，你一个大老爷们儿跟女孩子生什么气，赶紧想办法补救吧！"尚夕瑀看到陈修赫那个气急败坏的样子心里快要笑死了，表面上还假装一本正经地教训他。

董依媛和陈修赫这才看到，尚夕瑀不知道什么时候就已经坐到沙发上去了，还悠闲地喝着水。董依媛瞬间感觉他们两个就像演戏的一样，尚夕瑀是那个搬个小板凳认真看戏的人，看到高兴处还喝彩。董依媛气得快步走到尚夕瑀旁边，拿过他刚刚喝过的水咕咚咕咚灌进嘴里，还别说，这么久了说得口干舌燥的。总算顺了一口气的她，也坐到了舒服的沙发上。

陈修赫也跟着董依媛坐到了沙发上，瞬间觉得自己刚才有多傻，有多激动。他也想喝口水解解乏，不过却找不到水杯子。这才想到，刚才董依媛用了尚夕瑀的杯子，他呆愣地看向董依媛，再看向尚夕瑀。

董依媛见陈修赫像看怪物一样看她，连忙问道："怎么了这是，你看我干吗？"

见这俩人都没有反应，陈修赫刚刚抬起的手放下了："没什么，赶紧给我出主意吧，我现在是一天都不能没有她！"

"什么办法你自己想，我只能帮你见到她！"董依媛想了想说道。她觉得陈修赫犯的错没有那么严重，如果他们彼此相爱，这点问题也就不是问题，谁还没有个过去，谁还没有个懵懂的初恋？

"真的啊，你愿意帮我啊？那太好了！"没想到董依媛还愿意帮他，陈修赫开心得不得了，"太谢谢你了！"陈修赫开心地抓住董依媛的手连连弯腰，搞得董依媛都不好意思了。

尚夕瑀连忙站起来，拨开他的手说："你也别高兴得太早，原不原谅你还是辛

185

子琪说了算!"

"对呀,毒舌说得对!"董依媛也表示赞同,一不小心连这个绰号都叫出口了。一出口就后悔了,余光扫见尚夕瑀阴森森的目光,董依媛立马改口:"夕瑀说得对!"

"好,我知道了!放心吧,我一定会挽回琪琪的!"陈修赫忽略掉董依媛和尚夕瑀之间的互动,他现在只关心他和辛子琪的事情。

三个人又说了一会儿,制订了一个完美的挽回计划。

第二天晚上,董依媛带着宿舍的几个姐妹一起去外面吃饭,吃完饭就回了宿舍。刚到宿舍楼底下,就看到了一群人围在一起看着什么。董依媛拨开人群过去看,宿舍的女生都跟了上来。地上是各种颜色的蜡烛围成的一个圈,中间更是用红色的蜡烛摆成了"I LOVE YOU"(我爱你)的字样。董依媛四处看了看,果然在不远处看到了尚夕瑀和陈小漠的影子。突然音乐响起,对面一个穿着大白玩偶服的人走向了辛子琪,围着她随着音乐跳起了舞。

辛子琪被突如其来的一幕吓傻了,呆呆地站在原地看着这个扭着屁股踢着腿的大白。一首曲子快要结束的时候,大白直接将辛子琪公主抱起来原地转了一个圈。众人一片震惊,接着开始喝彩。辛子琪被吓得大喊大叫,对着大白又抓又拍:"啊,放开我,放我下来!"宿舍里其他几个女生刚准备上前,董依媛赶紧制止了她们。

这时,大白将头套拿了下来,露出了原来的面目,原来是陈修赫。其他女生一脸震惊,都看向董依媛,董依媛笑着摇了摇头。

"是你?"辛子琪以为这就是个校园活动,没想到是陈修赫,她立即生气了,"放开我,你这个浑蛋!我跟你已经结束了!"

"子琪,你听我说,那一切都是误会!"陈修赫焦急地说。辛子琪听了这话连忙从他怀里挣扎了下来,"我不听,我不听。你什么都不要说!"

见辛子琪这么不管不顾,陈修赫一把抱住了她,直接亲了上去。围观的同学都惊讶得睁大了眼睛。董依媛也没想到陈修赫这家伙居然这么生猛,连连带头喝彩,引得周围响起噼里啪啦的掌声,羞得辛子琪立马不出声了。见辛子琪终于静了下来,陈修赫直接单膝跪地,连忙道:"子琪,我知道这段时间你受委屈了。给你打电话不是我的意思,我和她之间清清白白什么都没有发生。自始至终我爱的人都是你。我愿意在全校同学面前发誓，如果我说一句谎话，就让我下辈子投胎做一只猪！"本来以为很深情的话，结果后面是这样，全场立刻大笑，辛子琪也忍不住笑了起来。

董依媛这个时候也大喊着："子琪，他说的是真的。当时打电话我都录了音，现在放给你听！"董依媛将手机举高将音量放到最大，放出了陈修赫和杨辰通话的录音，清清楚楚地听到杨辰说她是故意这么做的。当然，董依媛这一招也是跟尚夕瑀学的。

辛子琪听完录音看向陈修赫："是真的吗？"

"是真的。不管我过去喜欢过谁，跟谁在一起过，但是现在，我只爱你一个人！"陈修赫深情地看着她，一字一句地说，最后大喊道："辛子琪，我爱你！"

"哇！"围观学生一片震惊，连住在她们宿舍楼两边楼上的女生也看了过来，人群大喊着："在一起，在一起！"

"你快原谅他吧！"陆思涵也大喊着。这时人群又一齐喊："原谅他，原谅他！"

辛子琪点了点头，陈修赫开心地再次将她抱了起来，转了一个圈。

北斗七星，在天空中异常闪耀，今夜注定是个不平凡的夜晚。因为有了身边的人，她的生活更加多姿多彩。

第四十二章　服装展示

已经到了5月中旬，大部分学生的服装已经完成，距离毕业只剩下一个多月的时间。这段时间要准备布展、时装秀、论文答辩等杂七杂八的事情，挂科的学生还要补考，这一切都将影响最后的毕业证书和学位证书。

服装系里先组织一次整体摸底汇展，要统计整个系到底有多少套衣服，都是什么样的衣服，还有什么要改进的地方。这次也召集了全校所有服装表演班的学生来展示服装，男装比较少，都是学生自己找的模特。汇展前一天，同系的一个学生找到董依媛，想要尚夕瑀也帮她试衣服。董依媛知道尚夕瑀的脾气，但是碍于同学的关系只好给尚夕瑀打了电话，尚夕瑀连听都没听完直接拒绝了。董依媛也很尴尬，只能说抱歉。

汇展当天，所有大四学生都在为表演做准备。教室里十分混乱，模特们手忙脚乱地穿着衣服。每位同学都很忙碌，衣服多如山，但是丢了任何一件都不得了，这都是设计师们的心血。

每一个组都已经排好了顺序。董依媛的衣服被排在创意组的第一个，时间紧迫，董依媛急得满头大汗，衣服、鞋子、裤子都需要更换。可是问题来了，三套衣服都是为尚夕瑀量身定做的，一个组的衣服都需要同时展出，如果等尚夕瑀换完了第一套衣服，再换第二套第三套时间肯定来不及。"老师，我们这里有问题！"董依媛只能向张甜求救了。

"什么问题？"张甜走过来问道。

"三套衣服没办法在这么短的时间里穿完！"董依媛拿出了剩下的两套衣服说道。

张甜想了想说："换一套衣服大概需要多久？"

"怎么也要三分钟的时间，因为还需要脱！"董依嫒回想刚才穿第一套衣服的时间。

"还有其他男模吗？"张甜四处看了看，有限的几个男孩都已经穿好了衣服，三套衣服除了穿在不同模特的身上，根本没有办法同时展出。其他设计男装的同学也问了相同的问题。

张甜立马出去跟几位导师和主任商量了，没一会儿又进来了，焦急地说道："设计的男装，在一组里能展示几套就展示几套，剩余的我们最后统一再看。"

董依嫒点点头，如果从最开始出场，到最后还能再换一套衣服。张甜又对她说："你的第二套衣服跟着第一套衣服最后的一个出场，时间没问题吧？"这跟董依嫒的想法不谋而合，她点点头："好！"

张甜转而又对小舒说："你的第二套跟在依嫒的第二套后面出场！"小舒听完点点头。

很快展示秀正式开始，第一组是休闲组，第二组是针织组，第三组就是创意组。随着音乐响起，模特们组好队形，踩着猫步自信地上场了。没有灯光摄影，也没有T台，整场秀就在服装系的楼道里进行。作为第一次展示，所有的老师和学生都非常重视。辛子琪的三套服装是等前面展示完服装的女模特走回来再换上。每展示完一组服装，女模特们又要回来换上另一组还没展示的衣服。整场下来，女模特们要来回换十几次衣服，时间紧迫，又热又累，换衣服也就没有那么多顾忌了。所有人的关注点只在服装上面，不会有时间关注哪个模特穿了什么颜色的内裤，什么款式的内衣，关心的只是换完衣服哪条丝带不见了，哪双鞋搞丢了。

随着时间的推进，很快就到了创意组。音乐一变，负责进场的老师一个动作，尚夕瑀就走了上去。尚夕瑀其实从来都没有上台走秀的经验，只是这几天晚上临时在家里看了几场时装秀，练习了走路的节奏和表情，至于好不好他真的不知道。难得董依嫒这么信任他，从来都没有问过他能不能行，会不会搞砸了。虽然心里也紧张，但是表面上什么也看不出来，有的只是脚步坚定，一个节奏一个节奏地向前走，再转一个弯回来。站在一旁的董依嫒其实比尚夕瑀还要紧张，她怎么就没有问过尚夕瑀到底会不会走秀？但是看到尚夕瑀从容稳定的表现，看不出有什么问题，董依嫒特别开心。尚夕瑀走路本来就自带气场，此刻众人瞩目，身材优势尽显，将这套中国风与现代时尚元素相结合的服装展示得非常棒。

几乎所有的老师和学生眼睛一眨不眨地看向尚夕瑀，不光是他的外表，更重要的是他穿衣服的感觉。两个主任不自觉地点点头，在表格里写着什么。

尚夕瑀很快走过了展示区，几乎是被董依嫒拉进换衣室的。一进来，董依嫒就快速地扒着他的衣服，那样子简直像是对待一只要褪毛的公鸡。脱完上半身衣服连忙换上第二套服装，整理好衣摆，董依嫒松了一口气："好了，搞定！"时间刚刚好，尚夕瑀直接走了出去。小舒那边也手忙脚乱地帮男模特换好第二套衣服，男模特整理好衣服踩着节奏也走了出去。

一首音乐结束，另一首又响起。礼服组的展示董依嫒也没时间去看了，又匆忙帮尚夕瑀换上了第三套服装，不过这次就从容了许多。换完衣服，她赶紧将前两套衣服整理好放进袋子里，又小心翼翼地将尚夕瑀自己的衣服整理好，放在一个隐蔽的地方，这才拉着尚夕瑀出门看其他组的服装展示。

几百套衣服款式风格各异，有学生直接将戏剧里出现的元素运用到服装上了，颜色丰富，造型千奇百怪。要说平淡的，也只有职业装组了。这是服装定义上的限制，不是设计者的问题，学生们也是尽可能地发挥了自己的创造力。

最后是所有男装的展示，也是风格各异，造型大胆。有的男模穿着拖地的长裙，有的穿着编织的草鞋，还有拿着一根魔法棒的。不过这一届的主题风格或多或少都采用了中国风，总会在每套服装里找到中国元素，这也是最大的亮点。

一场初秀下来，每个人都累得人仰马翻的。从准备到转场，再到展示，最后整理服装，场地恢复原样，感觉跟打了一场仗一样。

回到宿舍，董依嫒趴在床上，呼出一口气："累死了！"

辛子琪躺在床上说道："是啊，累死了！"

董依嫒舒了一口气，翻过了身子，看着头顶的床板："终于结束了这一天！"

辛子琪的肚子发出了"咕咕"的声音，这才想起来还没吃饭："天哪，我到现在都没吃饭呢。"

董依嫒也不接她的话，自言自语小声地说："想想这一年可真难。"她终于一步步走到现在了，再坚持一个多月，她就真的毕业了。

魏纯儿突然说道："你们知道张颖吗？"

陆思涵点点头，看向魏纯儿："嗯，当然知道，她的衣服很有特色啊。"

魏纯儿继续说:"听说她当初做的衣服被副主任骂得很惨,站在雨里淋了一下午。我们看到的作品,就是她后来重新做的!"南荣沐阳也叹息着说:"也是够她受了,要知道他们导师可是李艳呀,她是出了名的严格,今年对于这个系主任她是势在必得。"

魏纯儿叹息一声:"可怜我们这一届的学生了。"

南荣沐阳笑着说:"李艳和吴茜她们两个谁也不服谁,后面指不定还会继续掐架!"

"还好,我们这次做的衣服没让我们怎么折腾,无非就是在面料上下了功夫!"作为另一个副主任吴茜组成员的魏纯儿继续说。

辛子琪见她们又开始老生常谈了,赶紧打断了说:"好了不讨论了,我们去吃饭吧!我饿!"

陆思涵摇摇头说:"我们就不去当电灯泡了,你和你家赫去吧!"辛子琪嘟起嘴不满地说:"你就天天恶心我啊!"

董依媛也附和说:"你们两个刚刚和好,抓紧机会好好谈谈感情!"

"我们已经和好了!"辛子琪对她眨眨眼说道,转而又吼道,"行啦,行啦,别说他了,他今天没空的。你们到底去不去啊?"

"啊,我怎么把这件事忘了。天哪,我得赶紧去!"董依媛突然叫起来,立马翻身坐起,连忙收拾好东西,将自己也快速整理了一番。

陆思涵见她一惊一乍的样子,连忙问道:"什么事啊?"董依媛一边收拾一边说:"我要给毒舌做饭啊,他今天帮了我大忙。"说完就立刻出去了。

"真是的,那么有钱不会自己叫外卖吗?"陆思涵不满地说。可是她的话董依媛已经听不见了。

"人啊,最悲惨的事莫过于爱上了一个不该爱的人!"魏纯儿叹了一声气。辛子琪立刻来了精神道:"你是说尚夕瑀?他们?"魏纯儿想了想说:"我想尚夕瑀应该还是喜欢媛媛的吧!"

南荣沐阳:"但是别忘了,他还有个好了两年的女朋友呢!爱情啊,会让人冲昏头脑的。不说了,去吃饭!"她这样一说,几个女生才缓缓动起来。

第四十三章　分手

"在哪儿呢？快点来学校大门口的展览馆。"上午十点多，董依嫒还在被窝里迷迷糊糊地没睡醒，尚夕瑀的电话便来了。

"啊，去那儿干什么呀？这次又是什么展览啊？"这段时间学校几乎每个星期都会有不同的展览，周末布展，周内开展。绘画界大师个人作品、水彩、国画、油画、主题绘画等等，一有重大展览，各个学校的老师会带学生一起来看展，还有考前艺考班的老师学生也会来，还有一些艺术爱好者。可以说是吸引着绘画界所有人的眼球。

"你来了就知道了，现在是十点二十二，等你十分钟！"一听董依嫒那个懒洋洋的声音，尚夕瑀就知道她肯定还没睡醒，索性什么也不说了，用一贯命令的方式说完就挂断电话。"喂，怎么还是十分钟啊？我现在还没起床呢！"董依嫒这句话只能对着空气说了。

董依嫒在心里骂了他一百多遍，最终还是不得不快速起床，谁让现在是最用得着尚夕瑀的关键时刻呢。在尚夕瑀这一年的呼喝下，董依嫒居然能在十分钟内完成穿衣服洗脸刷牙、简单化妆这些过程，整个动作简单利落，一气呵成，堪比军人速度。这让人不得不惊叹：尚夕瑀调教人的本事真是炉火纯青。

董依嫒一边跑一边给尚夕瑀打电话："喂，你在哪里等我呢？"

"怎么那么笨，在展览馆里！"说完，尚夕瑀就又挂了电话。

谁笨呢？她这是害怕时间不够提前跟他确定位置，就算差几分钟也没什么事。虽然心里是这么想的，她还是加速跑到了展览馆。

喘着气进了展览馆的大厅，努力张望一圈，才在二楼看到尚夕瑀的身影，董依嫒也顾不上看一楼的画作，直接奔上了二楼，一上去才发现同学们都在看一幅画。

董依媛凑到尚夕玛跟前拍了拍他的胳膊,尚夕玛回过头来也没说什么,又看向这幅画。只见四个保安站在画的两边阻止所有想上前接近触摸画作的人,可见这幅画的珍贵和特殊。这幅画是一张素描人物肖像画,画的是中华人民共和国的第一位国家主席——毛泽东主席。这是黄土画派创始人刘文西的代表作品,是被印刷在第五套版人民币上毛泽东画像的原作。难怪会警戒这么严格,就算是一般大师的作品也要小心保护,更何况是艺术殿堂级别的人物。画上面写着"97年4月2号完稿"。

董依媛对照着一百元人民币仔细地看了这幅画的细节,感觉这真是一件奇妙又有意思的事情。跟尚夕玛看完了二楼又去了一楼,最后又到地下一层。

整个展览馆有四层高,每年的毕业作品展都在这栋楼里布展,引来无数人的参观。记得有一年的毕业展览,陆思涵和董依媛围着一组作品看了一下午。那是影视动画系专业六名同学搭建的艺术模型——《清明上河图》。真实地还原了《清明上河图》的一草一木,生动形象,连城墙下的青苔都做了出来,还有农民挑的担子里的生肉等细小的东西也做得形象逼真。她们去看的时候,学生们还在做一些细节的处理,整组作品就是一个微观世界。她们从这一头看到了那一头,反反复复地看,直到辛子琪看完了展馆的所有作品来找她们的时候这才出了馆。而那组作品当时还上了新闻。

看完展览,尚夕玛又带着董依媛去吃饭。上次吃饭还是在过年前,这次衣服已经换成了短袖短裤,董依媛穿着白色连衣裙,扎着高马尾,看起来十分精神。这次是在学校食堂里,想象一下跟校草级别的大帅哥一起吃饭是什么感觉,一进门就是焦点,坐下来之后周围也是议论纷纷。这顿饭吃得董依媛是忐忑不安,董依媛小声说:"以后你就不要跟我一起吃饭了。"

"怎么了?"听到董依媛这么说,尚夕玛抬头问她。"大家都知道你是有女朋友的人,这样对你不好!"董依媛小声解释着说,她真的是怕这种舆论压力了。

"哦!"尚夕玛只说了一个字就不再说什么,继续吃着盘子里的饭。

这时候电话突然响起,是刘伊琳,尚夕玛犹豫了一下,还是接了电话。电话那头,刘伊琳开心地说:"亲爱的,你在公寓吗?"

尚夕玛回道:"我没在。"

刘伊琳笑着说:"我知道你不在,我在呢,你什么时候回来?我给你买了很多好吃的!"

第四十三章 分手

193

尚夕瑀随口应道："哦，我还有一会儿呢。你饿了你先吃。"

刘伊琳一改往日的脾气，乖巧地说："好的，我知道了。"

尚夕瑀挂断了电话，董依媛问道："是你女朋友吧？"尚夕瑀点点头，放下手中的筷子，擦了擦嘴，说道："你好好吃吧，我有事先走了！"说完，站起来看了一眼董依媛就走出了食堂。

董依媛看着他的背影，回过头来叹口气，她就知道跟尚夕瑀一起吃饭都是奢侈的。闷着头随便扒拉了几口饭，董依媛也出了食堂。

餐桌前，刘伊琳将吃的一点点拿出来，油不小心蹭到了手，转身去茶几上拿纸，余光瞟到沙发上的抱枕下压的速写本。她擦了擦手，左手拿了一个蛋挞，坐在沙发上，右手将速写本拿了过来，吃了一口蛋挞，翻开第一张，接着第二张、第三张，蛋挞瞬间掉在了地上。每一张都画着董依媛，撒娇的，生气的，认真的……上面还标注了日期。

刘伊琳直接将速写本扔出去，立即打电话给尚夕瑀。

刘伊琳怒吼道："你告诉我，你是不是喜欢董依媛？"

尚夕瑀也生气了："你胡说什么？"

刘伊琳真的是失望极了："我都看到了，你的速写本里画的全都是她。这个狐狸精到底是怎么勾引你的？"

尚夕瑀二话没说，立刻挂断电话，向公寓跑去。

刘伊琳失声痛哭："她有什么好，啊？喂，喂！"

刘伊琳气得摔了手机，从董依媛一出现尚夕瑀就变了，变得更加冷酷，更加让人捉摸不透，变得更让她难以接近。她真的要发疯了，这种感觉让她恨不得要杀了董依媛。她不停地在公寓里转圈，突然，她想到了什么，找到那本速写本，将它拿在手里，一页一页撕掉，撕碎。一边撕，一边说："既然你口口声声说你不爱她，那我就先把这个毁掉。"

刚撕了几张，门砰的一声打开了，尚夕瑀气喘吁吁地跑回来了。

尚夕瑀气急败坏地说："你在干什么？"

刘伊琳的眼睛通红，手里拿着撕了一半的速写本，笑得近乎疯狂："我不管什么董依媛，还是陈依媛，你必须是我的。"

尚夕瑀居高临下地看向她，眼中的冰冷更加瘆人，他从未用这种眼神看过刘伊琳："给我放下！"

刘伊琳见他已经盛怒，虽然害怕，但是仍然不服输地说："不给，你说你到底爱她还是爱我。你怎么能变心呢？我们从小一起长大，你去哪儿我就去哪儿，你怎么可以这样对我！"说着说着又声嘶力竭地哭了。尚夕瑀见她这副样子更加生气了："我怎么对你了？你不要无理取闹。"

刘伊琳看着手中的速写本，越看越觉得扎眼："你看看，这画得多美，你何时给我画过这样的东西？"

尚夕瑀走过去一把将刘伊琳手里的速写本抢过来，刘伊琳反抗，被他用力一推，摔倒在地板上。虽然尚夕瑀一直很冷酷，但是却很好相处，几乎什么都会顺着她。即使是前几次那样，尚夕瑀也只是说说她，事后也没找她算账，更不会像现在这样跟她争辩，这是他第一次跟她翻脸。尚夕瑀慌忙捡起被她撕烂的纸片，看也不看她一眼就回到自己的书房。这是刘伊琳第一次见到尚夕瑀因为一件事表现出慌张的样子，居然是为了这些碎纸。他拉开卧室的窗帘，坐在阳台上小心翼翼地放好这些碎片，然后一点点地拼凑。

刘伊琳突然站在他后面："你现在连哄都不愿意哄我吗？"

尚夕瑀平静地说道："我们分手吧。"

刘伊琳虽然一直在等他说这句话，但是在他这句话脱口而出后她还是十分震惊："什么？你终于对我说分手了！为什么？"

"没有为什么！"尚夕瑀也不看她，仍旧一片片地拼凑着。刘伊琳看到这样的尚夕瑀，更加绝望，从十五岁开始她就喜欢他，他像是天上的太阳一样耀眼，万众瞩目，她跟他做朋友，她总是在他身边叽叽喳喳不停地说，而他总不说话。后来有一天他终于答应了她的告白，虽然她一直知道尚夕瑀不喜欢她，也不喜欢其他女生，他需要她来当挡箭牌。但是没关系，她是他名义上的女朋友，这样就足够了。但是董依媛的出现打破了这种认知，她惊恐地发现了尚夕瑀的变化，他对董依媛的不同。她每一次的咄咄逼人都是为了挑战他，她以为他会发怒会打她骂她，但是没有，现在他终于说出了他最后的宣言。

"我告诉你，尚叔叔是不会同意的。"刘伊琳绝不服输。

尚夕瑀抬头，风轻云淡地看着她说道："他同不同意是他的事，和我没关系。"然后又低下头，说出这些话的时候，尚夕瑀终于松了一口气。

第四十三章　分手

刘伊琳看着他这个样子，大步向前，夺过了那本速写本，想扔出窗外，却掉在了阳台上——窗户是关着的。

"你会后悔的。"她大喊一声，转身摔门而去。

尚夕瑀赶紧捡起速写本，眼神复杂地看向刘伊琳离开的身影。他终于说出口了，这句话憋在他心里很久了。

刘伊琳出了公寓的门就给陈淼打了一个电话："出来陪我喝酒！"

第四十四章 孙天华落水

晚饭后，董依媛和陆思涵还有魏纯儿在湖边散步，微风阵阵吹来，董依媛的白色裙子随风飘舞。三人在湖边的栏杆旁停下来，看着湖面波光粼粼的景色，这种天气不冷不热，正是最舒服的时候，让人感到十分舒畅。

"贱人！"突然传来一个男生的声音。三人转过头，看见对面走来一男一女，明显就是冲着她们来的。陆思涵几乎在一瞬间就知道了这是谁的声音，这几个月她一直深居简出，避免与他遇见。她见这段时间都没有撞见，以为再也不会遇见，看来她还是大意了。

"怎么？看见我怕了吗？"孙天华看着陆思涵不言不语的样子嘲讽道，"贱人就是贱人！"

"喂，你说什么呢？少在这儿乱吠！"董依媛见他咄咄逼人，也还嘴骂着。

孙天华气急，上前一把将董依媛拨到一边："好狗不挡道！这里没你什么事，给我闭嘴！"又居高临下地看着陆思涵："我问你话呢！"

"华哥，这是什么情况啊？"跟在孙天华身边的那个女生也一脸蒙。

董依媛虽然站在一边，但是嘴上没闲着："你还没看出来，你的华哥来找别的女生算账了！"

"闭嘴！"孙天华狠狠瞪了一眼董依媛，又看向那个女生说，"你先回去，我在这里有些事要处理一下！"

"好吧。"女生有点失落，随后又说道，"那你早点回来，晚上我等你！"说完就一步三回头地走了。傻子都能听出这话什么意思，那女生也是故意这么说的，她当然看出了气氛非比寻常，不借机提醒众人他们的关系那才是对不起自己。

"我们走！"见那个女生离开了，陆思涵也立马转身离开，董依媛和魏纯儿当然跟着她走。

　　孙天华赶紧挡住她们的去路，孙天华用力抓住陆思涵的胳膊，迫使她看向他："想去哪里？今天要是不把话说明白，哪里也不许去！"

　　"我们之间已经结束了，真没什么可说的了！"陆思涵低下头，无力地说道。

　　"你知道我这段时间是怎么过的吗？你以为你一句结束了就可以吗？你是谁？凭什么？我的损失谁来偿还？你说啊！"孙天华怒不可遏，一双喷火的眸子瞪向陆思涵，恨不得把她生吞活剥了一般。饶是站在一旁听着的董依媛都吓了一跳。魏纯儿始终没有说话，她根本不知道怎么回事，连他们什么时候分手的都不清楚。这么看来，浪子孙天华似乎很不甘心。

　　陆思涵看着孙天华说："对不起！现在你已经有了新女朋友，那就好好珍惜吧！"

　　孙天华更加愤怒了："对不起有什么用，你怎么那么狠心，不说一句话就走了。你难道不知道我是真的喜欢你吗？"最后这句话声音都哽咽了。天哪，孙天华居然真的喜欢陆思涵，这大大出乎了董依媛的意料。

　　陆思涵奋力地甩开孙天华的手："我想你应该清楚，我们开始就说过，不谈情不说爱，在一起只为开心！"

　　"难道你真的就没有对我动过心吗？"孙天华追问道，因为爱，所以恨。他现在的怒不可遏，只是因为当初动了真感情。"我不知不觉已经爱上你了。你为什么这么狠心，连话都不说一句就分手？为什么？在你眼里我什么都不是吗？真的就那么不堪吗？"

　　"我们已经过去了！"陆思涵不为所动地说道，"你值得拥有更好的人！"

　　"不可以！你是不是已经有了别的人？你说，你告诉我他是谁，看我不宰了他！"孙天华一想到这么久的时间里她跟别的人在一起，就更加失控。

　　"你不也和别的人在一起吗？别傻了，过去的就让它过去吧！"陆思涵见他这样也过意不去，她没想到孙天华居然动了心，她一直以为他浪在花丛中，而她只是其中一朵。但是她绝不会心软，就算是喜欢也摆脱不了他的本质，他可以分手之后再找一个，或者两个，甚至三个。

　　"那不一样。我现在心里只有你，我忘不了你！"孙天华为自己辩解道。

　　"你今天喜欢这个，明天喜欢那个，你的话还是跟现在在你身边的女生说吧！"陆思涵说完就准备离开，转过身背对着孙天华说道，"我再告诉你，我从来都没有喜欢过你！"

她说完就大步走开了，董依嫒和魏纯儿见状也连忙跟了上去。陆思涵真是太酷了，太霸道了，太帅了。董依嫒在心里高兴着，但又看向陆思涵的脸，她的泪水却一滴滴地从眼眶流出来，其实她的心里也是有他的吧。

"嘭"的一声，突然有人喊道："跳湖了，跳湖了，有人跳湖了！"董依嫒连忙回过了头，只见水面上激起一团水花。董依嫒大叫一声："天哪！"陆思涵和魏纯儿转过头来，只见有两个人已经跳下去救人了。

陆思涵吓得忘记了哭泣，连忙向那边奔跑过去，大喊道："孙天华！孙天华！天华！你有没有事？你快点上来啊！"

不一会儿就看到三个人游向了浅水区，她们三人也立即跑上前去，见孙天华和其他两个男孩喘着气上岸了，围观的人也聚拢到这边来。陆思涵喊道："孙天华，怎么样？你有没有事？"

"没事，没事，我只是想下去凉快一下！"孙天华看着围观的学生说道。说完转过头对着两个男孩笑着说："谢谢你们啊，没让我在咱们明湖游一圈就把我拖上来了！"

"好吧，那你接着游啊。我们还以为你想不开呢！"两个男孩互相看了看，觉得自己多此一举，还真滑稽。

围观的人一看也没啥事，就纷纷散开了。"走吧，快点回去换衣服！"两个男孩一身狼狈地快步离开了。孙天华对着他们的背影道："谢谢啊！""谢什么啊，打扰你游湖了！"任谁都知道这是一句玩笑话。

见所有人都离开了，陆思涵她们也准备走，孙天华这时说道："其实你心里也有我，对吗？否则，你刚刚也不会那么紧张！"

"以后别再干这种傻事了，幼稚！"陆思涵看他一副狼狈的样子，转身走开。

"孙天华，你赶紧回去换衣服吧！"董依嫒对他大声说道，然后也跟着离开了。没想到孙天华居然是这种人，刚才她也被吓坏了，还好明湖的水不是很深，那两个男孩也及时地把他捞起来了。以前她偶然听陈小漠说起他们的事，孙天华什么都会，就是怕水，不会游泳。

孙天华看着陆思涵离开的背影，咧着嘴笑了。冷风一吹，他也觉得自己十分滑

第四十四章 孙天华落水

稽，居然为了一个女人就跳湖了。刚刚那么说，不过是对着众人掩饰罢了。他从小到大最怕的就是水，根本就不会游泳。不过，与湖中的水和鱼亲密接触之后，他清醒了很多，站起身来，狼狈地抖落着一身水向前走去。

他追求的到底是什么？爱情？女人？金钱？权力？这些问题他以前都没有好好想过，只要自己开心就对了。什么人让他开心他就喜欢，让他不开心他就不喜欢，就是这样。这次与死神擦肩而过之后，让他的一颗心沉了下来。他在心里问自己：到底要过怎样的人生？

第四十五章 毕业论文

这次上课，张甜一来就宣布了一件大事："我们毕业论文的要求是，5000字以上，图文并茂，不得抄袭，内容格式规范。"小文连忙问："老师，论文到底要怎么写？写什么内容？"

张甜打开自己的笔记本电脑说："关于论文格式，我会在群里发上一届的论文给大家参考。主要内容是毕业设计作品是如何展现的，从它的灵感来源以及想法着手去写，总的来说就是总结创作过程。这次大家一定要认真对待，这可关乎着能否毕业的问题。"大家了然地点头。

他们不光有毕业设计，还有毕业论文，要顺利毕业真的很难，不像别的学校，只要交了毕业论文就可以了。再看看研究生的论文，更是厚得像一本书，要求不低于两万字，服装设计八套，而且比他们还早一个多月毕业，难度更大。

这一提笔就不知道怎么写了，虽然有参考的范文，但对于他们来说，没有多少用处，只能参考图文格式、排版、目录。到底要写什么，怎么写？董依媛先列大纲，整理整理思路：主题、导语、灵感来源分析；总结，阐述自己的设计理念；接着是草图构造、制版、成衣、面料试验；最后是服装最终效果、结语、感悟。

写完这些之后，董依媛一边上网搜资料，一边整理自己的设计过程，开始写论文。宿舍里的几个女生也都一样，认真地写起了毕业论文。

董依媛正在写论文，一个陌生电话打过来了，她疑惑地接起了电话，希望不是搞推销的，"喂？"

"你是董依媛吧？"电话那头问道。

"嗯！"

"出来一趟，我有话跟你说。"

"你是刘伊琳？"虽然董依媛跟她没说过几句话，但还是听出了她的声音。

"嗯，没错。"

"你有什么话说吧！"

"是关于尚夕瑀的事，我们谈谈！如果不来，后果自负！"

挂断电话，董依媛犹豫到底该不该去，她们之间有什么可说的？本来打算不去的，但是最后那句"后果自负"让董依媛犹豫。最终还是来到了约好的地方，明湖旁边的石礅。

董依媛走近，看见一个穿着黑色紧身衣、蓝色超短裤的女生站在那里，一头短发干净利落。这应该不是刘伊琳吧，她记得刘伊琳是长头发的。但是女生转身的刹那，分明就是刘伊琳，她剪了头发。见到董依媛已经来了，刘伊琳走上前来。

董依媛开门见山地问道："请问你有什么事？"

刘伊琳冷哼着说："少在这儿给我装无辜。"如果董依媛没有来，刘伊琳还相信她对尚夕瑀没有什么想法，但现在看来这是很肯定的。刘伊琳上下打量了她一番，讽刺地说道："也不知道你这副鬼样子是怎么勾引的瑀。"

董依媛一脸不懂的样子，疑惑地看着刘伊琳。被人这么打量着，又讽刺着，她生气地质问道："什么意思？我勾引谁了？"

刘伊琳最见不惯那种表面看着像白莲花，其实最有心机的女生。在她看来，董依媛就是这种女生："还给我装，我知道一定是你先勾引的瑀，否则以他的品位怎么可能看上你？"

董依媛否认道："你胡说什么，我什么时候勾引他了？"

刘伊琳冷冷道："你以为你的那点心思我不懂？一开始你就是有目的的。借着让他给你当模特的机会接近他，然后麻雀变凤凰。告诉你，不可能，他家也不是你这种人可以高攀的，只有我，才能配得上他，你懂吗？"

董依媛脸色煞白，但口气强硬道："那我也告诉你，我从来没有想过会和他发生什么。我知道我不配，我们是两个世界的人。毕业之后，我也会离开学校，离开这座城市，跟他不会再有任何交集！"

刘伊琳见她这样说，仍旧不相信："哼，别以为你这么说我就会相信，像你这种女生我见得多了！"董依媛觉得她简直不可理喻，气得脸蛋通红。刘伊琳一把推开她，说道："我就是给你提个醒，我们走着瞧！"

"随你的便,大小姐!"董依嫒看着她的背影吼道。

"你别嘴硬!"刘伊琳笑了,这种沉不住气的女生比尚夕瑀还真是有趣多了。她是不可能输的,对尚夕瑀,她势在必得。既然从尚夕瑀那里得不到回应,那就从董依嫒这里下手。

董依嫒憋了一肚子气回到宿舍,直接爆粗口说道:"真他妈见鬼了!"宿舍里几个人都在上网查资料,写论文。

"你这又是怎么了?"魏纯儿接口道。

"遇见了一个神经病,简直无语了!"董依嫒继续吐槽着。

"唉,烦死了!论文到底怎么写啊?"辛子琪这个时候突然出声喊道。

南荣沐阳也非常烦躁地说:"都闭嘴,好好写论文,吵吵什么!"

经过两天的奋斗,他们都完成了论文初稿。上课就是交论文,张甜拿着笔记本大致看了看学生的论文,越看眉头越皱,最后实在看不下去了。张甜严肃地说道:"你们这都是写的什么?这不行,图文格式看不懂吗?怎么每个都不一样?还有论文标题,难道都是一样的吗?所有文字都要上网检测,相同率不能高于15%。"张甜顿了顿又说道:"下次交论文把检测报告一起交过来!"

几乎每个学生都咋舌了,这论文要求也太严格了,这能完成吗?

又是周末,本该出去放松的尚夕瑀,却没有出去。那些被刘伊琳撕碎的画,他一点点拼凑着,再用一张新纸贴在背后,粘上胶水。用重东西压住等它自然晾干,再进行下一张。他知道有些东西一旦破碎就很难再复原,就像他和刘伊琳的关系一样,他们甚至连朋友都不能做。

正在进行第八张修复的时候,他的电话响了起来。拿过来一看居然是郭教授,他犹豫了一会儿还是接了,还没开口说话,郭教授就直接问道:"怎么回事?你的那幅画撤展了?"

"嗯!"尚夕瑀回应道。

"怎么回事?你知道那幅作品对你来说意义重大吗?"郭教授已经非常生气了。

"我知道!"他当然知道这幅画对他意义重大,看着挂在卧室里的这幅画,尚夕瑀内心平静地说。

"你知道?你知道个屁!"郭教授忍不住咆哮着骂道。面对郭教授,尚夕瑀沉默了，最对不起的就是他这些年的培养和喜爱。

"你真是让我太失望了！"郭教授叹了一口气说，"你喜欢她，你就去追求啊。你留着她的画做什么？当遗像啊！"

没想到郭教授一语说中了他的心事，尚夕瑀只能坦白："我说不出口！"

"你呀你，怎么那么糊涂啊？"郭教授又噼里啪啦地说了一大通，什么爱情啊，恋爱自由啊，喜欢就要大胆地说出口，又不是十五六岁的小屁孩，怎么连这点胆子都没有。他虽然生气，但是作为长辈还是希望尚夕瑀能开心快乐。

听了郭教授的话，尚夕瑀豁然开朗。他立马就给董依嫒打电话，却很久都没人接听，最后终于接通了。"你……""尚夕瑀啊，你找依嫒吗？她不在宿舍。"尚夕瑀刚说了一个你字就被打断了。他又问："她去哪儿了？怎么不拿手机？""在图书馆信息室吧，改论文。应该是忘记带手机了吧！"

毕业论文要从头改，董依嫒的电脑在关键时刻居然坏了，无奈之下，她只能去信息室写。整整两天时间，她一字一句地修改。这中间只吃了一顿饭，睡了六个小时。

尚夕瑀挂了电话，立马换了一身衣服，就向学校走去。一路上他想了很多话要对她说，但是一进图书馆的大门，立马就冷静下来了。一步一步地上楼走向三楼信息室，一阵搜寻之后，终于看到了董依嫒。尚夕瑀轻声道："依嫒！"一张开口连他自己都吃惊了，居然不由自主就叫出了一直盘旋在他脑子里的名字。

董依嫒抬起头发现居然是尚夕瑀，她惊讶道："尚夕瑀，你怎么来了？""我来找你。"尚夕瑀有点无措地说。"哦，什么事啊？"董依嫒反问道。

见这里这么多同学，也不是说话的地方，尚夕瑀道："论文怎么样了？可以走了吗？"

"哦，差不多了，可以走！"尚夕瑀亲自来找她还是第一次，董依嫒立马保存了文件拔掉了优盘，关机，拿上自己的小包背在身上，刚一起身，一阵晕眩感传来。眼看着她就要倒下去，尚夕瑀赶紧接住了晕倒的董依嫒，想也没想一把将她抱起，在众人惊讶的眼神中，大步走出信息室。

良久，董依嫒缓缓睁开了眼睛，洁白的墙，漂亮的吊灯发出明亮的灯光，正对面还有一幅被白布遮挡着的装饰画，再看看旁边，居然是尚夕瑀。"醒了？吃点东西吧！"尚夕瑀此刻就坐在床前端着一碗浓粥。

董依嫒有点蒙了:"我这是在你床上!"董依嫒说的是肯定句不是问句。脑子回旋一番之后,董依嫒立刻就要下来,她是嫌命太长了吗?居然敢躺在尚夕瑀的床上。

尚夕瑀见她这样了还要下床,一把按住她,本来想好的表白变成了命令:"躺好,把这都喝完了!"董依嫒觉得这简直不可思议,她不会是在做梦吧?尚夕瑀不管她脑子里怎么想,直接将勺子往她嘴里送。董依嫒连忙张开嘴巴,虽然不可置信,但还是乖乖配合了。见董依嫒吃完了,尚夕瑀又舀了一勺子,董依嫒看着他这一丝不苟的表情,立即说道:"我自己来,自己来,我可以的!"尚夕瑀也不再坚持,将碗给了她,董依嫒看他没有生气,立马大口大口地将粥都喝完了。

尚夕瑀接过碗放在床头柜上:"你说你到底是有多傻啊!"

"我不傻啊!"董依嫒说,她总觉得尚夕瑀跟以往有点不一样了,但具体哪里不一样也说不出来。

"那你是猪吗?每次都把自己搞得这么狼狈!"刚还觉得有点不一样的尚夕瑀,又开始对她凶起来。

"我,我也不想啊!"董依嫒委屈地说,这次纯属意外,如果不是星期一一大早就要交论文,她也不可能这么拼命地改了。

见她这么可怜巴巴的样子,尚夕瑀也不打算跟她计较了,语气一软:"算了,你好好休息一会儿吧。还想吃什么?"

"你要给我做吗?"董依嫒好奇地问。

"外卖!"尚夕瑀没好气地说,他能熬个粥已经很不错了,说完拿着空碗转身出去了。董依嫒一直盯着尚夕瑀手里的碗,她真的没有想到,尚夕瑀居然给她熬粥喝,而且还喂她喝粥。今天的尚夕瑀变得好奇怪呀,真的是太奇怪了。

喝了一碗粥,她四处打量着尚夕瑀的房间,他的床好舒服,被子上还有他的味道,淡淡清新的香味。她又开心地躺下了,真的不敢相信,她此刻居然在尚夕瑀的床上休息,以前她是连碰都不敢碰的。

正在暗自开心呢,余光扫到拉了一半的紫色窗帘。糟糕,已经是晚上了,也不知道现在几点了。

第四十六章 风波

天都黑了，该回去了啊！

董依媛掀开被子，光脚踩在实木地板上，看了一圈却找不到鞋子。尚夕瑀从厨房走进来，见她光脚站在地上，房间还开着空调，立马不开心了："叫你休息呢，跑下来干什么？"

"都晚上了，我得回去了！"董依媛站在原地看着他解释道。

尚夕瑀这才发现确实已经不早了："你先上床，我给你拿鞋子！"说完就真的去玄关门口拿鞋子了。董依媛觉得他的表情怎么看起来有点失落，她怎么能让尚夕瑀帮她拿鞋子啊，连忙跑上前："没事的，我自己去就可以了！"

"叫你去就去，哪那么多废话！"尚夕瑀真的要被活活气死了，他本来好心好意想好好照顾她，结果她一点都不配合，更不领情。

被尚夕瑀这么一凶，董依媛站住了。她是上前也不是，退后也不是，搞得很尴尬。等尚夕瑀拿来董依媛每次来穿的纯白色拖鞋一看，更是气得不轻："你站这里干吗？真是气死我了！"

"哎呀，你别生气嘛，我这就穿鞋子！"见尚夕瑀气得不轻，董依媛连忙拿过拖鞋，立马穿上了。"你今天怎么对我这么好啊？会不会有什么阴谋？"憋了半天，董依媛还是说出口了，尚夕瑀太不正常了，她要是不问明白她会睡不着的。

被这么一问，尚夕瑀有点窘迫了。他赶紧转过身，心怦怦地跳着，他要怎么办？有了，他立即去衣帽间，快速地换了一身衣服出来。

"走吧，带你去吃东西！"

董依媛疑惑地问："这么晚了还吃什么呢？"

"现在是七点半，我饿了！"尚夕瑀看了一眼腕表淡定地说。

"哦，去吃什么啊？"董依媛好奇地问。

"去了就知道了，我们走吧！"尚夕瑀说着就拉着董依媛的胳膊向外走。"等一下，我换上鞋子！"董依媛换上了自己来时穿的凉鞋。突然想到从图书馆一直到尚夕瑀的公寓，她是怎么过来的，又是怎么到他床上去的，这么一想就脸红心跳了，是像小说里一样公主抱的吗？

等他们到了楼下，居然下起了大雨，在室内完全没注意到外面居然下雨了。尚夕瑀转身上楼，拿了一把黑色的大伞下来。撑开伞，尚夕瑀的手轻轻搭在董依媛肩上，说："走！"然后两个人一起走进了雨中。

尚夕瑀大步走着，董依媛小碎步快速跟上，尚夕瑀尽量将伞打得很低，弯着腰走着。他们肩并肩一起躲在雨伞下，董依媛看不到尚夕瑀的表情，雨滴虽然溅湿了她的鞋子，但她的心却感到很暖，一直怦怦跳个不停。他们的距离是这么近，近到能感受到来自他的温暖和他身上独有的香气。她真的没想到有一天会跟尚夕瑀共撑一把伞走在雨中。她没有问到底是去哪里，只要跟着尚夕瑀，去哪里都无所谓，她希望这段路能够长一点，再长一点。他们来到美院后门，穿过学校，从正大门出来。

来到学校斜对面的一家小店门口，尚夕瑀一进门，合上伞说："老板，来两碗葫芦头泡馍，一份凉菜，两个冰峰。"董依媛感到很意外，尚夕瑀居然吃猪大肠？他们找了一个合适的位置坐了下来。

"好嘞。几个馍？"老板问道。"两个！"尚夕瑀回应道。

两个人面前很快就放了两个大空碗，两个馍。他们开始掰馍，董依媛喜欢吃小的，她掰出来的馍跟玉米粒大小差不多，尚夕瑀掰的像是花生豆一样大。

"你喜欢吃葫芦头？"董依媛手上掰馍的动作不停，好奇地问。

"我没吃过。"尚夕瑀老实说，羊肉泡馍倒是经常吃。

董依媛吃了一惊："什么？那你知道那里面有猪大肠吗？""猪大肠给你吃！"尚夕瑀早都想好对策了，他以前听董依媛说过葫芦头泡馍，所以带她一起来吃。

馍很快全部掰好了，他们喝着冰峰，吃着凉菜，听着外面越来越大的雨声。

"雨好大啊！"董依媛说。"冷吗？"尚夕瑀突然问。

"不，不冷啊！"对于尚夕瑀的关心，董依媛更是受宠若惊。

两碗泡馍很快就端上来了，猪大肠、粉丝、葱花、馍、辣椒，看起来很诱人，董依媛早就饿了，拿起筷子就吃了起来。看董依媛吃得津津有味，尚夕瑀也动起筷子来，将大肠统统夹到董依媛碗里。

"停！你尝尝，真的非常不错！"董依媛赶紧让他停住，示范着将一块肠塞进嘴里，开心地说，"真好吃！你也尝尝吧！来张嘴！"

见董依媛直接塞进嘴里，尚夕瑀心里一阵抵触，又见她夹起一块递到他嘴边，尚夕瑀的眉头都能皱成一个"川"字："不要！"

"来吧，真的非常好吃的。真的，我发誓！"董依媛不死心，索性将筷子又往前推了一点，"吃吧，吃吧！你试过就知道了！"

尚夕瑀居然鬼使神差地张开了嘴，董依媛立马将肠塞进了他的嘴里，看他那个痛苦的样子，心里一阵好笑。自己也赶紧夹了一块放进嘴里，大口咀嚼着："大口嚼，好吃！"

尚夕瑀硬着头皮，嘴巴动了起来，没一会儿就发现这个真的不难吃，而且还很好吃！大肠清洗得十分干净，不是他想的那么油腻难闻。

"怎么样，还不错吧？我就说你会爱上这个味道的！"董依媛看尚夕瑀不再纠结，开心地笑了。"吃吧，不要浪费哦！"说完自己也大口吃了起来。尚夕瑀也跟董依媛一样大口吃，他居然将这一大碗吃完了，真的是不可思议。

吃完饭，雨还在下，他们一起撑伞回去，像是说好的一样，两个人都走得很慢，享受着难得的两人时光。直到送她回了宿舍，尚夕瑀也没将那句话说出口，每次话到嘴边就又咽了回去。

第二天，董依媛将重新写的论文交给了时装组的组长，她才算松了一口气。论文的事情还没处理完，仅仅隔了一天，系里又开始为7月的服装秀挑选衣服。这一次比上一次的规模还要大，能够挑上的衣服，都是精品中的精品。这一届毕业设计大赛的获奖者也会在这次服装秀中产生，可以说是见证这一年成果的时刻。每一年的毕业T台秀，不仅邀请院长及院级主任，还有各大院校的知名老师，多家新闻媒体全程拍摄。

工作室里，导师们和学生们忙忙碌碌正在做着准备，服装、道具、模特、出场顺序一一确认。尚夕瑀也早早被董依媛拉过来做准备了，先穿好了第一套衣服，鞋子也换上了董依媛搭配的鞋子。他不需要化妆就是全场的焦点。不说做男装的同学,就是做女装的同学,也非常羡慕董依媛能够找来这么优秀的男模特。

就在全场师生准备就绪的时候,一个女生在工作室门口大喊:"董依媛你给我出来。"董依媛正在帮尚夕瑀整理衣服,同组的同学叫她出去看看。她穿过人群到了工作室外,居然是刘伊琳,在她身后还跟着几个打扮时尚的女孩。"是你?"

刘伊琳二话不说直接一巴掌扇在她的脸上:"你拿我的话当耳边风吗?那就不要怪我不客气。今天就当着你们全系人的面说说,到底是谁不要脸勾引别人男朋友?装晕倒、装可怜、扮柔弱给谁看呢?"所有师生几乎都惊呆了,他们怎么也没想到会发生这种事情。

这一巴掌打在董依媛的脸上火辣辣地疼,几个红色的手指印立刻出现,清晰可见。之前董依媛可以不在乎那些不认识的人的眼光,那么现在当着他们整个服装系师生的面,这一巴掌直接让她想要立刻去死。

几乎是同一时间,尚夕瑀冲上来,将董依媛护在身后:"够了,你自己不要脸别人还要脸!"刘伊琳没想到尚夕瑀是第一个冲上前来的。"这位同学,请你赶紧离开,我们正在上课!"刘伊琳还没说话,张甜就走了过来,语气平静但是声音出奇地坚定浑厚。她提醒刘伊琳现在还在上课,还是在学校。"你们有什么问题可以私下里解决,不要影响到其他人!"张艳也走过来一脸怒气地说道。

刘伊琳不依不饶:"我……"尚夕瑀二话不说拉着她向外走去,他回头看了一眼董依媛。董依媛呆呆地站在原地,见他们离开,董依媛撒腿跑了出去。她没办法再待下去,她以后还要怎么活?本来前两次的事情已经传得沸沸扬扬,她从来没放在心里,但是这一次,她怎么可能不在意!

辛子琪担忧地喊道:"依媛,依媛!"陆思涵和魏纯儿她们也从人群中挤了出来,想要追出去,赵驰率先冲了出去,他没想到事情会发展成这样,董依媛又一次成了笑柄,成了全校的焦点。这对她以后的生活和学习打击有多大,老师会怎么看她?

见几个当事人已经全部离开了,张艳喊道:"别看了,大家继续准备!"经她这么一说,大家一哄而散,不过却议论纷纷。

张甜看着他们远去的背影叹息了一声,转身走进了工作室。

第四十七章　伤心欲绝

赵驰紧跟着董依嫒跑了出去，董依嫒跑得飞快，赵驰也不敢耽误，从六楼一直飞奔下来。董依嫒一边跑一边哭，居然比先下楼的尚夕瑀和刘伊琳还要快。"依嫒！"尚夕瑀见董依嫒也跑了出来，担忧地喊道。

董依嫒看了尚夕瑀一眼，只看了他一眼，就拼命向宿舍楼跑去。赵驰追了下来，跟刘伊琳一起的女生也紧接着追了出来。赵驰见到刘伊琳大骂道："刘伊琳你太过分了，简直就是泼妇，她丢人你以为你脸上就有彩虹了吗？"说完也不等刘伊琳回复，冲着董依嫒追去。

"啊，你是哪个王八蛋？骂我是有病啊！"刘伊琳简直崩溃了，这会儿走在这条路上的学生有不少都纷纷看向他们这边。

"伊琳，你没事吧？"其中一个死党说道。

"不用生这种人的气。"

"你们别跟过来！"尚夕瑀说完，就将刘伊琳拉走了。几个女孩面面相觑，虽然想帮忙，但是见尚夕瑀那阴冷的眼神就放弃了，更何况现在确实也帮不上什么忙了。尚夕瑀拉着她一直到了湖边，才放开她的手："你是疯了吗？"

刘伊琳一把抱住他："你真的不爱我了吗？瑀！"

尚夕瑀挣脱开她，一字一句地说："请你自重，我们已经分手了！"

刘伊琳仍是不死心，两行眼泪簌簌地就流下来了："你怎么可以这样对我？就为了一个董依嫒！她凭什么？我有什么不好的？难道你忘了我们以前了吗？"

尚夕瑀平淡道："她哪里都比你好！比起你做的种种，我真的不算什么！逼着我家里人冻结了我的银行卡，还是说只要中意的你都可以上床呢？"自从跟刘伊琳说分手，她就打电话告诉尚夕瑀的家人，先是尚夕瑀的妈妈打电话来劝尚夕瑀，后来就是尚夕瑀爸爸严厉的警告，到最后直接冻结他的银行卡。

刘伊琳脸色一变，眼神闪躲，结巴道："我，你说什么？我听不懂！"

尚夕瑀怒极反笑："听不懂？别装了，这么多年我难道还不知道你是什么样的人？我一直忍着你，忍着家里所有的人，我真的累了！你以后不要再出现在我面前，我真的一点都不想看见你！"

原来她做什么尚夕瑀都知道，她不光有陈淼，还有社会上的一些人，她喜欢疯狂，喜欢刺激，但同样喜欢尚夕瑀。

刘伊琳痛哭道："不，不要！我是爱你的，我们不能因为别人就轻易分手。"

尚夕瑀哼了一声："你别逼我，也不要触碰我的底线，否则你知道后果！还有，你不要再去找她了，找她根本没用。就算没有她，我也不可能娶你！"尚夕瑀说完就头也不回地大步离开。

刘伊琳对着他的背影大哭着："瑀，瑀，瑀！"

赵驰追着董依媛直接冲进了女生宿舍楼，宿管阿姨本来昏昏欲睡，突然两阵风刮过来，阿姨一下子跳了起来，见赵驰已经上了二楼，连忙追上去大喊道："干什么呢？这是女生宿舍！赶紧出去！"赵驰一边跟着董依媛一边喊："阿姨，我朋友心情不好，我怕她想不开，一会儿就出来了！"

董依媛进了宿舍的门，将门关上了，然后反锁。她跌倒在地上，抱着头呜呜地哭了起来。她不知道她现在还能去哪里，她要怎么办，她害怕那些熟悉的人的窃窃私语、指指点点，她不是他们口中的那样。

"依媛，你怎么了？开开门。"赵驰拍着门喊道，"你可千万别做什么傻事啊！"

"你走吧，我想一个人静静！"董依媛知道赵驰一直跟着她，但是她现在谁也不想见。

赵驰听见她出声说话，连忙安慰着说："我知道你很难过，别伤心了，我已经替你把那个疯子骂了一顿。你更不要在意别人的眼光，我了解你，你一直很优秀。"

董依媛没有说话，止不住地哭泣。听了赵驰的话，她更觉得自己很委屈。

赵驰听她越哭越大声，心也跟着一痛："别哭了，你越难过我越心痛。依媛，我喜欢你！"董依媛听完一愣，反问道："你在胡说什么？"

第四十七章 伤心欲绝

赵驰终于说出了自己藏在心里的话，反而不再畏惧了："我说我喜欢你呀，很久很久以前就开始喜欢了。"

董依媛惊呆了，一时间都忘了哭泣。

赵驰继续说道："你都没有感觉到吗？依媛，你能答应和我在一起吗？有什么困难我们一起面对，我会好好保护你！"董依媛对这突如其来的表白手足无措，她想到这些年赵驰一直默默帮着她，遇到什么苦难他都笑着说没事。董依媛说道："你先让我冷静冷静。"

赵驰连忙说："我给你时间，等我们都顺利拿到了毕业证，你再决定。到时候你去哪里，我就去哪里。"董依媛没有说话，也没有再哭了。

赵驰见她不哭了，也觉得自己在女生宿舍待的时间太长，这才说："你不要想太多了，什么事都没有，好好休息！"说完这些话，他才不放心地走了。宿管阿姨之所以没有追上来，是因为整个楼层都装了监控，见他没有进女生宿舍也就听之任之了。

知道赵驰已经走了，董依媛跌跌撞撞地爬起来，躺在自己的床上，将自己整个人都裹在被子里。眼泪还是不由自主地掉个不停，抽泣声更是不止。

不知什么时候宿舍的几个女生全都回来了，董依媛哭着哭着就睡着了。几个女生本来不想打扰她，但是她的电话一直在响，更何况这会儿已经是晚饭时间了。

"依媛，你醒醒！"辛子琪一边叫着她，一边看向手机，是尚夕瑀打来的。

南荣沐阳接起了电话："喂！"

"董依媛呢？"机智如尚夕瑀只听了一声就知道这不是董依媛。

"她刚刚睡着了！"南荣沐阳看了一眼董依媛说道。

"她还好吗？"尚夕瑀现在担心的就是她的情况。

"我们也不太清楚，不过睡着了，应该不坏吧！"南荣沐阳实话实说。

"好，她醒后你告诉她，不要想太多，这种事情以后绝对不会发生了！"尚夕瑀发誓这是最后一次，刘伊琳已经三番五次地让董依媛难堪了。他以前也说不会发生了，没想到事情愈演愈烈。

"你知道吗？你的女朋友不仅让她在整个系里丢脸，更让她丢失了服装秀的机会。本来她是有机会参加最后的服装大秀，结果就成这样了！"陆思涵一把抢过电话，生气地说道。当时出事的时候她在最里面，等她从人群中挤出来已经都迟了。要不是系里组织的这次选拔，她肯定会第一个冲出去教训那个刘伊琳。

"我知道了。"没想到事情这么严重，尚夕瑀沉默了一会儿说道，"我和刘伊琳已经没有关系了！"说完他就挂断了电话。

什么意思？他说他们已经没有关系了，那就是已经分手了？难怪这个刘伊琳会跟发疯了一样，陆思涵放下了电话。这时董依媛醒了，她一双眼睛已经肿成了两条缝，往日的双眼皮都看不见了。

"你还好吗依媛？"魏纯儿见她醒来赶紧凑上前，董依媛点点头。这时，辛子琪匆匆跑出了宿舍。

"擦擦脸吧！"南荣沐阳将她的毛巾弄湿，拧干后递给了她。董依媛默默接过了毛巾，还没说话，泪水又像断了线的珠子一样流下来，这次对她打击太大了。

"你别这样，你说话啊！"陆思涵见她又开始哭，冲她喊道，"没事的，你振作起来，我们一起给你报仇！"

董依媛哭着摇摇头，她谁都不怪，是她自己的错，错在不该对尚夕瑀有非分之想，更错在当初不该奢望尚夕瑀的帮助，如果她不是这么贪心，那么一切都不会发生。

大家对着董依媛不知道如何是好，这时候辛子琪匆匆跑进来了。手上提着两个大袋子，一个装着尚夕瑀穿的第一套衣服，另外一个装着尚夕瑀买给她的吃的，全都是董依媛平常爱吃的东西。尚夕瑀和陈修赫还有陈小漠都在楼下，他们都非常担心董依媛，但又不好上来，只能叫辛子琪下去了。

"依媛，你没事吧？尚夕瑀让我替他跟你说对不起！他还给你买了很多好吃的，都是你最爱吃的。他说让你受委屈了。别难过了啊，你那么坚强，这些统统都不算什么。"辛子琪走上前说道。

董依媛的眼泪流得更凶了，他为什么要说对不起呢？说对不起的人应该是自己，是自己扰乱了他的生活、他的爱情、他的学习。

"呜呜呜……"听着辛子琪说的话，董依媛放声哭了出来，"我真的很恨我自己，呜呜呜，我怎么那么讨厌，呜呜呜！"

"你真的很优秀，真的很坚强，也很讲义气！"辛子琪见董依媛那么难过，眼睛一酸，抱着她安慰着。辛子琪想不出如果这件事情发生在自己身上会怎么办，可

第四十七章 伤心欲绝

213

能会更加绝望。

　　董依媛这么一哭，大家也都松了一口气，如果一个人不吃不喝也听不进去别人的话，那就真的糟糕了。现在这么大声哭出来了，委屈也不会郁结在心里，以后也不会留下什么。

　　后来大家一起说安慰的话，劝她吃了点东西，就上床睡觉了。

第四十八章 拍摄

过了一晚上，董依嫒终于不再哭了，她的情绪也稳定了许多，虽然话还是不多，但是洗脸刷牙吃饭不排斥了。

在她们的谈话中，董依嫒知道了昨天那场选拔，辛子琪的一套衣服被选中了，南荣沐阳的也被选中了一套，魏纯儿和陆思涵的都没有选中。全系几百套衣服，只挑选不到一百套，不可能每个人的衣服都能选得上。

中午，辛子琪对发呆的董依嫒说："去吃点东西吧，我已经跟赫赫说好了，明天带大家去拍照片。"魏纯儿惊讶地问："什么？"

辛子琪开心地说："我们家赫赫的水平那是绝对可以的，而且我们全都免费。"

陆思涵简直欢呼雀跃，她对陈修赫的拍照水平还是很看好的。

"真是太棒了，来亲一个。"陆思涵开心地亲了一口辛子琪。

"那好啊，这样可以省不少钱呢！"魏纯儿也开心地说。

对于这件事，大家都显得非常开心，又拉着董依嫒一起去吃饭。赵驰、陈小漠和尚夕瑀都发来了很多消息问董依嫒的情况，她都没有回复。

第二天一早，辛子琪带着宿舍的姐妹团和服装表演班的两位女同学打了两辆出租车来到了陈修赫的摄影工作室。董依嫒也没想到陈修赫居然有这么大的工作室，里面设施一应俱全，最震撼的是满墙都是辛子琪的写真。陆思涵打趣道："天哪，这恩爱秀得呀！让我们几个单身狗怎么办？"

魏纯儿惊讶道："原来子琪可以这么美。"

董依嫒专心地看着墙上每一张照片，连连点头。"确实拍得不错，以后我们也能来拍写真吗？"服表班的同学孙倩问道。"当然可以呀！"陈修赫工作室的小马说，他是陈修赫的学弟，来这里一边学习一边创业。

陈修赫听到大家这么说，就嘚瑟上了，一把搂住辛子琪的细腰："那是自然啊，我们家宝贝肯定最美。"

"嫂子真漂亮！"两个摄影系的大二学生也赞道。

辛子琪被说得不好意思，将他推开："别贫嘴了，快点开始行动吧！"

陈修赫点点头，收起一脸的玩世不恭，换上认真的模样道："好了，小马你们调试下我们的设备，背景换成白色！子琪，你们去化妆间让化妆师给模特上妆！"这句话说完，两个大二的学生开始忙碌起来，收起黑色背景，换上白背景。陈修赫不断调试着光线机位。

化妆间里，坐着一个陈修赫的好朋友，她是化妆师，只要工作室里有需要她就过来化妆。她根据服装的设计，先后为两位模特上妆、做发型。先为南荣沐阳的三套衣服拍摄，接着是辛子琪的衣服。第一个模特拍完，化妆师给模特换了一个新造型，再修饰了一下妆容后，拍摄魏纯儿的衣服，魏纯儿的衣服拍完再拍陆思涵的婚纱。大家都开始忙碌起来，只有董依媛坐在沙发上发呆。

陆思涵见董依媛一个人呆呆地坐着，走过去问："尚夕瑀呢？怎么没来？"

董依媛闷闷地说："我还没叫他。"

魏纯儿吃惊了："什么？你不叫他怎么拍照？不想毕业了？"董依媛说："我，我不知道怎么开口。"南荣沐阳走过来道："快点叫他过来吧，今天大家都拍完，这个事就解决了。"

"对呀！这牵扯到毕业的问题，论文、毕业存档这些必须有！"魏纯儿劝说着。

董依媛点点头："我知道了，我现在就打！"

正在调相机的陈修赫也听到了她们的对话："还没通知瑀过来？"

董依媛拿起手机说道："没事，我现在就打！"

电话好一会儿才接通了，董依媛忐忑地说："喂，尚夕瑀！"

"什么事？"手机里传来尚夕瑀独特的声音，"你终于给我打电话了。"

董依媛一阵轻颤，尽管她这几天一直没有回复尚夕瑀的信息，也没有接他的电话，但是不可否认，她现在依然喜欢他。她小心翼翼地说："我，想让你今天来拍平面照片。"

"为什么不回我消息，为什么不接电话！"尚夕瑀没有回答她，反问道。她不知道这些天他有多担心，有多自责。

"我……我不知道。"董依媛不知道怎么回答。沉默了一秒，她再次问道："你，来吗？"

尚夕瑀突然推开门进来道："我可以不来吗？"他的声音不是从电话里传来的，而是在她身后。

董依媛转过身惊讶地说："尚夕瑀！你……你怎么来了？"

"我昨天晚上就告诉瑀了！"陈修赫笑着说。

尚夕瑀其实一大早就来了，只不过他一直没有上来，他在等董依媛的电话。只要她一打电话他就上来了。

"你不愿意我来？"尚夕瑀站在她面前居高临下地看着她，反问道。

董依媛连忙站起来说："不是，不是！"她没想到尚夕瑀这么快就出现在她面前。

陆思涵赶紧道："来了就好，快点准备化妆吧！"说完，陆思涵拉着尚夕瑀向化妆间走去。

董依媛看着似乎憔悴了不少的尚夕瑀，眼睛开始发红，原来这几天他过得也不好！

孙倩和刘嘉这两个女生一个身材挺拔，一个骨感纤细，不同的类型，拍出来是不同的感觉。

经过一番准备，南荣沐阳和辛子琪的衣服顺利拍完，此时陈修赫在拍魏纯儿的针织服装，接着是尚夕瑀，再接着是陆思涵，在换衣服的空当轮流拍摄。

正在整理衣服的董依媛的电话响起来，她看了一眼来电显示，是张甜。她狐疑地接起电话："喂，老师！"

张甜焦急地问道："你现在人在哪里？"

董依媛回答道："我和子琪在摄影棚拍照。"

张甜说道："你忙完立刻带着衣服和模特来系办，领导都等着呢！"

董依媛一时没有反应过来："啊？"

张甜吼道："啊什么啊！这是你最后一次机会，我好不容易给你申请的，你千万不要给我拖后腿！"

第四十八章 拍摄

217

董依媛的眼泪在眼眶里打转，哽咽着说："老师，谢谢你！"

张甜停了一会儿说："我知道，把握好这次机会！"

"嗯！"董依媛说完挂了电话。

"老师说，让我拍完照带着衣服和尚夕瑀一块儿去系里！"

"这是个好消息啊！"陆思涵立刻说道。

辛子琪对陈修赫道："那太好了！这次机会难得，快点先拍尚夕瑀！"

陈修赫拍完了一组魏纯儿的衣服说："哦哦，我知道了！"

尚夕瑀换上第二套服装，从化妆间走出来，尽管大家都知道尚夕瑀的魅力和衣服穿在他身上的效果，但还是一阵惊叹，这一系列的服装真的是太适合尚夕瑀的气质了。尚夕瑀站在镜头前，似王子一般散发着高贵的气质，又有点邪魅。随着尚夕瑀的动作，陈修赫连忙摁着快门，快速将三套衣服全部拍完。

"你们快点去吧！加油！"陆思涵见三套衣服已经拍完了，连忙催促道。

砰砰砰一阵敲门声，小马立即去开了门，走进来两个熟悉的人。"你们在搞什么，都不喊我们？"孙天华一进来就嚷嚷道，转而一看陆思涵也在这里，"涵涵，你也在？"

"谁是你的涵涵，放尊重点！"陆思涵瞪了他一眼，不满地说。

"我们拍照呢，你们两个凑什么热闹！"陈修赫没好气地说。"来参观，不行啊？"孙天华理所当然地说，转而看向陆思涵。孙天华最近有了改天换地的变化，从前那些泡吧、到处吃吃喝喝的坏毛病改掉了不少，身边连女生都没有了，这可惊呆了所有人，不知道他是受什么刺激了，希望他不是一时兴起。

"小漠，你来了！"董依媛向陈小漠打招呼。陈小漠冲她一笑："来看看你们，你怎么样了？"

"挺好的，谢谢你的关心！"董依媛笑着说，似乎情况不是十分糟糕。

尚夕瑀见他们聊得那么开心，这一幕让他感到非常刺眼，毫不客气地打断："收拾完，快点走吧！"

"哦！"董依媛将尚夕瑀换下的衣服装进袋子里。"你们去哪里啊？"陈小漠见他们刚一来董依媛和尚夕瑀就要走，连忙问。

"你们好好拍！"董依媛对工作室的人说，又对陈小漠说，"我们回学校一趟！你好好玩哦！"

"去吧，快去吧！抓住这次机会！"辛子琪为董依媛打气。

"嗯！"董依媛点点头。尚夕瑀不顾众人的眼光，直接将董依媛拉出去了，他实在是觉得董依媛太磨叽了，给每个人道个别，再说上几句话，这要浪费多少时间。

进了电梯，直接到了地下车库，尚夕瑀找到自己的车子，还是那辆拉风的红色保时捷。一上车，尚夕瑀就像换了个人，发动车子，嗖一下飞出了车库，吓得董依媛差点扑到前挡风玻璃上，赶紧系上了安全带。有心脏病的人根本坐不了他的车子，董依媛一边在心里吐槽，一边建议着说："我们还是稍稍开慢点吧！"

"你乖乖坐好！"尚夕瑀看了她一眼，又专心地开车了，不过比刚才慢了许多。他最喜欢的就是飙车，以前经常和朋友去西安周边的旅游路比赛，然后上山烤肉，去河边钓鱼。

第四十九章 论文答辩

　　两个人一路无话,到了学校,尚夕瑀拿着装衣服的袋子和董依嫒一起快步走向服装系。一路上张甜打了几个电话过来,系领导都等得不耐烦了,让他们动作快一点。

　　尚夕瑀和董依嫒出来的时候已经是饭点了,如果按照正常上课时间,这会儿刚刚上下午课。到了六楼,张甜在门口等着,见他们上来了,立刻迎上去:"快点进来吧!"

　　他们跟着张甜进了系办公室,几位副主任连同两位教授还有大四的导师们全都在。张甜说:"董依嫒来了!"

　　"我们先看看衣服!"几位系领导看了一眼董依嫒和尚夕瑀,对于那天的事大家可是记忆犹新,对于尚夕瑀和董依嫒不免要审视一番。

　　董依嫒什么也没说,将自己的服装一一摆在了大桌子上,老师们上前来,摸了摸服装的做工和面料。周教授说:"让模特试试衣服,我们看整体效果!"对于董依嫒设计的衣服,见过的老师们都是相当满意的。额外的机会并不是只给董依嫒的,上午也看了几个会选没跟上的学生,下午除了董依嫒还有两个学生也要来。

　　找了一间没人上课的教室,尚夕瑀去换衣服了。董依嫒等在门口,他出来之后帮他整理了衣服的造型,两个人一起走进了系办公室。

　　尚夕瑀在办公室走了一圈,张艳道:"换下一套吧!"

　　接连换完三套衣服之后,张甜对他们说:"可以了,你们先回去吧!"

　　这一早上加一下午,尚夕瑀脱衣服穿衣服来来回回六趟,如果不是为了董依嫒他早就没有耐心了。出了服装系,尚夕瑀说:"走吧,请我吃饭!"

　　董依嫒本想拒绝,但是没有拒绝的理由,尚夕瑀为了她牺牲了整整一天的时间,到现在三点多了还没吃中午饭,这说得过去吗?就算尚夕瑀不说,她也应该请他吃饭才对。可是前两天才发生了那件事,她真的不想跟尚夕瑀有过多的接触,这可怎么办?

见董依媛迟疑着不说话,尚夕瑀怒了:"怎么了?请我吃饭不应该吗?"

"没有!"董依媛一边说一边在心里腹诽,难道你不知道我在害怕什么吗?

"那就走吧!"尚夕瑀大步向前走去,董依媛默默跟在他身后。尚夕瑀突然停下来说:"我和她已经分手了!所以你担心的根本不存在。"这是尚夕瑀的心里话。董依媛低着头只顾着往前走,没注意到尚夕瑀停下了脚步,"咚"一下子撞在了他的胸膛上。

董依媛龇牙咧嘴地摸着额头,尚夕瑀又好气又好笑:"走路不看路!"

这一撞直接将董依媛撞醒了,她连忙问道:"你刚才说什么?"她好像听到他们已经分手了!

"自己想去!"尚夕瑀回过头继续往前走,脸上露出难得的笑容。

所以刚才听到的是真的吧?为什么?他们分手了,她从心理上会开心。可是这一切是她造成的吗?她是那种偶像剧里拆散人家的坏女人吗?如果是,她觉得非常过瘾,不过也为此付出了代价。那么,尚夕瑀,你真的会喜欢我吗?

董依媛心情莫名地好了起来,一扫这几日的阴霾,对尚夕瑀说:"你想吃什么?我请客!"

见到董依媛似乎又变得和以前一样,尚夕瑀也很开心。

没过几天她们的照片就修好了,由于是高清图片,辛子琪用宿舍里最大的优盘拷回来了。毕业论文加上最后的九张成衣照片,又修改了很多小细节总算是通过了!论文答辩的时间很快就确定了,是6月15号。而董依媛还有一件大事,就是补考之前挂科的选修课,必须考过之后,文化课程才算通过。这些课程必须在毕业之前通过,而宿舍里的其他几个女孩都不用补考。

很快就到了论文答辩的日子,答辩问题已经分配给各个学生,虽然已经做好心理准备,但是董依媛还是非常紧张。董依媛与辛子琪等在答辩室的外面,拿着自己的论文,忐忑不安地走来走去。

看着同组的学生一个个出来进去的,辛子琪拉着董依媛的手哭丧着脸说:"怎么办?好紧张啊!"

董依媛此时跟辛子琪差不多："我也是啊！小文，里面是什么情况？"

刚刚出来的小文见她俩满脸期待地看着她，连忙说："进去之后先进行自我介绍，将你的作品进行总结阐述，包括你的主题、你的作品。然后导师们进行提问，你再回答就行了。问题就是老师给我们总结的那些问题，不过不排除其他老师问别的问题。"

正在这时，张甜在门口叫道："下一个，董依媛。"

董依媛拿好自己的论文，向答辩室走去。张甜小声道："好好表现！"

董依媛点点头，走了进去，张甜也关上门坐回自己的位置上。教室里，周教授、副主任张艳、导师黎盼盼坐在讲台上，旁边还坐着一个做电子记录的女孩，看起来应该是系办的工作人员。董依媛坐在他们正对面，张艳道："开始吧！"

董依媛站起来，向导师们弯腰鞠躬表示尊重，这才开口："各位导师好，我是服设二班创意组的董依媛。我的论文题目是《如何呈现中国风盛宴》，我的作品以中国水墨画为灵感来源，在创作过程中以唐装为设计原型，采用传统面料缎、天然麻、真丝绸与现代面料相结合，最终呈现这一系列设计效果。"

黎盼盼首先发问："你的中国风特色在哪里？"

黎盼盼提的这个问题，根本不在张甜给的范围内，但是这个问题必须回答。时间紧迫，董依媛定下心略一思索道："唐装以轻便、轻盈、色彩艳丽、薄如蝉翼为特点，这些特点体现在我设计的男装中。我的设计款式大胆创新，唐代与现代的结合，颜色上又采取中国水墨画的特点，以淡雅为主，符合现下大众审美风格。"黎盼盼听完点点头。

张艳又接着问："你在创作过程中采用了什么方法来实现你的盛宴？"

董依媛根据之前做好的准备，回答道："中华文化博大精深，服饰文化更是源远流长，在中国元素的运用上，是多种多样，开阔、丰富……"

教授听完她的回答，开口道："好，可以了！"这期间张甜一直在旁边做着笔记。

董依媛深深一鞠躬，带着自己的论文走了出去，大大喘了一口气。

辛子琪见她出来，连忙问道："怎么样？"

董依媛拍拍胸脯："吓死我了，我都不知道自己说了什么。"

她们中间隔了一个学生，就到辛子琪了。

第四十九章 论文答辩

接着，董依媛分别找了自己挂科的两门选修课的老师，老师也都知道她快毕业了，没有多难为她，英语选修课的老师给了她一张试卷，另外一门文言文选修课，老师让她写出《谏逐客书》的白话文翻译和文学价值、时代意义。这对董依媛来说都非常好办，自己刚好做过这套英语试题，而对于文学这方面，她就更擅长了。

董依媛一直是非常老实认真的学生，之所以要补考还是因为大一选修的时候什么都不懂，到她选课程的时候，就只剩下英语了。班长问她时，发现她选的那一门没有名额了，于是她又挑选了一个人少的课程，没想到和选修的另外一门英语是重合的。她以为能同时选就算两门课，没想到只能按一门算，而且这门课最后考试她差三分及格，当时同桌让她抄，她居然连看都没看，对自己非常自信，就这样大一就挂了两门课。后来她才知道，好的学科全都是要抢的，大家为了选自己喜欢的课，都会守在电脑旁抢，拼的就是网速和运气。大三优先选，大二其次，到了大一基本就剩不下什么了。

解决完补考这件大事，他们大学的生活已接近尾声。毕业展也要开始了，"开放的西美"毕业展览面向全社会，只要来学校都可以随便观看。门口最大的展厅总共三层，还有旁边的展览室，每一年都展览着全校各系毕业生的作品。

雕塑系的作品是最显眼的，几乎是一进门就能看到。而服装系的作品，大部分都放在了展览室，还有一部分在明湖边展示。布展也是耗费精力的事情，清理教室，铺地毯，租人台，买地台等零零碎碎的事情，而这些都是各小组分摊。这一年花出去的钱就像流水一样，但又无法避免。

导师带着学生们一起行动，男生多了女生就能少出点力气，那些重的耗费体力的都由男生干，女生就做些轻快的事情：写名卡，将衣服穿到模特身上，组装人台，摆放位置等。大家各司其职，忙碌而充实，毕业就在眼前。

陆思涵组大部分都是女生，可苦了她们了，不过其他组的男生也都一起帮忙，也就这么过来了，虽然布展慢一点，但也算顺利完成任务了。

第五十章　跳蚤市场

白天他们都在展览室度过，两个人一组，半天一轮换，其他时间就去看别的系展览。大学就四年时间，每年的展览看一次少一次，现在到了他们布展。临近毕业的这段时间，一到晚上，学校最大的无组织活动——跳蚤市场就开始了，差不多五点以后，就有学生陆陆续续出来摆摊。都是一些毕业之后带不走的东西，小到针线耳环，大到凉席被褥等，吸引着校内外的学生。市场上的商品最大的特点就是东西不错还实惠。

董依媛和陆思涵先拉起了床单，收拾了自己不能带走、扔掉又可惜的东西。两个人将那些用不完的布料、配料、胶枪等还有各种生活用品都拿到市场上出售，有人讨价还价，每天总能卖出点什么。董依媛每次把东西一卖出去就后悔，有些东西以后还能用得上。

"喂，你这儿有卖身的吗？"董依媛和陆思涵正在整理着地摊上的小东西，突然一个声音在她们头顶响起。

陆思涵一听那个火大啊："你……"他妈有毛病啊！话还没出口就咽了回去，居然是辛子琪、陈修赫、尚夕瑀、陈小漠他们一大帮人站在她们面前。刚才说话的就是孙天华。

"你们怎么都来了？"董依媛笑着问。

"过来看看怎么摆地摊。"陈小漠说着也坐在她旁边的台阶上。

整个十字路口挤满了人，买东西的、卖东西的，学生、外面的大叔大妈们、务工人员都来淘需要的东西。有的学生有生意头脑，直接从外面进货卖东西。

"你们别挡道啊！"陆思涵见这么多人站在她们面前，黑压压的一片，连忙说。

尚夕瑀径直走到了董依媛身后，直接吆喝上了："有需要的这边来看一看！"

"来，走一走，瞧一瞧，好东西不容错过！"陈修赫虽然笑话尚夕瑀，但是感觉好玩也立马喊上了。

孙天华和陈小漠也不甘落后，纷纷叫喊起来。同学们都纷纷看过来，惊讶着这个小摊东西不多，阵容却非常震撼。

"你们能停一会儿不，把人都吓跑了！"董依嫒埋怨道。路人像看怪物一样看着他们，再加上尚夕瑀强大的气场，想来买东西的都吓得不敢过来。

"对啊，我们都没生意了！"陆思涵也快崩溃了。她们两个人这么一说，这几个大男孩才消停了。没一会儿就有学生过来看东西了，这生意摊就是很怪，如果这个摊没有一个人，那么经过的人都不会多看几眼，但是只要一个人过来买东西，人立马就多了起来。他们都抢着推销，将几个小女孩说得都不好意思不买，只好掏了钱拿了东西走人，也顾不上想她们买了之后到底能不能用得上。董依嫒几个人互相看了一眼，一阵无语。

"明天我也来摆摊！"辛子琪对陈修赫说，然后又看看他们几个，"后天就是服装大秀了，到时候你们都来看吧！"陈修赫点点头："嗯，看你表现哦！"

见他们都没有太大的反应，辛子琪继续说："再告诉你们一个好消息，依嫒的三套衣服全都选上了！"尚夕瑀听完立马看向董依嫒："你怎么没告诉我？"

"我也是早上才收到消息！"董依嫒说。她刚刚起床，张甜就打电话了，她的三套服装全被选上，可以参加最后的毕业T台秀。灯光、摄影、二十米长的T台，更有无数的观众，在聚光灯下享受鲜花和掌声，这算是对大学四年一个最好的交代。

"那好啊，到时候我们一定去看！"陈小漠说道。

"皇尚又有得忙了！"陈修赫拍着尚夕瑀的肩膀酸溜溜地说，"不过啊，我要是能长那么高，还有个人为我量身定制，我也愿意牺牲我自己的宝贵时间，燃烧我的光和热！"

"去你的！"尚夕瑀胳膊直接撞上了他的肋骨。尚夕瑀看向董依嫒，董依嫒正巧看向他，两个人四目相对，立即又分开了。

"思涵，你呢？"孙天华好奇地问。"没有！"陆思涵粗声粗气地对他说。她怎么感觉孙天华越来越讨厌，越来越幼稚了，也不知道当初是怎么看上他的。

每年的服装秀学校都相当重视，这是宣传学校实力和形象的方式。工作人员一早就忙碌着，一遍遍地进行着调试和预演。秀场后台，学校请来专业化妆团队，给每一位模特都化了精致的舞台妆,他们从早上就开始化妆做造型,一直到下午五点。

尚夕瑀的造型完全颠覆他以往的形象。化妆师将尚夕瑀的头发全都梳在脑后,他精致完美的五官完全展露出来。再给他精修了眉毛,眼皮涂了深棕色眼影,更显得他剑眉星目,俊朗如月。脸颊两侧与鼻梁都打了侧影,提亮高光,整个面部更加立体挺拔。嘴唇上染了一抹浅红,唇红齿白,最特别的是额头上那像鸢尾花一样的深红印记,平添了几分妩媚。整个人硬朗、柔和、妩媚为一体,居然如此和谐,让人不禁感慨,这男的真美,堪称绝色。

董依媛一边吃着鸡米花,一边偷偷打量着尚夕瑀。

"要看你就光明正大地看!"尚夕瑀对她偷偷摸摸想看又不敢看的样子非常不满,此刻两个人坐在操场的一角吃东西。被他这么一说,董依媛脸一红,她不过多看了他几眼就被发现了。

董依媛有点羞涩地夸赞道:"你今天真的超帅!"

"难道我以前都不帅?"尚夕瑀面无表情地反问道。

"呃,以前也帅,但是今天与你以往的气质非常不同!"董依媛差点被噎住了。尚夕瑀对他的容貌虽不是非常在意,但是丝毫不影响他对自己容貌的自信。

听董依媛这么一说,尚夕瑀勾起唇角笑了,非常自恋地说:"我每天都是不同的帅!不过你穿白色衣服还不错!"董依媛顺着尚夕瑀的眼光看了看自己,一身纯白色的连衣裙,穿着坡跟的水晶鞋,半扎着丸子头,精心修饰过的脸蛋也水水嫩嫩,看起来活力四射。

董依媛听他夸自己,不自觉地脸红了:"真的吗?"

正说呢,辛子琪与陆思涵气喘吁吁地跑过来。陆思涵一见他们立刻喊道:"喂,你们在这里啊,害得我们好找!"

董依媛见她们过来,扬扬手中的鸡腿,说:"你们过来了,吃饭了吗?饿不饿?我买了好多吃的!"

陆思涵摇头:"我没什么事,就是帮帮其他同学!"

辛子琪也说道:"我们都吃过了。离开始还有一会儿,你们好好歇会儿吧!"

尚夕瑀一边吃一边问:"赫呢?"

辛子琪回答着:"一会儿就过来了,他去叫其他人了!"

陆思涵一屁股坐下来道:"一会儿就开始了,紧张吗?"董依媛说道:"能不紧张吗？不过，我真是没想到张甜居然为我向系里申请了这个机会。"辛子琪也觉得不可思议，整理了自己的裙子坐在了陆思涵旁边说："对呀，我也没想到啊。这一年里我们受尽了批评与折磨，寝食难安，终于要毕业了。她这次居然这么帮你，看来还真是刀子嘴豆腐心。"三个女生并排坐在一起，董依媛对面坐着优雅吃着东西的尚夕瑀，旁边放着一大堆衣物配饰。

陆思涵笑道："这次依媛的设计那是有目共睹的，如果因为那天终选发生的意外而失去参加服装秀的机会，那不仅是依媛的遗憾，也是张甜的遗憾，更是学校的遗憾。"尚夕瑀听她们提到这件事，看向董依媛，真诚地说："上次的事情，对不起！"这是尚夕瑀第一次为那件事情郑重地道歉。

陆思涵不可思议地说："天哪，能让皇尚说对不起的，你是第一个吧！"董依媛连忙道："你没有错，都是我的错，是我……"

陈修赫带着陈淼、陈小漠、孙天华正好过来："什么都是你的错啊？我们错过了什么大新闻？"

辛子琪立刻站起来迎上去："你们过来了啊！"

陈修赫笑着对辛子琪点头，再看向尚夕瑀："我擦，你今天真是帅出天际了。"

孙天华接着道："你们看看他，随便往地上一坐，吃个破盒饭都那么拉风帅气。"

"噗！"尚夕瑀一口饭差点喷出来，咳嗽了起来。其他人都哈哈大笑，董依媛赶紧拍着他的肩膀，递水给他喝。尚夕瑀站起来，擦了擦嘴："你们两个活得不耐烦了吗？"

"哈哈哈，看你们太严肃了，活跃活跃气氛！"陈修赫笑着说。

孙天华一见陆思涵也在，连忙凑上去跟她说话。人啊，有时候就是犯贱，越是得不到的越是拼了命地想要去争取，放在眼前的时候看都不看一眼。自从知道他们之间还有过一个孩子，孙天华对她更是殷勤了，简直比他们热恋的时候还要夸张。陆思涵呢，也是拿他没有办法，真期待如果哪天他厌倦她了，那么一切就结束了。不过，目前看来是不会了。

没一会儿，魏纯儿和南荣沐阳也过来了，身后还跟着昊森，几个人互相打了招呼。最后过来的是赵驰，他见这么多人在，也没跟董依媛说上几句话，就跟她说了声："加油！"董依媛点点头。赵驰最近忙着毕业的事情，跟几个朋友合开了一家画室，培训像他们当初一样的艺考生。

第五十章 跳蚤市场

第五十一章 秀场

　　随着时间的推移，摄影师、媒体记者纷纷到场，各大院校的领导、系办老师们坐在第一排最显眼处，后面坐着学生及服装爱好者，还有很多人站在座位席之外。每年学校会有邀请函赠送给一些重要的嘉宾，而大多数学生、外来参观人员都是被朋友带进来的。晚上七点二十分，服装秀正式开始，灯光闪烁，震撼的音乐响起，舞台两边大屏幕上闪烁着2015年服装系毕业生的宣传片。漂亮的女主持人穿着白色的鱼尾礼服登场，说了几分钟的致辞之后，她激动地喊道："现在，我宣布2011级服装秀正式开始。"四周的礼花声响彻整个操场。主持人提着裙摆优雅地下台。

　　配合着音乐，身材高挑的模特们从舞台后慢慢走出来，各种拍照的灯光聚于一身。他们步伐均匀，脸上化着精致的妆，完美地展示着服装的魅力，形成一条线在众人的瞩目下缓缓走过。

　　董依媛将尚夕瑀里里外外再次检查了一番，尚夕瑀朝她点点头，安慰道："别紧张！"

　　董依媛抿着嘴："嗯！"

　　音乐节奏改变，尚夕瑀稳步走在舞台上，光芒万丈，吸引着所有人的目光。尚夕瑀眼神忧郁表情冷酷，眼神中有说不清道不明的情绪，让人忍不住跟着揪心。由于时间紧迫，陆思涵、魏纯儿和董依媛一起帮尚夕瑀换衣服，一个换上衣，一个换裤子，一个脱衣服。尚夕瑀被三个女生几乎看完了身子，脸上有一丝尴尬。

　　到了最后一套服装，董依媛才有时间站在台下观看。见尚夕瑀终于穿着她设计的衣服走在T台上，将衣服展示给所有的人，她的眼泪止不住地往下流。尚夕瑀帮她实现了一个梦，一个美丽奢华的梦。辛子琪等人站在她身后，也是一脸的兴奋。

　　看着台上的尚夕瑀，董依媛心里默默地说：尚夕瑀，你是如此地耀眼，如此地闪亮,如此地光芒万丈,让我如何不心动,不动情!你是我的贵人,是我的福星,是我心里永远的梦。这个梦太美,以至于我不想醒来。

最后所有的服装都已经展示完,本届毕业的全体学生一起上台谢幕。第一天的毕业服装秀就圆满结束了。

董依媛和辛子琪连忙去后台临时搭建的更衣室整理衣服,就害怕人多衣服都被拿乱了。经过多次的试穿,衣服多多少少都沾上了点灰尘。董依媛知道尚夕瑀有严重洁癖,所以每次穿完都要处理。

"你们在哪里?""我们在T台后面!"董依媛对着手机小声说,"你现在就过来啊,我现在就带他们跟你会合!"

"你在跟谁打电话啊?"魏纯儿看着躲在更衣室角落里的董依媛问道。董依媛赶紧装好手机,走向陆思涵、南荣沐阳等人:"没什么。都收拾得差不多了吗?我们快出去吧!"

几个女生点点头,南荣沐阳率先拉开门帘:"走吧,这里面太热了!"

她们刚刚出来跟外面等着的男孩们站定,一个身穿短袖衬衫、牛仔裤、帆布鞋,身高中等,留着寸头,清爽干练,皮肤细白,略带腼腆的男孩,手捧着鲜花走了过来。

"丰林?"魏纯儿一眼就认出了这人是谁,她下午打电话的时候丰林还说没时间来不了,现在居然出现在他们面前。

丰林看向董依媛,董依媛对他点点头。丰林见这么多人都看向他,鼓起勇气直接站在魏纯儿面前,开口道:"纯儿,我今天来就是有一句话想告诉你,我知道今天再不说,以后恐怕都没机会了,我喜欢你!"说完单膝跪地,将鲜花举到了魏纯儿的面前,"如果,你也刚好喜欢我,那么,我希望我们未来一起努力,一起生活。我们永远在一起!"

魏纯儿万分震惊,她没想到丰林会在这么多人面前向她表白,她更没有想到丰林原来喜欢她。她以为像她这种家境贫寒、长相并不出众的女孩不会有男孩喜欢,但是现在这个人就站在她面前了,而且还是自己心里喜欢的人。她以为他们之间没有可能,她会离开这里,他们之后都不会再有交集。

"你能答应我吗?"丰林再一次出声恳求道。

魏纯儿看着他那真诚的眼神,才知道她自己不是在做梦。可是她可以吗?他们

第五十一章 秀场

能在一起吗？她真的不知道。

"纯姐，他真的很喜欢你。他为了你努力工作，已经在西安付了首付买了房。以后你们会在西安有一个家！"董依媛见魏纯儿迟迟都不说话，只是看着丰林，她连忙开口说。这个表白是董依媛策划的，她在知道丰林喜欢魏纯儿之后，就一直想办法，希望他们能够在一起。谁知丰林胆小，魏纯儿又迟钝，而且比较固执，他们一直没能踏出这一步，她才策划了这场表白。

南荣沐阳经常去咖啡店，虽然只见过丰林几次，但是看他的言谈举止、为人处世都非常不错，也开口说道："对，看得出来这个男孩是真心对你的！"

"我，我可以吗？"魏纯儿不确定地说。

"相信我，我们可以！"丰林站起来拉住她的手放在了他胸口的位置，坚定地看着她。魏纯儿第一次这么近距离看他，见他目光炯炯深情地看着自己，一双眼睛在灯光下闪烁着莹莹泪光，她知道他是认真的，她默默点点头。丰林见她点头，开心地一把将她拉进怀里："我爱你，以后我们永远在一起，不分开！"

众人一齐鼓掌，纷纷叫好。陈修赫见又一对情侣在一起，在辛子琪脸上亲了一口，辛子琪一脸羞涩，忙拿手背擦脸。"怎么啦，都在一起这么久了，还害羞！"陈修赫轻轻捏了捏她的小鼻子，宠溺地说。

南荣沐阳与昊森相互看了一眼对方，紧紧地握住彼此的手。孙天华见状，小心地触碰一下陆思涵的手，被陆思涵甩开，他又像牛皮糖一样黏上来，抓住她的手，两个人一个靠近一个躲，很快就离开了众人的视线。

尚夕瑀眼睛一眨不眨地看向董依媛，此刻的她由衷地感到大家都很幸福，满足地勾起了唇角。感受到尚夕瑀注视的目光，她也抬头看向他，又不自觉地低下头去。陈小漠看向董依媛，又看到了尚夕瑀专注的眼神，转而看向星光灿烂的夜空。他知道瑀对依媛的喜欢一点都不少于他，而依媛好像也喜欢着瑀。

最后一天的服装秀圆满地结束了。女主持人穿着酒红色的镂空紧身礼服站在台上："下面我来宣布2015年服装系毕业设计获奖的名单。优秀奖十名……"男主持人接着念："特等奖五名，三等奖三名，二等奖两名……"被念到名字的学生依次上台领奖，对颁奖老师表示感谢。女主持人声音又提高了一个度，激动地说："接下来，我郑重宣布毕业设计的第一名。获得2011级毕业设计一等奖的就是：服装设计二班董依媛，时空签名系列套装。让我们掌声祝贺她，同时邀请周教授和张甜导师为她颁奖！"

当董依嫒听到自己的名字之后，十分意外，她真的想不到这个奖会颁给她。陆思涵和魏纯儿将发愣的董依嫒推上了舞台。她一出场，尚夕瑀第一个鼓掌，后面噼里啪啦的掌声响了起来，他们几个人是最最激动和开心的。

张甜和周教授一个为她颁发奖杯，一个颁发证书和奖金。董依嫒与两位老师拥抱，说不完的感谢。

"此时此刻你最想说什么呢？"主持人问道。

董依嫒接过主持人递给她的麦克风，看着台下的尚夕瑀和宿舍的几个好姐妹，她泣不成声，哽咽地说道："我真的意外，很意外。谢谢学校领导对我的认可，谢谢我的导师，谢谢你们！"她连忙弯腰鞠躬，继续说，"感谢我的导师，我本来已经失去这次服装秀的机会了，是张老师为我争取的，感谢您！"这句话是对张甜说的。"同时感谢所有帮助我的老师和同学们，谢谢！最后我想感谢一个人！"她将目光锁定在尚夕瑀身上，聚光灯也跟着她的目光打在了尚夕瑀的身上，"尚夕瑀，谢谢你。这句话我虽说过千遍万遍，但是我还是想说，谢谢你！是你，让我重新认识自己；是你，让我觉得自己并不是那么一无是处；是你，让我知道：不要轻看自己，不要给自己设限，你比你想象中更加优秀。"掌声再次响起，全场一片尖叫。

"没有你，就没有现在的我。"这句话董依嫒并没有说出口，而是在心里默念。

男主持人道："再次感谢我们所有获奖的学生，西美爱大家，我们都是一家人。现在有请我们学校的各位领导及导师和全体毕业生上台来，我们一起合照。"在主持人的带动下，大家纷纷上台，在十几米长的T台上进行大合照。

两位主持人一齐喊道："在此，我宣布2011级毕业服装秀圆满落幕！"

第五十二章　毕业典礼

　　董依媛拿着奖杯走到尚夕瑀面前，开心地对尚夕瑀说道："我做到了！"

　　"嗯，你做到了！"尚夕瑀的眼眶也发红了，伸出手抹掉她脸上的泪痕，"你没让我失望！"

　　被尚夕瑀修长的手指安抚着，董依媛却更想哭了。这一年她为了毕业设计付出了太多的心血，在不抱任何希望的时候，却意外地收获了成功。尚夕瑀轻拍着她的肩膀安慰着："哭什么呢？你很棒，很优秀！"

　　"嗯，我知道！谢谢你！"董依媛擦了擦眼泪，感觉自己太矫情了。

　　"我有一句话想对你说！"尚夕瑀顿了一下说。

　　"什么话？"董依媛抬起秋水盈盈的眸子看向他。

　　"瑀、依媛，今天我请大家一起去吃海底捞！瑀，你换好衣服我们就出发！"尚夕瑀刚要开口，陈修赫等一大帮人就走向他们。

　　"嗯，好！我去换衣服！"说完，尚夕瑀就去了更衣室换上自己的衣服。

　　这一晚上，大家都玩得非常开心，还喝了很多酒。结束了服装秀，距离毕业的日子也就越来越近了。

　　终于到了领取毕业证书和学位证书的时间。一张表格上，注明了毕业前要交接的事项，总共九项，集齐九个大红印章，就可以领取证书。一瞬间全体毕业生出动，纷纷拥向那几个地方：图书馆、网络室、宿舍管理处等。办理校园网宽带的时间长，所以学校设了两处办理，学生们从早上七八点排到了下午三四点。

　　这让董依媛想起来了，当年联考报名的时候，全陕西省三万多名学生，全都拥向美院体育馆的二楼。这条盖章的队伍在学校大门口排了有五百米长，而且是三四列，有的学生六点就来排队，董依媛那时候是八点去的，幸好画室有个男生七点过来排队，她才排得靠前一点。那场面用人山人海形容都不过分。

上午十点半左右，她们几个女生就办完了所有的交接事项，排队拿到了蓝色和深红色两个本本。看着眼前的这两个本子，董依媛感慨万千，她们是真的要毕业了，接下来在学校的日子是过一天少一天。再看看毕业证书上的照片，她真想将两个本子都撕了，真的是太难看了，把她照得又老又丑，这可是要跟随她一辈子的证件！虽然愤愤不平，但是什么用都没有。

不过还有个别学生因为这样那样的原因没能拿到毕业证书，也有人觉得毕业证没一点用，但毕竟本事大、有主见的人还是少。

天阴沉沉的，早上下起了小雨，老天似乎也因为他们即将离校而哭泣。毕业生们一大早穿好了学士服，因为下小雨，学校给每个毕业生都发了雨衣。他们以系为单位，按照顺序走到各系的位置上，坐下来参加毕业典礼。董依媛等人坐在最靠后的位置上。大家都十分安静。

学生会派了几个学生代表接受校领导颁发的学士学位证书，向研究生颁发的硕士学位证书，最后还有两个重量级的博士学位证书。

男主持人道："现在有请我们的校长上来致辞，让我们以热烈的掌声表示欢迎。"

学生老师一起鼓掌，校长慢慢走到讲话台前，看着坐在台下的一大片学生，说道："匆匆四年悄然而逝，或许你还停留在刚入校的迷茫和好奇中，或许你还没来得及好好看看我们的学校，就已经到了毕业的时候了。在这四年中，你们会想起食堂里一成不变的饭菜，会想起在小湖边牵手漫步的浪漫迷离，会想起天晴晒被子的拴马桩。但是不管你们走多远，走多久，请你们时常回来看看，这里还是你们离开时最初的样子。不管走到哪里，你们都是西美人。现在，我宣布2015届学生完满毕业。"

接着是全体2011级毕业生合影，老师、学生、指导员、校长及其他校领导，纷纷走向了展览馆前的三十多级台阶上，站好自己的位置，随着摄影师的一声"茄子"，每个人都露出最灿烂的笑容。没有扔上天的学士帽，没有欢呼雀跃，董依媛对这所生活和学习了四年的学校充满了浓浓的不舍之情。

拍完集体照片，学生们穿着学士服在学校的各个角落里互相拍照留念。服设二班的同学聚在湖边拍了一张大合照。董依媛宿舍里的几个女孩也拍了一张合照。

知道她们今天开毕业典礼，尚夕瑀、陈修赫等人上午考完试就来找她们了。陈修赫老远就喊道："宝贝，我来了！"辛子琪转过头见是陈修赫，开心地说："你们都来了啊！"

陈修赫一把抱住她道："亲爱的，今天穿得真漂亮！"

辛子琪噘了噘嘴，拿开他的手："别闹，大家都看着呢！"

陆思涵哈哈大笑："没看到，我们什么都没看到。"

孙天华凑近她说道："涵涵，你也很漂亮！""你给我走开！"陆思涵被突然靠近的孙天华吓了一跳，瞪了他一眼。

尚夕瑀走近董依媛，轻声说道："你们毕业了？！"似感慨又像是疑问。

董依媛点点头，然后开心地说："我们几个拍张照片吧！"

宿舍五人再加上陈修赫、尚夕瑀、孙天华，大家纷纷找着合适的位置。正在这时，陈小漠从远处赶来："喂，拍照你们不叫我啊？""你小子，哪儿都有你！"孙天华笑着调侃他。

"我怎么啦，是依媛叫我来的！"陈小漠大声反驳，灿烂的笑容在脸上漾开。不管什么时候，依媛都会叫上他，这说明他在她心里绝不是一个无关紧要的人。

"昊森没来吗？"魏纯儿看向南荣沐阳问道。

"他学校还有点事要处理，这两天就过来帮我收拾东西！"南荣沐阳说。穿着学士服的她一改以往的成熟，此刻显得娇嫩、清纯。

"你真的决定好了吗？"陆思涵也参与进来。"嗯，留学的手续一个月就能办下来，我们先去国外玩几天！"南荣沐阳点点头说。"你的丰林呢？怎么也没来？"辛子琪探过头来问魏纯儿。"他啊，上班呢！"被辛子琪这么一问，魏纯儿脸蛋一红，长这么大终于在大四毕业这一年谈恋爱了。宿舍的几个姐妹都说她铁树也开花了，真的要丢死人了。

"那我们人都齐了，可以照相了！"陈修赫见人都差不多了，赶紧张罗着。

陆思涵找来班上的一位男同学为他们几个人拍合照，陈修赫搂着辛子琪的小细腰，南荣沐阳和魏纯儿手拉着手，孙天华一把搂住陆思涵，她拼命地闪躲着。只有尚夕瑀、董依媛、陈小漠安静地站着，董依媛站在两个人前面，她开心地笑了起来，陈小漠也开心地搭着孙天华的肩膀。尚夕瑀在右边最边上，双手插口袋酷酷地站着。

第五十二章 毕业典礼

拍完合照，几个人嘻嘻哈哈打闹成一团。不远处赵驰跟好哥们儿拍完了照片，向董依嫒他们走来。赵驰看他们开心的样子犹豫了一下，还是走了过来，看着董依嫒说："我们单独拍一张吧！"

董依嫒点点头，赵驰掏出手机为他们拍了一张照片。尚夕瑀阴着一张脸，一直看着赵驰和董依嫒开心地互动。直到赵驰走开，尚夕瑀才上前来："我们也来自拍！"董依嫒简直喜出望外，找了块大石头站了上去，这才看起来和他差不多高。用尚夕瑀的手机拍完，又用董依嫒的拍。不甘示弱的陈小漠也加入其中，一群人在学校各处拍来拍去。周悦和几个男生一起来找南荣沐阳拍照。尚夕瑀几个人下午继续考试去了，见南荣沐阳还不过来，董依嫒和魏纯儿四处去找她，在小山坡的一片梨树下发现她和周悦站在一起说话。她们就没上前去，只在旁边的石磙上坐着。

"你知道我爱了你很多年了！"周悦看着南荣沐阳深情地说。南荣沐阳点点头："我知道，谢谢你！"

"你对我真的就没有一点点喜欢吗？"周悦激动地问道。听说她明天就要离开了，他的心仿佛在滴血。

"我是有男朋友的人了，说这些不合适！"南荣沐阳没有回答他，而是说了他最不愿意听的话。

周悦一把将她抱在怀里："我真的好爱你！"南荣沐阳被他突然的举动吓住了，反应过来连忙挣扎着："你放开我，快点放开我！"

"我不要，明天你就走了，让我抱抱你，就一会儿。"周悦紧紧地将她抱住，嘴唇贴着她的耳朵说，没一会儿眼泪就掉了下来，"你知道吗？我从第一眼见到你就喜欢上你了！我知道在你心里还是有我的位置的！"

坐在石磙上的董依嫒和魏纯儿都惊呆了，她们也没想到会看到这一幕。现在走吧，看都看了；不走吧，接下来不知道还会发生什么。

"你别胡说了！"南荣沐阳想要将他推开。

"可是，那一晚上，我们都已经……"周悦不甘心地说。"什么那一晚，我们什么都没有发生，我喝醉了什么都不记得了！"不等他说完，南荣沐阳赶紧打断他，这是她心里的疙瘩，一个对不起昊森的秘密。在去广州采集面料的那几天里，她一直和周悦在一起，本来他们只是好朋友，但是有一天晚上他们喝酒聊天到很晚，不知道怎么回事糊里糊涂就发生了……

魏纯儿和董依嫒实在是不敢再听下去了，他们的事情还是他们自己解决吧。两个人准备悄悄地起身离开。

周悦突然吻上了南荣沐阳，南荣沐阳挣扎着，最后慢慢地安静了下来，很久很久之后，周悦放开她："这是最后一个吻，从此以后我们就没有任何关系了！"说完，他转身大步向前走去。四年的时间，他一直在努力地想要得到她的心，到最后还是什么都没有得到。不属于自己的，从来都不是，强求也无济于事。他的心在滴血，任凭眼泪随风而散，也不管它，让他保留男人最后一丝的尊严，不回头，不挽留，不说再见。

第五十三章　决定

　　南荣沐阳看着他失落的背影越来越远，自己的眼泪也缓缓掉了下来。她之前迷失了方向，才会伤害一个默默爱她的人。她不应该继续给他幻想给他机会，这样伤害的是三个人。既然选择了昊森她就不会后悔。昊森，你会原谅我吗？

　　南荣沐阳转过身，却发现了两个熟悉的身影，她赶紧擦了擦眼泪，追了上去，果然是魏纯儿和董依媛。

　　"你们跑什么？"南荣沐阳问道。

　　"呃，没什么。这里的景色挺美的，来这里看看！"董依媛随口回答道，不过她一看她手指的方向。呃，这景，也太不特别了吧。

　　"你们什么都知道了？"对于董依媛的说辞，南荣沐阳一点也没在意。

　　魏纯儿点点头，董依媛耸耸肩。太尴尬了，她们本来是要走的，不过那场面确实太激烈了，她们两个人看得心潮澎湃舍不得走了。

　　"既然知道了，就不要告诉别人了。"南荣沐阳松了口气，因为刚刚哭过，眼睛还红红的。

　　"放心吧，已经毕业了，该忘的就忘了吧！"魏纯儿说道。

　　"嗯！"南荣沐阳点点头。"我们回去吧！她们等得着急了！"董依媛说完就大步离开，她们两个人也跟上她。

　　陆思涵和辛子琪虽然奇怪她们几个去了那么长时间，但也没有多想，又去了湖边照相。几个女生看见好些同学踩着湖中的石头到湖中的小岛上拍照，也跟在他们身后。几个人小心翼翼相互扶持着前进，辛子琪差点就掉进了湖中，幸好她们几个人力气大稳定性强，及时拉住了她，这才没掉下去。刚上去没一会儿，董依媛的手机就响起来了。

237

我遇见你是在深秋

"喂？"看着这个陌生号码，董依媛非常意外。

"你是美院服装系毕业生董依媛？"电话那头传来说话不紧不慢的中年女人的声音。

"嗯，我是。请问您找我什么事？"虽然不知道对方是谁，有什么事，董依媛还是有礼貌地问。

"我是尚夕瑀的妈妈。"电话那头的声音让董依媛非常震惊。

"嗯，阿姨您好！"董依媛礼貌地问候着。

"我已经知道你和小瑀的事情了。其实这都是你们年轻人之间的事情，不过呢，我们家的情况比较特殊，我们是不会同意他和外面的女孩交往的。"

董依媛面色一变，心中非常苦涩，这电视剧的剧情居然发生在她身上了，"阿姨，我想您误会了什么。"

尚妈妈连忙打断她："你不用说什么，你听我说。你们年轻人遇事难免会冲动，阿姨呢也是过来人。你们两个家庭背景、生活习惯、喜好完全不同的人在一起是不会长久的。为了你以后少受点伤害，小瑀少犯点错误，我希望你能明白我的意思，你们早早了断这段感情！"

"接下来，您就会用钱来打发我？"董依媛气急反笑，不等她说完就打断了她的话。

"我想你们现在这些学生，一定会觉得那样侮辱了你们，所以就不需要我多此一举了。"尚妈妈很惊讶她的话。

董依媛笑了，他家果然是有"皇位"要继承的，要不然怎么会有"皇尚"这个外号。"您放心，我对您儿子没有任何的非分之想。他是我的贵人，是我的恩人！除此之外，我们再没有其他关系。"

尚妈妈很开心这么容易就说通了这个女孩，连忙松口气："那就好，你是个聪明的孩子！"自从伊琳和孩子他爸说过这件事情之后，她就一直在琢磨这件事该怎么办，最后还是决定先从这个女孩下手，儿子那么执拗的脾气，她可不想碰一鼻子灰。

"怎么了？谁给你打电话了？"董依媛一挂掉电话，辛子琪就问道。

董依媛摇摇头："没什么？"她不想告诉她们这件事。

"那你怎么看起来很不开心的样子！"陆思涵也注意到她的表情，刚刚的喜悦瞬间消失殆尽。

238

"真的没什么。差不多了，我们去吃饭吧！"董依媛见时间也差不多了，连忙岔开话题。"可以啊！"陆思涵笑着说。

"沐阳，你明天就离开学校？"魏纯儿看着夕阳下南荣沐阳美丽的侧影说。

"嗯，一会儿我请客，想好吃什么了吗？"南荣沐阳转头看向她，笑着问道。

"去吃大餐！"陆思涵笑着说。

她们在写着"明湖"两个字的大石头旁边拍了一张合照，小岛非常小，也没什么可看的，就是湖中鸭子、黑天鹅的栖息地，董依媛还发现了两个天鹅蛋。她们又踩着石头回到了岸上。

晚上，南荣沐阳请宿舍的几个姐妹一起吃川菜，因为她是第一个离开的，大家心里都非常难过。一段旅程有开始有结束，这一段路上大家朝夕相处整整四年，在不断磨合中，成了最亲密的朋友，现在终于到了分开的时刻。

是夜，湖边昏黄的路灯照亮明湖的美景，尚夕瑀站在一棵粗壮的老槐树下看向湖面，他刚约了董依媛在这里见面。风轻轻扬起他的头发，7月的天气虽然炎热，但是站在这里，不仅非常凉快，烦躁的心情也会变得沉静。

刚刚和宿舍的几个姐妹吃完饭，董依媛接到电话就坐出租车赶回学校了，其他几个姐妹慢慢走路回来。她们说她有异性没人性，董依媛才不在乎呢。她喝了一点酒，脸蛋微微发烫。跳蚤市场上的学生此时大多数都回宿舍了，还有一些学生在收拾东西。董依媛这两天已经没有要卖的东西了。

一到湖边，她四处看了一圈，见尚夕瑀就在那棵老槐树下，于是一边跑一边开心地说："尚夕瑀！"

尚夕瑀转头看向她，见她很开心的样子，不自觉地也跟着笑了："你来了！"

"嗯！"董依媛点点头，因为喝了酒的缘故，话比平常多了很多，"我们刚刚喝了好多酒！真的就这么毕业了！"

两个人默默地走在湖边吹着晚风，尚夕瑀看着她说："毕业后你有什么打算？"

董依媛想了想说："系里说有一个保研的名额，而且上海的公司也签了我。"这是她最近这几天一直纠结的事情，到底是留下来，还是离开。

尚夕瑀道："那一直都是你最想去的公司。"

这家公司是国际知名品牌，在上海有分公司，在4月她去了这家公司的校园招聘会，经过笔试、面试之后，很遗憾地落榜了。但是她没有放弃，5月再次投了自己的简历，又在6月中旬将自己的毕业作品和论文发送过去了，这才有了这次机会。到岗时间是十天内，过期作废。

董依媛纠结着说："是啊，好不容易才有了这次机会，但是学校直接保研。这两个我真的不知道怎么选。"是啊，尚夕瑀，谢谢你。如果不是你，我不可能有这样的机会，我可能会很普通，甚至连选择的机会都没有。

尚夕瑀真想说，那你留下来吧！可是他不能，尚夕瑀看着她的眼睛认真地说："问问你自己的心，是想离开还是留下。"

"你知道吗？我从来没有想过还有这一天。我一直是个失败者，如果没有遇见你，我都不知道自己是个什么样子！这一切都是因为你！"董依媛看着他，突然泪流满面，她真的好喜欢尚夕瑀，好想跟他说一声"我喜欢你"，但是她知道她不能啊！

"不，我不重要，最重要的是你自己的努力，还有不服输！"尚夕瑀见她突然哭了，眸光中满是心疼。他抬起手，慢慢抚着她的头发，"傻瓜，你哭什么？"

董依媛再也控制不住自己，趴在他的怀里呜呜地哭泣，尚夕瑀双手无措了一会儿，慢慢放下去，然后紧紧地抱住她。

"我……"

"尚夕瑀，我……"董依媛和尚夕瑀几乎同时说道。

"你先说吧！"尚夕瑀说。

董依媛刚刚想要说话，突然想到他妈妈的话。是啊，他们怎么可能在一起呢？她配不上他！这份爱只能藏在心底。马上脱口而出的话，硬生生忍住了。

尚夕瑀见她突然不说话了，忙问道："你，怎么了？"

董依媛摇摇头，眼泪簌簌地往下流。尚夕瑀不知道她怎么回事，手忙脚乱地帮她擦眼泪。正在这时，他口袋里的手机响了起来，居然是他妈妈打来的电话。尚夕瑀转过身接起了电话，听完电话，他的脸色就变了。

"怎么了？"见尚夕瑀脸色一变，她担忧地问道。

"我现在有急事要回家一趟！我明天再跟你说！"尚夕瑀看着她严肃地说道。

"嗯，你快点去吧！"董依媛见他失魂落魄的样子，连忙说道。

尚夕瑀看了她一眼："你等我回来啊！"董依媛点点头。

尚夕瑀见她点头，这才转身快步离开。董依媛看着他的背影消失在黑夜之中，抬头看向了满天繁星。尚夕瑀，我喜欢你！

第五十四章　分离

　　昊森一大早就来帮南荣沐阳收拾行李了，宿舍这么小的地方居然来来回回搬了四五趟才将她的东西全部拉到车上。南荣沐阳看了看凌乱不堪的宿舍，再看看她的室友们，瞬间泪如雨下："宝贝们，我先走了。"再多的话，她都说不出口了。

　　魏纯儿眼睛瞬间通红，一把抱着她："沐阳，你走了一定要想我们啊！"南荣沐阳拍拍她的背："我会想你们的。你们也要想我啊！以后我们每年聚一次好吗？"陆思涵上前抱住她："嗯，我们一年聚一次！"董依媛眼睛红红的："你在那边要好好的，一定要照顾好自己！"

　　南荣沐阳抱着董依媛道："放心吧，昊森会和我一起去的，他会照顾我的！"辛子琪一边擦着眼泪一边说："你一定要多回来看我们呀！"

　　南荣沐阳抱着辛子琪："嗯，我知道了，倒是你们，有机会也来看看我吧！"

　　魏纯儿点点头："我们知道了，一定会去的！"

　　昊森虽然也不忍心，但还是开口说："走吧，伯父他们在楼下等着呢！"

　　南荣沐阳擦擦眼泪，说道："那我走了！"

　　众人流着不舍的眼泪，将她送下楼。南荣沐阳向她们挥挥手："姐妹们，再见了！"

　　魏纯儿看着他们上了车，车子发动，渐渐离她们越来越远，最后只留下南荣沐阳在车窗里哭泣的样子。她再也忍不住了，哇哇大哭起来，陆思涵扶着魏纯儿，拍拍她的肩膀安慰着："别哭了，别哭了，该走的都是要走的。"

　　魏纯儿一边哭一边说："呜呜呜，我真的舍不得！"

　　董依媛和辛子琪互看一眼，也难过得哭了起来。

　　昏黄的路灯下四个人相互搀扶着，摇摇晃晃地走在路边。陆思涵大声唱着：

"让我们红尘做伴活得潇潇洒洒。"董依媛接着唱："策马奔腾共享人世繁华。"

四个人一起唱："对酒当歌唱出心中喜悦，轰轰烈烈把握青春年华。啊——啊——啊——"

董依媛脚一歪跌倒在地，大笑着："哈哈哈。"辛子琪大叫着："你跌倒了啊！"董依媛笑哈哈："都坐下来，坐下来。"

四个人一排坐好。陆思涵靠在魏纯儿身上："不知道什么时候还能像现在这样。"

魏纯儿叹了口气说："我们都要离开这里，离开学校，离开这座城市。分离，人生总是要不断地选择。"

"你们怎么打算？"辛子琪问道。她肯定会留下来，不管是继续考研还是进入事业单位。为了陈修赫，也为了她自己。

"先去我之前的画室代课吧！"陆思涵想了想说，虽然她和孙天华每天打打闹闹的，但是让她离开他，她居然还有一点点不舍。真的是作孽。

魏纯儿想了想说："我先找找工作，实在不行就去北京！"

"丰林怎么说？"董依媛问道。

"他说不管我怎么决定他都支持我！"魏纯儿想到那个白净的男孩，笑着说。

"那很好啊！好羡慕！"陆思涵羡慕地说道，又看向董依媛："那你呢？"

"我还没想好，等我想好了再告诉你们！"董依媛低下头，尚夕玛让她等他回来。

尚夕玛一连几天都没有再联系她，当尚夕玛的妈妈和她通过电话之后，她终于做出了决定。

宿舍里，董依媛收拾着自己的行李，将一些用得着的东西都装在纸箱子里，联系好了快递公司下午拉走。辛子琪也在整理自己的东西，她要先搬去陈修赫的工作室住一段时间。

陈修赫上来，帮她一件件往下搬，该扔的也都扔了。绝大多数书籍，还有一床旧被褥，都拉到收废品那儿卖掉了；画架画板等绘画用品也有人来收。这个时候全都是贱卖。

几趟下来，陈修赫累得满头大汗："还有多少？"辛子琪拿着毛巾为他擦擦汗："没多少了，你先歇会儿。"

第五十四章　分离

陈修赫看着董依媛道："你决定好了？真的不打算留下来？"董依媛将一本书放入箱子中："嗯，我想去做自己喜欢的事。"陈修赫继续劝说道："留在学校继续读研不更好吗？"董依媛摇摇头："去公司不是成长得更快吗？"陈修赫突然想到一件事："对了，差点忘了，夕瑀让我把这个交给你！"

陈修赫在桌子上找到一个纸盒子递给她，董依媛拿在手上，问道："这什么东西呀？"

陈修赫摇摇头，这还是他自己去尚夕瑀的公寓拿来的："不知道啊，你自己看啊！"

正要打开看，赵驰的电话打过来，她随手将纸盒扔进了包里，接起了电话："喂，哦，好的。我现在就下去！"

董依媛挂掉电话，对他们说："你们先搬着呀，我下去一趟。"辛子琪点点头："嗯嗯，去吧！"

陈修赫刚想喊她："你……"只看到了董依媛快速消失的背影。

董依媛跑到宿舍楼下，赵驰已经等在那儿了。一见董依媛下来，赵驰笑着看她："收拾得怎么样了？"

董依媛点点头："嗯，差不多了，已经给快递公司打过电话了。"

赵驰问道："你有什么打算？"看着赵驰满是期待的脸，董依媛还是说出了口："我要去上海！"赵驰十分惊讶，连忙问道："你想好了？"

董依媛点头道："嗯。你呢？"

赵驰说不出来地难过，沉声道："我留在西安，这段时间开了一家画室。"

董依媛开心地看着他："那很好啊！"虽然已经知道答案，赵驰还是问道："我说过的事情你考虑得怎么样了？"

董依媛没想到赵驰如此执着，只好说道："对不起，我想去上海，不能跟你留下来。赵驰，你会找到更好的女孩的！"赵驰努力地睁大眼睛，不让自己的眼泪落下来，问道："你是喜欢尚夕瑀的，对吗？"

董依媛没想到连赵驰都看出来了，也不隐瞒："我是喜欢他，但是我跟他不可能！"赵驰红着眼睛反问道："你就不能考虑一下我？"董依媛斟酌了一下措辞，说："你和我，还是做朋友我比较习惯。"

赵驰沉重地点点头："好，我明白了！"董依媛道："明天下午四点半的火车，你要来送我吗？"

赵驰看着她再也忍不住，泪如雨下："我……"

董依嫒摇摇头，知道他肯定不想来送她，连忙说："没关系，那场面肯定煽情，那我先去收拾东西了。"董依嫒转身准备离开，赵驰突然叫道："依嫒！"董依嫒回过头来："嗯？"

赵驰挥挥手："没什么，你去吧，我想最后看你一眼！"董依嫒笑笑说："好！"然后快步走进了宿舍楼。

赵驰看着董依嫒的背影，喃喃道："永远都只能看着你的背影，越来越远！"

站台上，辛子琪、陈修赫、陈小漠、陆思涵、孙天华，还有魏纯儿和丰林陪着董依嫒一起等火车，唯独没有看见尚夕瑀。

辛子琪抱住董依嫒，大哭着："好舍不得你呀，不要走好不好！"

董依嫒拍拍她的肩膀，温柔地说："乖，听话，不哭了好吗？跟他好好的，幸福地在一起，让我嫉妒吧！"

辛子琪气得拍打她："呜呜呜，你是个大坏蛋，怎么能丢下我啊！"

董依嫒连连点头："对，我是坏蛋，我会想你们的！"

魏纯儿道："嫒嫒，你照顾好自己，有什么事一定要打电话告诉我们啊！"

董依嫒放开辛子琪，抱住魏纯儿："谢谢纯姐这么多年的照顾，在你身上我学会了很多。你一直很自立自强，希望丰林能让你变得不那么坚强，可以让你依靠，你们一定要幸福啊！"

丰林看着她说："放心吧，我会的。我应该谢谢你，否则我还不知道怎么开口！"

"谢什么啊！我主要是看你是真的喜欢她，否则我才不会帮忙！"董依嫒笑着说。

"你要照顾好自己！"陈小漠认真地叮嘱她。董依嫒郑重地点点头："谢谢你，小漠，一直都这么关心我！""谢什么呢！我们不是朋友吗？"

"你过去了好好发展，我和天华过几天也去上海玩！"陆思涵忍着泪水，霸道地说。"对！"孙天华也点头。虽然他不怎么喜欢董依嫒，但是相处下来也没有那么讨厌了。

董依嫒眼泪在眼眶打转，强忍着不让掉下来，她知道陆思涵说去上海，其实只是为了看她。

尚夕瑀坐在出租车上，大叫道："师傅快一点，快一点！"他知道董依媛要走的消息，想尽了办法从家里逃了出来。妈妈那天打电话告诉他奶奶快不行了，他心急火燎地赶到家里，见奶奶只是旧病发作没什么大问题。他想回学校，家里人用各种理由拦着他，甚至换了他的手机。

司机大哥也很无奈："我也想快，可是现在堵车啊！"

陈修赫发短信："我们进站了！你快点啊！"尚夕瑀心急如焚，急忙问道："多久能到火车站？"

司机道："快了啊，还有十来分钟！"

尚夕瑀道："能不能再快点，我要去见一个很重要的人，她今天走！"

司机道："是你的恋人吧？"

尚夕瑀坚定地说："对，我爱她！"

司机道："好，你坐好了啊，我现在抄近道！"

尚夕瑀大喜过望："太谢谢师傅了！"

司机摆摆手："没关系，当年我就是这么追到我老婆的。"

火车已经进站，旅客们已经纷纷上了火车。董依媛看了看自己的手机，再看了看站台的方向，什么都没有看到。董依媛心里叹了一口气，向所有人挥手："我要走了！再见！"

陈修赫着急地说："再等一等，夕瑀已经在路上了！"

董依媛非常意外："他来吗？"

陈修赫也不停地张望着："应该已经到了，今天才从家里赶过来！"董依媛点点头，陈修赫再也忍不住，说道："你是真傻还是假傻？你难道不知道他喜欢你吗？"

董依媛摇摇头："这怎么可能呢？"

陈修赫道："你知道他卧室的那幅画吗？本来是参加比赛的，有机会拿到大奖，但是他放弃了！那幅画画的就是你！"见董依媛和其他人都一脸震惊，陈修赫顿了一下，继续说道："真不明白你们两个人明明相互喜欢，为什么都不说？"董依媛立即想到那幅尚夕瑀在他们工作室画的画："那幅画？"尚夕瑀说扔了，其实没有。

第五十四章　分离

245

陈修赫也是前天在取速写本的时候无意中将那块白布揭下来看到的。他真的没想到尚夕瑀把对董依媛的感情藏得那么深，他们这些人虽然怀疑，但也不敢确定。董依媛眼泪簌簌往下掉，她现在才明白为什么突然之间尚夕瑀不凶自己了，变得温柔了，可是这一切都已经来不及了，她喃喃道："尚夕瑀！"

站台广播传来提醒的声音："各位旅客请注意，还没上车的请尽快上车，火车马上要开了！"

尚夕瑀下了车，快速穿过人群，向大厅狂奔。

等他跑进火车站大厅，在电子公告栏中已经看不到那趟车的信息了。

陈修赫一群人回到大厅，看见尚夕瑀站在大厅中央看着电子公告栏发呆。陈修赫大喊道："你怎么才来啊？"

尚夕瑀喘着气，小心翼翼地问道："她走了？"

陈修赫点点头："火车已经开动了！这会儿都不知道在哪儿了！"

尚夕瑀突然间像是失去了所有力气，颓然地坐在地上。他再也忍不住失声痛哭起来，所有的人都没见过他如此失态。此刻的他哭得像个孩子一样，事实上为了跟家里抗衡他已经好几天滴水未进，身体已经非常虚弱了！他紧赶慢赶还是迟了，他后悔之前明明有那么多机会，为什么他都没有说出口，他为什么面对感情就不能勇敢一些。他真的好想告诉董依媛："我真的好喜欢你！你别走！"

陈修赫蹲下来拍了拍他的肩膀："人都已经走了，我们回去吧！"

陈小漠说道："你们怎么都那么傻啊！"他一直知道他们互相喜欢，所以他早早选择了放手，做他们的好朋友，可是没想到还是这样。

董依媛坐在靠窗的位置，打开尚夕瑀送她的纸盒，里面是一本速写本。董依媛慢慢地翻开，发现前面好多张都是撕碎后重新拼起来的。第一张是她认真修改设计稿的样子，上面写着日期：2014年12月12日。喜欢你认真的样子。

第二张是她靠在墙上睡着的样子，上面写着：傻瓜，不会喝酒就不要喝了！

她一张一张地翻看，泪水打湿了速写本。

最后一张画是她站在树下认真地看着湖面发呆的样子，上面写着：我遇见你是在深秋！是因为喜欢你！2015年6月25日。

合上速写本，董依媛趴在膝盖上泣不成声："尚夕瑀，尚夕瑀，为何你没对我说出口？尚夕瑀！"

第五十五章　辛子琪的婚礼

董依媛穿着紧身的黑色包臀裙，优雅地端着咖啡杯站在窗前俯瞰着黄浦江上的美景，她眯着眼睛，注视着一艘轮船的行进方向。

刚看了一会儿，办公桌上的电话就响了，她一看是COL打来的，连忙接起了电话："喂，COL，是那几件礼服做好了吗？"COL："哈哈，媛媛，你真是太聪明了，已经做好了。"

董依媛听完开心极了："那真是太好了，太谢谢你了，居然在这么短的时间内就做好了！"

COL："客气什么？咱俩谁跟谁呀。我现在就派人给你送过去！要是实在过意不去，你回来就请我吃饭吧！"董依媛笑着说："这简单，小意思！到时候你想吃什么随便点！""那好，就先这样了。我还有点事要忙！"COL说。

"好，你先去忙吧。拜拜！"董依媛说完就挂上了电话。

夜晚，董依媛的单身公寓里，她将婚纱和礼服放在行李箱里，轻轻抚摸着。电话响起，董依媛接过电话，是辛子琪。电话一接通辛子琪就问："你明天几点到啊？"

董依媛看了看机票信息说道："中午十二点的飞机，两点多到！"辛子琪道："好，我让赫赫去接你！"

董依媛连忙拒绝着："不用了，你们那么忙，我打车过去就好了！"

辛子琪一想到董依媛就要回来了，激动地说道："真是太久都没见到你了，你怎么那么狠心，都不回来一次呢？"

董依媛害怕她太过激动，连忙转移话题："这不就回来了！老实交代，几个月了？"

247

辛子琪开心地说:"嘿嘿,三个月了,你以后是孩子的干妈啊!"

董依媛笑着应道:"好好好,我喜欢小孩子。"

辛子琪试探着问道:"你呢?没有找一个吗?"

董依媛苦笑着摇头:"我哪有时间!天天跟不完的单子,连吃饭上厕所的时间都没有,哪还有心思谈恋爱啊!"辛子琪撇撇嘴,她才不信:"哪有这么夸张啊,我看是你心高气傲,这样可不好!"这话董依媛听得都不爱听了,连忙又转移话题:"知道了知道了,怎么越来越唠叨了?对了,这次来的同学多吗?"

辛子琪一说起这个就来精神了,要知道,她可是把她认识的同学朋友都请了一遍:"多啊,天华、小漠、涵涵、纯姐,还有沐阳也从国外回来了!"

董依媛开心地说:"是吗!"

"当然是真的!所以你快点回来吧!"辛子琪连忙说。

"好啦,知道啦,婚纱已经做好了,明天你就可以看见它了!"董依媛又说了一个让她激动的好消息。

辛子琪一听,果然十分开心:"哈哈,那真是太好了!能身穿董大设计师亲手设计的婚纱结婚那真是太幸福了!"董依媛关心地说:"你也不要太累了,注意休息。"

辛子琪应道:"嗯,好的,那我先去睡觉了!"一边说着一边打了个哈欠,在董依媛催促中挂了电话。

明天她就要回去了,阔别了三年的城市,还记得她吗?董依媛躺在床上久久不能入睡。

两点十五分飞机落地,董依媛拖着行李箱站在西安咸阳国际机场,她仰起脸让阳光照遍全身,然后踩着高跟鞋优雅地向前走去。

结婚现场十分热闹,宾客们坐了满满五十桌,两个家族的亲朋好友能来的全都来了,辛子琪的父母脸上露出开心的笑容,没有什么能比他们嫁女儿更激动更开心了,当然还有一丝伤感。董依媛作为伴娘站在辛子琪身边,她穿着纯白色的鱼尾礼服,露出漂亮的锁骨,头发盘起来,脸上化着精致的妆,挺翘的鼻梁和炯炯有神的大眼睛显得特别突出,这些年她的容貌没有多大改变,较之以前多了一份温婉与成熟。

辛子琪穿着董依媛精心设计的婚纱,整个人容光焕发。相比大学时代,她丰满了很多,不像以前那样太过消瘦,现在刚刚好,虽然已经怀孕三个月,除了肚子微微凸起一点,其他地方都看不出来。今天的她盛装打扮,一天内除了董依媛带来的这件婚纱,还有三套服装要换,跟随的化妆师就有两个。她全身上下所有的饰品全都是专门定制,手上戴着钻石戒指,一出场就成了全场瞩目的焦点,让参加婚礼的人羡慕不已。再看看站在她身旁的新郎,更是帅气多金兼具才华,又对她一心一意,呵护备至,两人堪称金童玉女。殊不知他们也是历经磨难,才修成正果。

新郎新娘宣誓会爱彼此一生一世,不论贫穷还是富贵永不分离,然后互换戒指,相拥在一起。众人纷纷祝福着他们。董依媛站在旁边激动得泪如雨下,看到他们,她相信爱情是真的存在的。

婚礼仪式告一段落,董依媛走下台,跟她的闺蜜团相聚在了一起。

孙天华怀里抱着一个非常机灵可爱的小娃娃,这应该是他和陆思涵的孩子。前两年他们结婚,董依媛因为工作出差在外没能回来参加他们的婚礼。这次居然就见到了他们的孩子,他们是几个人里面结婚最早的一对。陆思涵看着她,一时感慨万千:"依媛,你终于回来了!"

董依媛点点头:"嗯,这个小不点是你的孩子?"

"对呀,是我们的孩子。宝宝乖,快来叫阿姨!"陆思涵对着自家宝宝说。

"阿——姨!"两岁大的小孩有样学样,含糊不清地叫道。

董依媛感到惊奇不已:"天哪,好聪明呀!来亲一个!"

董依媛将脸凑到孩子面前,小不点听话地吧唧了一下她的脸颊,董依媛更加满足了:"啊,真是太可爱了,给你一个大红包!"董依媛将辛子琪给她的伴娘红包转送给了这个小不点。

陆思涵感叹着:"没想到你是一点变化都没有啊!"

见陆思涵似乎哪里有点不一样,董依媛仔细打量了她一番。小腹微微隆起,胸部更加丰满,穿着一双平底鞋,脸上的妆精致淡雅。而孙天华比以前成熟了很多,专心地逗弄着小孩。董依媛摸着她的肚子:"你这是怀二胎的节奏吗?"

陆思涵点点头:"嗯嗯,我还想要个女孩。""他好像变了很多!"董依媛看着陪孩子玩得很开心的孙天华说。陆思涵点点头:"还不都是被逼的!"想想也是,孙天华刚毕业他们就结婚,紧接着小孩又出生了。

"依媛,你回来了?"一个熟悉的声音突然从她背后传过来。董依媛转过头,

第五十五章 辛子琪的婚礼

激动地说道:"小漠!"

"这几年,你还好吗?"陈小漠这两天一直在为陈修赫的婚礼忙碌着,直到这会儿才有空,老远他就看到一个熟悉的身影站在人群中。

董依媛点点头:"我很好,很好!你好吗?""哈哈,我也很好!"陈小漠非常开心地笑了。

他们又一起聊了会儿这些年的发展状况。陈小漠一直在做雕塑工作,陆思涵和孙天华一起搞了个美术培训中心。董依媛四周看了一圈问道:"纯姐和沐阳呢?"

"应该快来了吧!"陆思涵不确定地说。没几分钟,就听到魏纯儿的声音传来:"我们来了!"

董依媛抬头看去,魏纯儿和丰林走在前面,身后跟着的是沐阳和昊森。原来魏纯儿他们专程开车去机场接沐阳和昊森去了。

众人一起迎上去:"你们都来了啊!快点坐下来吧!"

"人都到齐了!"魏纯儿见到董依媛也非常激动,"你总算也回来了!"

"嗯,我回来了。你们都好吗?"董依媛看向众人。他们点点头:"挺好的,挺好的!"

陆思涵看向他们几人:"你们这两对什么时候结婚呀?""快了,快了!"丰林将魏纯儿一把搂进怀里,她羞涩地笑了。"到时候吃喜糖啊!"董依媛笑哈哈地说。

"那肯定啊!"沐阳豪爽地说,"不过我们还不着急。"

陆思涵咋舌:"还不着急啊,你们可是咱们这里面谈的时间最长的一对。"接着又问道:"对了,你们回来多久了?"

南荣沐阳回答道:"快一个月了,前几天去了一趟内蒙古!现在就是要好好享受二人世界!"

董依媛笑着说:"我看看晒黑了吗?"

辛子琪换完衣服,见所有人都到齐了,也围了上来:"你们都到了!"

"嗯,都到了!"所有人一起喊道,"子琪、赫赫,新婚快乐!""来,我们干杯!""干杯!"

"依媛,你呢?什么时候结婚?"这时,有人问道。

人群之中,董依媛似乎看到身穿一身黑色西装的尚夕瑀对着她灿烂地笑,她向他挥手。尚夕瑀,你看到了吗?你曾说过我穿白色会比较好看,今天我穿了自己亲手设计的白色礼服,好看吗?我曾经最期待的是穿上自己亲手设计的婚纱嫁给心爱的人,那个人就是你!

董依嫒站在学校的小山坡上放了一盏孔明灯,抬起头看着它慢慢升空。天空中,无数的孔明灯渐渐升起,灿烂了整个星空,她的灯一定是最耀眼的那一盏。董依嫒痴痴地看着。尚夕瑀,我仰望星辰可以看见你吗?你说过将自己的愿望写在灯上,它会载着你的愿望去实现。我真的好想你,你现在过得好吗?

那年,尚夕瑀和董依嫒一起放孔明灯,他在灯上写着:感谢在这个深秋让我遇见你!董依嫒,我好像喜欢上你了!

孔明灯缓缓升空,像一颗闪亮的星汇入星空。

后 记

这本小说写完了，一块压在心里的大石头终于落地了。

算起来，从两年前的构思，到去年的剧本，再到今年的小说，也挺长时间了。完成这本书的动力就是我心里不吐不快的回忆。

曾经在上大学的时候，我就想围绕宿舍里的几个女孩写点什么，她们说以后你可千万不要写我们啊，就算写了也不看。但是很不好意思，我真的以她们为原型写了《我遇见你是在深秋》这本小说。虽然是以宿舍的几个女生为原型，但是发生的人和事完全不同。这本书的名字也是想了很久之后才确定的。突然间发现我的好几本小说都是八个字的书名，然而我从来没有特意去在意这些问题，但就是如此地巧合。

出生于西安，长在西安，对于西安感触良多。在这本书中也会有西安美食、绘画艺术、旅游景点的介绍，让不了解西安的读者能领略西安的美食、美景。很巧的是今年西安一夜之间成了网红城市，城墙下自弹自唱的歌手、摔碗酒、回民街小吃、歌舞表演等，都成了西安的标志，但是西安远不止于此。

写完小说之后，有一天晚上出门消食，沿着体育场到草场坡再到南门，一路感受着西安的夜生活。形形色色的人，让我对这座城市有了更多的认识。相对于北上广，西安的夜晚更加舒适悠闲，可以让我内心平静，慢慢创作。

写这本书的时候，我几乎一天到晚都坐在床上。有时候一个小时就写很多字，有时候就真的写不了几个字。每天要逼着自己，不然，对于一件事情的热度坚持不了几天。饿了就自己做点饭吃，困了就睡觉，晚上睡觉前会构思情节，制订第二天的写作计划。我喜欢坐在床上，靠着枕头敲字，很不习惯坐又硬又高的椅子。我只要一写小说就几天不出门，不洗脸也不梳头发，整个人就跟个糟老太太一样，所以那个时候根本不会考虑出门这件事情。

在写这本书期间，还见了三年没见面的舍友，我是根据她的性格写了小说中的辛子琪。这么多年她一直都没变，还是那个单纯、羞涩，沉浸在自己世界里的小女生。现实中她可能没有那么幸运，会遇到陈修赫那样的伴侣，不过一切都是未知数，希望她能找到那个真命天子。至于其他的主角，都有了自己的生活，也生了她们自己的baby，成了辛苦但幸福的妈妈。

最受争议的还是我的一帮男主角。大四的时候，我们同组的女生做了男装，她为了毕业设计在学校里寻找男模特，很多男生都试了她的衣服，其中有一个男生我印象非常深刻，他比较瘦，身高一米八七，而且颜值很高。这就是尚夕瑀的原型，他也是我个人最最害怕和胆怯的那一类人。所以也算是满足了我的征服欲吧，这种冷酷，不把别人放在眼里的男人，最终被我拿下了。这是多么戏剧化呀！

陈修赫、陈小漠、孙天华、赵驰、陈淼这些男主角，在我们的学校里有很多这样的同学，所以顺理成章地就出现在小说里了。

因为这本书是根据我大四毕业的经历所写的，所以女主角董依媛多多少少有点我的影子。女主角有我没有的勇气，做了我没有做的事，成了我想成为的人，也算是圆了我大学的一个遗憾吧。

我不知道如果我坚持自己的原专业现在会怎么样，会开心吗？会感到骄傲和自豪吗？但是我从不后悔写作，我拿起笔书写一段段神奇之旅。

每次遇到困难、挫折，或者失败，对我来说都不算什么，这也是我创作的动力和灵感。有个朋友问我，你写作了多长时间？我说这条路我坚持了十年！他说，那你再坚持十年怎么样？我说，那好啊。

2018年6月于西安